妇好王后与「武丁中兴」

◎李荣太　周宏　著

黄河水利出版社
·郑　州·

图书在版编目(CIP)数据

妇好王后与"武丁中兴"/李荣太,周宏著.—郑州:黄河水利出版社,2017.10

ISBN 978-7-5509-1800-9

Ⅰ.①妇… Ⅱ.①李… ②周… Ⅲ.①传记文学-中国-当代 Ⅳ.①I25

中国版本图书馆 CIP 数据核字(2017)第 177174 号

出 版 社:黄河水利出版社

地　　址:河南省郑州市顺河路黄委会综合楼 14 层　　邮政编码:450003

发行单位:黄河水利出版社

承印单位:三河市人民印务有限公司

开本:787 mm×1092 mm　1/16

印张:13.25

字数:244 千字

版次:2017 年 10 月第 1 版　　印次:2021 年 8 月第 2 次印刷

定价:39.90 元

目录

第一章

八方来朝

湛蓝湛蓝的天空，万里无云，晴朗如洗。

六艘新干方国船由南向北疾驶而行，由黄河入海口，折向西行目的地——殷商王朝国都。中间一高大船上，一左一右高高竖立着两面鲜艳红旗。左面旗书“新干方国”，右面旗书“朝贡商国”，八字熠熠生辉，分外光彩夺目。

一行约五百人的骡马队伍正由西向东迤逦而行。最前边一高头大马上，一兵士双手高举一醒目旗幡“舌方国贡”。另一行三百人南行队伍你拉我拽，艰难行进，人群中高高打起一面旗“土方进贡”。

船板上站着两个人，一个微胖四十多岁的舵手与一个二十岁上下的年轻人，你一言我一句地闲谈聊天。

微胖四十多岁男子穿一件麻布上衣，敦实厚重，分外干净。年轻人仪容英俊，不时散发出勃勃生气。

微胖男人：“做梦万难想到，今年四十多岁了，能拜谒大商王国，欣赏大中原的盛世美景，终生难忘，此生有幸！”

年轻人：“何止是观赏中原风景，更是去仰观商王国人物，领略大商‘天下共主’的恢宏气象！一听说酋长选中我，高兴得我三天三夜睡不着觉哇，现在我还兴奋不已！”

微胖男人：“早就听说，大商王国地大物博，人口众多，天下哪一方哪一国也没有他们人多。据说金银玛瑙、稀奇珍宝遍地皆是，数都数不过来！”

年轻人：“还听说中原人与我们边远不毛之地人不一样，个头分外高大，五官端正，羊脂雪白皮肤，人见人爱，是真的吗？”

微胖男人：“大商王国犹如仙界，人间天堂，哪里也比不上！走，接班去，快开、快开船，争取早一点到。”

殷都·早晨

一轮红日从东方光芒四射，霞光万道。

都城东、西、南、北四城门洞开。五十六名全副武装骑士腰悬佩剑，背负箭袋，各自坐下一匹“六百里”快马，依次涌出城门，向四面八方疾驰而去。这是使者奔向天下各方国，递交商王朝诏书简章。

其中有这样两句：“是年桂月，金华秋实之际，隆重举行我大商三百年大型祭祀庆典，弘扬中兴伟业，彰显三百年商王国恢宏气势。

殷都·朝堂·商王殿

武丁：“吾商建国已历二十二代列祖列宗。不，是从圣母简狄始已三十五代了。三十五代沧海桑田，一千四五百年矣！终于成就了今天的大商中实上国,不容易。”

傅说:“三十多代,先祖先贤白手起家,自力更生,艰苦创业,出生入死,坚忍不拔、百折不挠、赴汤蹈火、在所不惜的毅力和精神令吾后人动情动容!”

甘磐:“今天我大商名副其实成为‘天下共主’,四海一统,天下归一。大商国泰民安,和谐共存,黎民百姓安居乐业,想的就是这一盛世美景。王上,今天大商迎来的‘武丁中兴’,全是吾三十五代列祖列宗厚重阴德造就与您!”

武丁:“每每想起列祖列宗的卓越功勋,情不自禁潸然泪下。没有他们岂能有我商王朝?没有他们,岂能有‘武丁中兴’的今天?登基以来,寡人就想有朝一日好好祭祀一番,真情实意来敬拜告慰他们在天之灵!”

傅说:“吾主真不愧为一代明君,满腹情怀,一腔热血!考虑周全,本就应该这样,早就应该这样。血缘繁衍,延续传承、弘扬原本就应该这样做。王上自登基以来,擢拔人才,恤民爱民,励精图治,镇抚四方,奇迹般地开创了一代‘武丁中兴’,这本身就是发扬光大吾历代先祖先宗仁德的体现。今天,我朝以特别隆重的仪式祭奠他们,以朝堂大律要策的形式彰扬天下,此乃江山社稷的千秋万代之举,意义重大,非同凡响!”

甘磐:“王上这一理念思虑周密,目光长远,内涵丰富,底蕴深邃。泛泛之庸人万难领略个中玄秘一二。何止仅仅是告慰先祖先灵?实际上是传承我大商三百年天下美德,述说我大商三百年生动故事,彰扬我大商三百年强大力量,传播我商人三百年好声名。此事倘若做足做好了,大商江山社稷千秋永固!这次祭祀活动规模要大,场面要宏大,品位要高雅!”

长江绵延不断,在它腰腿交接处,维系着一只南宽北窄的大宝葫芦,横卧在江南岸,这就是名闻遐迩的华夏神州最大的淡水湖——鄱阳湖(在古代号称彭蠡)。鄱阳湖烟波浩渺,碧波万顷,北起湖口,南达三阳,长达四百四十里;西起关城,东及波阳,宽约二百八十里。鄱阳湖承纳了赣江、抚河、信江、修水和饶河等五大水系。北注长江,汇归大海,物华天宝,天赐独特一方风水宝地。曾有苏东坡《过都昌》“鄱阳湖上都昌县,灯火楼台一万家。水隔南山人不渡,东风吹老碧桃花”的著名诗句。名闻华夏神州三千多年前与中原商王朝并立齐名的新干方国,就坐落在这块神奇且优美的土地上。

彭蠡城邦

俨然十万人口的大都市,繁华热闹非凡,南北东西纵横交错六十六条街道,笔直宽畅交叉其间。两旁香樟、玉兰、银杏、榕树似卫士般护卫两旁。绿树成荫,郁郁葱葱。紧傍街道两边,一排排高低建筑,错落有致,鳞次栉比。街道上摩肩接踵,人头攒动,车水马龙,络绎不绝。新干方国活力迸涌,充满勃勃生机。

朝堂·议事堂

鄱攀:“中原商王国已来使,呈上表章,邀请我国北上参加祭祀大典,此事重大,众爱卿为寡人做主,议议当如何?”

耿荐:“大商王国与我新干方国关系亲密由来已久,天下无人不知,无人不晓。屈指算来,已二百年远远过矣。此次他国祭祀大典,是商王朝盛事,也是我新干方国大事,毫无疑问,情谊所在,当仁不让要去。”

荡洋:“耿荐大相说得句句在理,一点不差。微臣不时听到外方国议论我新干与殷商‘是一人,又是两人,是两人又是一人’。可见他们早已看到了我两国非同一般密切的关系。此祭祀大事,多年不遇。作为好邻居好伙伴,岂有袖手旁观之理?一定去,还要超常规地进献大贡品去!”

仁高:“二百多年啦,时间太长,我不可能知道得那么早,那么透。就仅这几年来说,商王国待我新干太好啦。有求必应,有难必帮。那一年,东夷林方,欲兴兵侵我疆土,吾方势弱,情急之下只派小信使持一竹简表文请求援助。不曾想到,第二天就由禽率领五百兵马前来助战。一战下来,不仅收复了鄱阳县邑,又意外扩展疆域百五十里,商王国分寸不要。此大恩大德,试问我新干方国何年何月能报答完?”

嬴来:“此次商王国大贺庆典,你没看,岂仅仅是祭拜天地,敬祀祖先?实际上是在向全天下彰扬国威啊!如此重大国事,作为‘心腹好友’邻邦,我新干应倾其情,尽其力,竭其财助一臂之力。比如,我听说招待天下近百十家方国嘉宾,当天仅酒席在殷都摆设五百桌以上。这五百桌国宴酒席新奇海产海鲜少不了!主上,我建言,我们不只献上贡品,干脆五百桌海鲜,我新干方国全包了。卑臣粗略匡算一下,鱿鱼、鱼翅、海参、鲍鱼等,单单运输量,没有六条大船难以承载得了!”

当归:“参加天国庆典,仅去人献物还不够,你没看,商王国这次是尽邀全天下方国共同参加,据我所知,还有为数不少的方国对商王国有抵触情绪,甚至仇视的大有人在。我向王上建言,不仅我新干率先垂范,第一家带头先去,还要为商王国去四处游说,让各诸侯国消除前嫌。以我新干微薄之力争取多人多国去,尽可能一家方国也不落下,全去参加天国大典,这是为商王国的尊严和声望争面子之举!”

蜀地·都邦

仁高:“此次受吾主差遣,远途跋涉,千里迢迢来到贵方,商议两国同时起程赴中原参加商王国祭祀大礼之事，不知贵方国主上意下如何？”

南邛：“吾蜀方早已接到了商王国书，本打算北上出席庆典，不幸昨天夜里做了一场噩梦，不知为何，在殷都同着全天下方国君的面，商王脸陡地一变命令五花大绑，把寡人捆起来痛打了五十大板。这不，到现在浑身还在发困疼痛呢！不敢去，不敢去。寡人为此事发愁，正在思索如何回复国书呢！”

恰在此时，一黑衣蒙面人正趴在殿堂顶端一斗拱夹缝中，窥伺偷听二人对话，室内气氛陡然紧张了三分，可殿堂上众文武也包括二人毫不经意，浑然不觉。

仁高："有道是'日有所思，夜有所梦'，此乃古先贤之言。这说明吾主极为重视北上出席庆典之事，用心特重思虑过度，往往向坏处想得多。只因为没有经验，未见未闻之事，下意识担心过多，由此后怕而产生错觉，此噩梦之纠结也！"

不想两人正在说话，殿堂外一棵核桃树上"喳、喳、喳"传来了喜鹊的叫声。仁高一听，当即双手作揖，又随之向南邛深深一拜"恭喜吾主，您没看喜鹊正在为您北上壮行呢！请主上一百个放心，此次北行天国定有大获，满载而归。蜀方之行在下庆幸不辱使命！"

三峡 · 巫峡水面

游说蜀方、南滇方、南越方返回路上，一条船由长江顺流而下。一路平安，风和日丽，风平浪静。仁高踌躇满志，兴高采烈。他与同行随从人员说："有道是命运好，时道顺，想不到的好事，不想它也会来。你看，此次出行，前后六个多月，访问了三个方国为商王国游说，一个比一个顺利，没有遇到一点儿难处，这次回国复命，吾主定当高兴不已。"众随从满脸堆笑："主上特命您为三国全权大使，也正说明人才非您莫属。大人，您功勋卓著，一定会名留青史！"

突然，天气骤然大变，乌云滚滚，天昏地暗，狂风暴雨倾盆而下。随之，船摇晃颠簸起来。不想雨越下越大，风越刮越急。人站在船板上岌岌欲倒，再挣扎也站立不住，船上哭叫声响成一片。瞬间，船沉人亡，只一会儿工夫就什么也看不见了……

彭蠡 · 彭泽 · 彭蠡泽 · 朝堂

七个多月了，还不见回来。早六个多月，仁高还不时有消息传送朝堂，怎么这一个多月来一切音信全无了？君王鄱攀，大臣耿荐、荡洋、赢来、当归一个个似热锅上的蚂蚁，急不可耐探听消息，可一点也听不到。耿荐十分担心，说："会不会出事？"荡洋说："山高水深，路途遥远，担心，我实在担心！"赢来说："昨夜里不知道是怎么回事，不仅翻来覆去睡不着，左眼皮跳得不得了！会不会仁高他们出事了？"当归说："不要紧的，我当归的名字起得好，仁高一定会如期归来的！"突然，有内侍报上朝堂："王上，有消息报来仁高他们返回吾国途中，在巫峡水域遇强台风沉船遇难，三十六人无一幸免！"鄱攀一听，顿时两眼发直仰倒在地上，不省人事了！这下子众人全慌了手脚。耿荐等大叫："吾主醒来！"半晌鄱攀慢慢缓过一口气来，痛哭失声说："全船三十六使节是为我，为国家而死啊！不，他们是为商人，商王国，不，是为大天下共融共存而英勇献身啊！速速摆设灵堂，寡人要以国葬礼处理一切善后事宜！"

殷都城朝堂·安心殿

天下各方国前来出席壮月祭祀大典，回复国书日日不隔，似雪片般飞来。武丁喜得合不拢嘴，连着三个通宵，激动得彻夜难以成眠。这一夜又片刻没有合眼，两眼已熬得通红通红的。

武丁心情激动，自己登基二十多年来"中兴"的丰功伟绩，未曾想到神奇魅力竟大得这么深不可测，妙不可言，这不是万国来朝大轰动效应吗？寡人励精图治，一心一意，安邦治国，全心全意致力于全天下太平，上天绝对会给予回报，一定不会亏待寡人的。得道多助，天下归心，这不，天下方国争先恐后前来出席大贺庆典，不是得到天下人拥护有力的体现吗？我列祖列宗几百年来厚重阴德造就了我呀！感谢天地神灵，是您们特别眷顾我商人，特赐横空出世一个大商王朝！

河湟朝堂·酋长殿

大枪柄："出席商祭祀大典日期越来越近了，贡品准备得怎么样了？"

叨矛威："差不多了。鹿角两车，玛瑙一车，元宝五车，虎皮三车，貂尾三车，熊掌五车，冬虫夏草五车，昆仑玉十车，金元宝一万两，银元宝五万两，夜明珠十颗，金柴十车，猴头五百个，燕窝五百个。"

隆戟妄："矛威大宰，捅塌天外丈夫，我大司马，另有左右贤王、大骨朵、左浑邪、右休屠，还有金城、武凉、裕兴、敦煌邑五百人随吾主前往。"

大枪柄："这就好，这就好。此次进献贡品，吾羌方为天下大方国，多少代以来，在天下有声望，所献贡物不能小气，更不能在全天下人面前寒酸，汝等切切记住，不能有失国体。"

殷都上国·商王殿

武丁："祭祀大典已进入了倒计时，满打满算不足六十天了，一切准备得如何？"

傅说："主上一切事宜接近尾声，可以说三年来，上至工部首脑，下到京畿卫官员，也包括京都百姓参加，日以继夜，夜以继日，一时一刻也没有歇息。"

甘磐："什么过年、过节啦，还有红白喜事，不准请假。万千工匠毫无怨言，越干越有劲，因为他们知道，这是为大国主您效劳，这是为大商王国效劳，这是为商人树全天下的威望效劳！"

禽："何止是日夜兼程、争分夺妙、废寝忘食，他们还十分注重祭祀大典的质量和水准，建一流工程、精品工程、划时代工程、千秋万代工程，这是万千工匠的目标和豪言壮语。"

君臣们正在你一言,我一语议论,滔滔不绝时,突然内侍官来报:“工部派人来说祭祀天坛、广场昨已完工,请王上莅临现场视察。”

武丁:“好哇！寡人正日日盼,夜夜想哩,啊！心想事成,走,不议了,咱君臣现在就去察看。这么大的工程,时间又这么短,水准又这么高,要求又这么严,我真担心!”

殷都南郊·天坛广场

祭祀广场位居南郊一片开阔地,占地正正方方有棱有角,南北长二千七百尺,东西宽二千七百尺。“九九”寓意九九“归一”,齐整整,平如镜,靓丽无比。广场由北向南六百丈处,东西直贯到边六尺见宽一条与北面隔绝。偌大南部广场,南北东西,从正中间一“十字”划开。东西南北各有白色六尺宽一条通道。直贯东西通道南部,又由西到东一字排开,分五十六个方块。每块有百尺见宽,又直贯南北,可容纳千人。每长方形内黄色汉白玉早就印刻镶嵌好,羌、鬼、巴、蜀人、夷、舒、林、越等不多不少,正好是天下五十六方国,五十六方块,对号入座,各就其位。语言不同,装束各异,蔚为大观,象征五十六方国,团结、团圆、和谐美满、其乐融融、亲如一家。

东西直贯一条横线以北,南北九百尺,一条南北线又直贯其间,把一块整整九百尺见方东西一劈为二。寓意东为文,西为武,文武之道,一张一弛!若有国家重大祭祀、庆典活动,文武众百官站立两厢,威凛凛,浩浩然,大气磅礴,气象万千。

横东西线一百八十丈正北九百尺,是祭坛,又曰天坛,乃主体建筑位大广场,最北端东西二百七十丈正中间,有红日般圆球,直径二百七十尺,由北顶端略微斜坡度下坠,筑一大祭祀坛,凸出地平面九尺,高高竖立其间。由地平面上祭坛是一级级九级台阶,寓意步步登高。祭坛平面雕刻有天上风云,地上龙虎、凤凰鸟兽,琳琅满目,五彩缤纷。祭坛正中上方设计有天上神灵,祭坛右侧乃预设地上诸神,如三山五岳、黄河长江、五大湖泊等。祭坛左边预设“尸人”,即商王朝历代君王,即列祖列宗神像(为什么分中、右、左,一般讲天神、地灵、“尸人”本不一起祭祀,若分开祭祀时,随祭随尊请像入座。若遇特殊意义大典时,三方人物‘神像’才一齐出动,故这样分开预设)。

祭坛下方中间位置是祭祀主祭官(男女巫师,即国家神权“领袖”主持祭祀位置;右侧,为当朝商王率一部分嫔妃敬拜所站位置;左侧一方为当朝王后率一部嫔妃、美人敬拜所站位置。围绕商王、王后的则是宫中内侍、勤杂人等,如伺候锣鼓声、笛、乐曲以及鞭炮,还有旌旗、横幅、过街彩联张挂以及祭祀标语等)。

武丁:“不错!很好!气魄风光能彰显我大商三百年文治武功伟大气象,真没想到,真没想到准备得这么周到,质量又如此之好,规格又如此高。寡人十分高兴,凡参与设计建造工匠,每人加官晋爵一级,再奖十石小麦大米!”

殷都·商王殿

武丁:“寡人昨日看祭祀天坛,还有大广场全部告竣,高兴激动得又一夜没有合眼。寡人还听说天下各方国,无论是远的近的,过去友好的,有嫌隙乃至兵戎相见过的,无不争先恐后要来庆贺我祭祀大典,寡人感动兴奋,这是我大商的厚德效应啊!寡人决定下王命,第一,凡来参加我大商庆典大礼的方国,无论方国大小,人多人少,从今年始,一律免进贡品三年;第二,赐粮米两千石;第三,奖励丁口五百名;第四,对因故不来者一律宽恕不究;第五,对鬼方、巴方、羌方、舌方等素有恩怨方国,借祭祀大典,要倍加关照,过去恩怨仇恨一笔勾销!”

傅说:“吾主宽怀大度,英明、仁德,真不愧为一代明主。大商幸甚,全天下幸甚!”

殷都·四城门·通往城中街道

京都东、西、北、南四城门大开,通往城中心街巷打扫得干干净净,街面铺满厚厚一层黄土。四座城门两旁欢迎天下方国来朝人山人海。城楼、箭楼城内凡高层楼顶上,彩旗飘飘,城中大小街道花红柳绿,整个殷都城洋溢着节日的氛围,一派花红的世界,大人小孩,男男女女,一一披上盛装。

东城门,欢呼声首先响起,震耳欲聋,响彻京都上空。

东夷:九方国从东城门鱼贯而进。最前边的是商人四美女高举“欢迎方国贵宾”字样一红色牌子,每人举一个在前引路。其后走在最前方四路纵队的是人,紧随之后的四路纵队是纯一色的红色战马,再后是四辆并排前进的战车。他们是人方、畎夷、于夷、黄夷、白夷、赤夷、风夷、阳夷、莱夷。各方国打着“人”“狗”“鸡”“黄鼠”“白狐”“红鼠”“凤”“鹅”“鹤”,还有大彭方、豕韦、奄方、尸人。各打着本国旗号,雄赳赳,气昂昂,正步走进东城门。

南城门锣鼓喧天,欢呼之声一阵紧似一阵。其后四路纵队是人,足足有九百人,之后四路纵队全是纯一色的黄色战马,足足有九百匹,再后是四辆战车一排排行进走入南城门。他们是新干方国、南越方国、危方、督方、盂方、危方、林方、京方、龙方、马方、荆楚、南滇、虎方。

北城门,各方国鱼贯而入,气势非凡,雄赳赳,气昂昂。一片鼓掌之声响彻京都上空。其后行走在最前面的四路纵队是官员,足足有九百人。

之后四路纵队全是纯一色的白色战马，足足有九百匹。紧随其后是车辆战车，一排排向前行进。他们是黎方、井方、舌方、基方、土方、崔方、印方、亘方、旨方、应方、印方、兔方、画方、休方等。

突然，西城门欢声雷动。走在最前面的四路纵队全是官员，紧随其后纯一色的黑色战马足足有九百匹。再后是四辆战车，一排排进入西城门。他们是羌方、鬼方、戊方、缘土、止纵、攸方、庚方、羽方、儿方、与方、闽方、广方、夜方、浙方等。

殷都祭祀南郊大广场

各方国从东南西北四城门依次进入城中心主轴位置后，两方国一排，步伐整齐缓缓向南步入祭祀大广场。沿途街道，人声鼎沸，欢声雷动。鞭炮声、锣鼓声组合交织成为交响曲，声声不断，不绝于耳。

刹那间，南郊祭祀广场争相涌来，以各自位置，对号入座，各归其位。左右是排，纵横成行，足足有十万人众。

往上看，若大祭坛让你眼睛为之一亮，“哦！这么壮观，气派啊！”正中间上方，天神挺挺然屹立，形象威武，巍巍然壮观。右侧，泰山、华山、嵩山、恒山、衡山五岳耀人眼目。左侧，汤、太丁、外丙、中壬、太甲、沃丁、太庚、小甲、雍已、太戊、中丁、外壬、河亶甲、祖乙、祖辛、沃甲、祖丁、南庚、阳甲、盘庚、小辛、小乙等二十二代(尸人)商王，依次由北向南一字形排列，正向万千观众频频报以笑脸。天神，山河五岳，“尸人”中间上方，一幅硕大无比的商朝上下左右、五丈七尺见方疆域、大地图赫赫然张挂上下，气势恢宏。疆域图上方，悬挂横贯祭坛东西一巨大横幅上“敬拜上天·万国一家”镶金白底八个大字气势磅礴，分外抢人眼球。

天神，山河五岳，历代“尸人”中间偌大空白之处，有中、东、西三大香案，均长五丈七尺，高一丈八尺，宽二丈七尺。清一色红木，檀香红色明光几亮。龙、凤、狮、虎雕刻缠绕其间。三大香案上，牛、马、猪、羊、鸡、鸭、鹅等祭品，还有人祭人殉即“太牢”“少牢”一应俱全。

祭坛右，即东一方，一字形南北排开“矛、锤、弓、弩、铳、鞭、锏、剑、链、挝、斧、钺并戈、戟、牌、棒与枪、扒”十八般兵器，威风凛凛，气势慑人。尤有“斧、钺”两件兵器，高出其他兵器一大截，且粗壮无比，斧钺横刀就宽三尺九寸，戌刃宽一尺九寸，尖尖直插云天。这两件兵器，高大雄壮，威武壮观，令人惊奇无比……

左，即西一方，又南北一字形排列各种礼器、祭器，琳琅满目，五颜六色，千姿百态。有蕉叶纹鼎、饕餮纹鼎、饕餮纹簋、蕉叶纹簋、兽面耳簋、乳钉夔簋、乳钉鸟纹夔簋、形纹铜簋、素纹铜簋、铜盘、兽面纹觯、龙形觯、回形纹觯彝、偶方彝、羊首瓿等，应有尽有，令人眼花缭乱。

紧依右兵器，左礼器祭品下广阔处中间为“神权”最高主祭官，男、女巫师活动场所。巫师与神沟通承接上天旨意，传授天义大道，决定国家大事，为商朝堂最高神权“领袖”。凡为祭祀主宰官之人，非一道德高尚、才华超人、功绩卓著、声高望众、功德传扬远近天下之人不得胜任。

整个神化祭坛上中下，也即前中后内容丰富多彩，前后照应，互为表里，和谐连贯，紧凑浑然一体，正前方面对下方祭场数千观众，东西两边高高矗立着对联，象征此次祭祀主题词文化内涵。上联为“天南地北五十六方亲如一家”，下联为“建功立业造福祉惠泽全天下”。

二千七百尺见方偌大祭祀会场，旌旗猎猎，彩练飘飘，歌声、笛声、曲音、锣鼓声声声不断。说着说着，祭祀时刻已到，二十一响礼炮，响彻长空。只听司礼官“大商王朝，欢迎天下五十六家方国庆典大仪式开始。第一项：‘鸣炮奏乐’！”紧随之鞭炮声声，不绝于耳。

司礼官：“敬请五十六家方国君主，依次入会台就座。”

随即，一阵又一阵热烈而欢迎的掌声响彻云霄。

司礼官：“祭祀大典第二项，现在请大商王武丁君主致欢迎词！”

武丁缓步走上主席台，向天神，向各“尸人”列祖列宗深深施一礼！向主席台各方国贵宾施一礼！向台下三千观众施一礼！“各方国，不，全天下五十六国君主，置本国繁忙国务，民事日理万机于不顾，不辞辛苦，千里迢迢，跋山涉水来吾商国，实吾商人千载难遇蓬荜生辉！本商王借此机会，并以吾个人名义向各位酋长、首领表示最最热烈的欢迎！”

武丁话音刚落，全广场随之爆发出雷鸣般的掌声，并高呼“武丁万岁，大商王国万岁！万岁！万万岁！”，震耳欲聋。

武丁：“当今天下，东西南北中各居一隅，都是黄帝、蚩尤后裔，虽然居住地不同，语言不通，可血缘、血脉把我们紧紧连在了一起。华裔子孙都有灵气，有血性迸涌，更有家国情怀担当。愿我们和谐共融、和平相处，共同打造我华夏共有共同的大天下！”

武丁话音又一次刚落，鼓掌声、欢呼声，其热烈程度与激动气氛，比前次远远有过之而无不及。

武丁：“多年来，也可以说自建殷商三百多年以来，吾商人有思想、有情怀，更有仁德，情系万民，造福全天下，可心有余而力不足。可能在个别时候，为了大目标，小有得罪方国之处，寡人今代表历代先王向凡有得罪方国之处表示深深的歉意。从今以后，吸取教训，决心以礼让、共融、和谐、包容的姿态回报天下！”

武丁这一段话还没说完，排山倒海般的欢呼声久久不息，“武丁伟大，大商王国伟大，今后天下不会再有相斗、仇视仇杀了，‘你让我助’和谐美满是一定的！”

司礼官:“天下各方国贵客嘉宾,欢迎仪式暂告结束,第三项,祭祀上天神灵、山河五岳、历代商王仪式开始。敬拜上天神灵,一叩头作揖,二叩头作揖,三叩头作揖。”

司礼官:“祭祀进行第四项,天下各方国君主,商朝堂各文武众百官,各地方邑疆大吏,让我们以最祈诚的心情最为郑重敬仰爱戴的姿态请国家最高神主,全天下子民命运的主宰,我们的王后,统兵元戌妇好出场,主持祭祀!”

顿时整个祭祀广场雷鸣般的掌声一阵紧似一阵,经久不息。妇好缓缓从祭坛御座上起来,不紧不慢,不卑不亢,缓步走向主祭位置。整个祭场数千人屏住呼吸,眼睛眨也不眨,直盯盯看着这位似天上仙女般的神主走来。

畎夷方首领戌光说:“哎呀！眼含秋波,面似桃花,肤白如雪,亭亭玉立,古人言,‘天生丽质,倾国倾城,也不过如此吧。’中原竟有如此这等人物,真没想到,真没想到哇!”

龙方首领鄂说:“闭月羞花,婀娜多姿,让人流连忘返。此次北来竟如此幸运,万没想到能一饱眼福!”

崔方首领炸说:“何止妖娆无比,婀娜多姿？我细细观察,此神主观外表透内质,雄才大略英气,凛凛然霸气,阴柔缠绵般秀气蕴满全身,又伟伟巾帼丈夫气质跃然纸上,不信你看,一股锐气正扑面而来。”

旨方首领史说:“未曾北来,早有耳闻,商人有一位女神主,又号称女战神,了不起。大商朝文治武功有一大半是靠她打下来的,没想到就是此人,就是眼前出场的这一个人,正是她。”

马方锵说:“年纪轻轻又如花似玉的黄毛丫头,有此本事吗？不可能,不可能!”

兔方跳说:“不可能？人世间有些事往往就是让人看失眼,看花眼,看着不像的反倒像,看着很像的反倒不像。听说这个女神主会打仗可有大秘籍呢!”

羊方角说:“是什么秘籍？你知道吗,能说说看吗?”

兔方跳说:“我也不是很清楚,只听说这个女人懂战争,在别人看来,战争是凶器,是恶魔,而她说是好事,是大美事,是仁爱,是宽怀!”

应方土说:“战争在他人看来是杀人如麻,尸骨堆山,血流成河,而她说,运作得当,少死人或许不死人,不战能‘罢’兵!”

龙方鄂说:“你说的不对,叫不战‘收’兵。”

庚方强说:“你俩全都说错了,叫不战‘止’兵!”

危方仓说:“你们三个人说的全错了,叫什么不战‘屈’兵……”

第二章

巾帼童王

商王朝“武丁中兴”丰功伟绩第一人妇好于公元前1240年6月18日出生于殷都西南部阳宛邑岚凤村。

殷都西南四百里・阳宛邑・岚凤村

岚凤村一农家院落，杏月，望日，子时，“哇、哇、哇”一声声清脆响亮的婴儿啼哭声划过静谧的夜空。全村人尽被惊动，纷纷出门，一探究竟。瞬息之间意想不到的又一大怪事发生了。“要斧，要戊！我要斧要戊！……”

婴儿一双大眼睛灼灼有神眨也不眨地看着大人。接生婆王妈正双手抱起，笑嘻嘻地递给慈母亲。连声道贺说：“恭喜，一凤凰落到你家。一生下来就会说话，要‘斧’，要‘戊’的，我也是第一次遇到。快抱抱你身上掉的一宝贝疙瘩！”

慈：“是个妞儿吗？他爹快来看看你的千金小姐！”

厚：“好哇！我做梦也在想要个妮子呢！”

一男一女，约三十岁左右男女，推门而入厚家宅院。男的在前，后边女的一身白色衣服穿戴，一看就知道是两个巫师。厚连忙站起迎接：“欢迎、欢迎、欢迎来到寒舍！”

男巫师：“恭喜你家喜得千金，特来祝贺！”

女巫师：“昨夜得上天神授，这个女儿天赐你家，得你这地方独特风水千万年凝聚，此女必当大福大贵，可否让吾一观？”厚：“当该，当该，乡野之家正求之不得呢！”

男巫师：“听说你夫妇俩喜爱女儿，妇乃女，好为品也，为此女起名妇好可否？”

厚：“谢谢大师，就以妇好为好，就以妇好为好！”

女巫师：“此女性格怪异，还应再有个名讳‘野妞儿’！”女巫师随后似还想说什么，只嘴张了张，没有说出，遂告辞。

男巫师：“小小乡野，所居之处，非同凡响。你往西方看，一墁上坡状态，渐次递高，数十里外就是天下闻名的金斗山，六百丈，高入云端，峰峦叠嶂，气象万千。”

女巫师：“你再向东看，一墁下坡，十里八里之遥，即是一马平川，水平如镜，沃土平原，如诗如画一般。”

男巫师：“你看这村左半里之遥，呈西北、东南走势，一起一伏。一字形排列凸凸平地拔起三座二十六丈二尺高山峰，似三大铁锣汉，一个赛过一个，巍巍壮观。”

女巫师：“三山东南一座，呈尖矛状，笔直笔直，直插云端。三山联系起来，高高耸立，似一道挡风隔雨的天然屏障，把这岚凤村护卫个严严实实，针插不进，飞鸟难入。”

男巫师：“还有你看，这岚凤村西北，西南紧紧围绕三山又一奇特地形地貌，极为罕见。蜿蜒曲折，相互缠绕，均长在三百丈之遥，高无不在百丈上下，计有九条丘陵，西北伸向东南为五条，西南伸向东北有四条。时高时低，时凸时凹，虚与委蛇，昂昂然，无不在岭尽头，陡地扬起，似蛇头，更似龙首般翘起高高。”

女巫师：“这独特一地形地貌在风水学上叫龙穴，九龙盘绕，意在拱卫，耸耸然，拔地而起三座山叫三山。九条龙西南、东北照应，岚凤村正东面是一大天然水湖，龙得水、龙戏水腾云驾雾，遨游四海，此乃独特风水一大景观。”

男巫师：“得亏咱俩主攻占卜、风水星象神学，而且又造诣匪浅。凡应此处孕生来世之人，必将相之才，无论男女，文武兼备，业绩不凡，你看这一女儿家阳宅正好兆应尖刀尖上，此不是虚言谬说吧！”

妇好仰卧在筐内，大睁着两眼，向上看，突然“哇哇哇”大哭了起来。

时间如白驹过溪，瞬息即逝，转眼间五年过去。小妇好天性不好静，爱动好跳、一息一刻也不闲着。一天，母亲慈正在灶房做午饭，突然，院门“吱扭”一声开了，听到一前一后进来两个孩子，前边是小妇好“野妞儿”，后边是邻居二妞，两孩童一替一句唱起歌来。

岚凤村去沟寨看戏路上

十多个一般大小同村男女孩童走在一块水田单埂道上，一前一后长长的埂，一边一个沟坎，较宽，沟中水深，最前边五岁的梁方正犹豫不决，因害怕不敢大步跨过。

紧跟其后的妇好心中着急“你梁方这么胆小，竟不敢跨过？”“去你的吧！”从后面一脚把梁方踢下了水沟。梁方棉衣棉裤全身湿透，大哭了起来。

右学教室前墙上

转眼之间，妇好到了八岁，进距岚凤村约二里许的右学学习。可妇好顽皮成性，好打好闹，活蹦乱跳，喜爱打架斗殴，同龄男孩子三两个人难敌得她过。久而久之，妇好“野妞儿”恶名人人皆知。周围儿童如猫见老鼠，谈虎色变。一天，教室前墙壁上，师生不约而同看见一张布告：

“女学生妇好性凶劣，动辄出手打人，性格怪异无常，两眼一瞪慑魂丧魄，同学见了谈虎色变，远远躲之犹恐不及，人人厌恶，闻其名，丢其魂。从今之后，放学后需三三两两结伴而行，万勿单独行走！特此布告。”

说到妇好女儿身，男儿性，好摔跤，可有时也吃亏。她从不害怕，能挨能摔能打，一般不会哭。这一天，李森、田高、王峰还有窦芳几个小伙伴下地拾柴。走到了西岗上，下意识间，妇好推了田高一把，田高也推了妇好一下。由于用力过猛，把妇好推倒了。妇好站起来，又朝着田高奔去。田高边跑边喊，"李森、王峰快过来，咱仨共同上来把她摔倒！"李森、王峰闻声赶了过来，三个人把妇好一下子围在了中间。尽管妇好比他仨有劲，可"一虎难敌群狼"，三个人没费多大劲，就把妇好摔倒在地。妇好不哭不恼，陡地爬起来，又先抱着李森摔了起来。随之，王峰、田高又帮起手来。没两下子把妇好又一次摔倒在地。妇好仍不吭一声，又忽地站了起来。

田高、李森、王峰一窝蜂般围了上来。站在一边的小窦芳为妇好担心，不敢看，竟吓得双手捂着双眼。

妇好一看见来到最前边的王峰，迎了上去，只左腿向王峰双腿中一扫，王峰仰面朝天"扑通"一声倒在了地上。

田高又第二个迎了上来，妇好不慌不忙上前一把抱着，乘其不备，又在腿下一横，王峰又仰面倒地。

李森一看妇好竟如此勇猛，两个伙伴一一倒下，什么也不顾拔起腿就跑……

右学路上·田地路埂边

妇好正兴致勃勃从田埂边走过，未曾看见从田埂隐蔽处突然一跃而起来了三个人。李森、王峰、田高三个人都手拿棍棒，恶狠狠向赤手空拳的妇好走来。

李森："野妞儿，这一次，你想跑也跑不了啦！"

王峰："我仨一个个多次被你打怕了，这次商量好，一起来，三个打你一个人，保准能打过你！不要跑，跑了打死你！"

田高："非报一箭之仇，这次不打哭你，决不手软！"

妇好："过去打你们，全因你们动不动就出口骂人，不打能行吗？你们一齐来吧，全不怕！"

果然，李森、王峰、田高三个舞棒弄棍一齐向妇好围拢而来。因为他仨人早被妇好一个个打怕啦，嘴上说得怪硬，可心中害怕，情不自禁战战兢兢，腿发软，人还没到跟前，上下牙之间倒先打起架了。

妇好赤手空拳迎着李森冲去，李森一见"妈呀"一声，飞也似的跑开了！

田高两眼紧紧一闭，心想，"起又起不来，跑又跑不了。唉！该咱今儿个倒霉，等打吧！"

妇好拳头高高一举，突然砸下。田高什么也不想，只等妇好这"野妞儿"双拳落下。可一等再等，久久不见妇好拳头落下，忍不住间，睁开眼睛一看,妇好虽高举着拳头,可正在对他微笑呢!妇好说:“不打你,快起来!”

妇好家·白天

妇好进入院中,突然听到屋内妈妈大哭小叫,又听见是小姨妈的声音,妇好大吃一惊。

慈:“哎呀!气死我啦,净给我惹是生非,身为女儿家,教她女红针线不学,终天不在家,在外乱跑,你看不是打了西家女,就是惹了东家孩。一天也不隔,上门来告状的拥破门,这日子叫我咋过哩!”边说边又大哭起来。

小姨妈:“姐姐,甭气,孩子小,慢慢教,总会好的。”

慈:“我看她难改,你没看她,性子野成那样,说了多少次,打了多少遍,全当耳旁风。唉!”说着慈又痛哭不已。

妇好进屋,叫了一声“妈”,睡在床上的慈一听,睁眼一看是妇好。急、怪、恼,气不打一处来,陡地站起身,左手高高举在空中。

岚凤村·李森家

妇好两天没见李森出来玩了,一问王峰得知李森病了,睡在家中。她二话没说,扭头跑回家到灶房中揣了一个东西在怀中,三步并作两步,跑进了李森的家。

妇好:“李森两天了没见到你,想死我了!咋病了?”

李森:“好姐姐,你来了!我也想你呀,咱两天没玩啦!”

妇好:“给!”赶忙从怀中拿出热腾腾的一个烧饼。“我妈给烙的可香啦,给,赶紧吃!”

李森:“你真好!”伸手接过了烧饼。突然从床上坐起来,双手抱着妇好的脖颈,紧紧、紧紧不丢,两行热泪夺眶而出。

沟塔寨·路上

激情是神奇的,由激而急,由急而怒,迸涌爆发出的气和劲是无法估量的。凡人无论大小、老幼、天性、本色,骨子里头厌恶持强凌弱,反感以大欺小、以多压少,此就是无惧强敌,不畏强暴的深邃内涵。

妇好、李森、王峰、田高与邻村狼牙岗七八个小孩看戏归来路上,为先过一桥双方发生了争执。三言两语,话不投机,打起架来。狼牙岗仗着人多势众,咄咄逼人。狼牙岗三个孩童猛地跑了上来,三下五除二,把站在最前边的王峰一下子打倒在地。

妇好一个箭步窜上去,也不知是身上何处来的神力,只左手一抬“下去”！一声未息，狼牙岗一孩童“妈呀”一声栽到桥下水中去了。随之站在水中大哭了起来。紧随着妇好左一拳右一拳，两个狼牙岗孩童，又一个个趴倒在地。“妈呀！别打，别打我！再也不敢了，再也不敢了！”

村西·大山沟田地中

人是精灵，父母给了身体、肌肉、骨架、神经、筋脉，人能吐气、吸气，有智商、有灵感、有感情，会说话，能沟通、交流、传递信号。此乃其他动物、植物万万不能比拟的。人生下来后会动，由动、蹦、跳、跃，乃至劳动，感悟模仿，效法，天性，本能、强筋、健骨，增强智慧，锻造智商。有道是劳动创造了人。劳动、工具、棍棒，而武功、武术、武艺无不由此衍生，发扬光大，神奇、神秘、玄机无限……

厚在锄地，边锄边示范，妇好跟在父亲身后，认真学习揣摩。

妇好灵性，想到此，她紧走几步，到了父亲跟前，说：“爹，让我也锄几下，看像不像？”厚说：“好女儿，你只要想学，为父教你。”妇好接过锄，先上左脚，一拉一拔，又上右脚，有模有样，锄了起来。父厚说：“行！比我锄得还快呢！”

一会儿，天大热，她看见父亲汗水淋漓，说：“走，到地头大树下歇会儿吧！”父亲很高兴地答应了。到了树下，父亲躺下就睡。妇好坐在一边玩石子。突然，树上鸟儿叫声“喳、喳、喳”传下树来。“烦死人了”，妇好抬头一看，看见一窝喜鹊雏鸟足足有十几只，正在张嘴接受母鸟喂虫子呢，所以乱叫个不停。

妇好心想：我爹刚刚歇息一会儿，你们真不知趣，烦死人，咋叫我爹睡觉？遂“噌、噌、噌”爬到了树顶鸟窝处。母鸟一看，吓得“扑棱”一声飞走了。妇好气不打一处来，伸手就抓鸟窝，想一下子抓它个稀巴烂。妇好手已到了窝边，突然她的手停住了！“一抓就能抓它个七零八落。可这嗷嗷待哺的十几只小鸟全死了，它们母亲一会儿回来，找不到儿女，将是何等心情呢？”妇好又想“啊！有办法了，我不下树，就靠在这鸟窝边，母鸟不敢回来，雏鸟不敢叫，等我爹醒了再下树！这不是能叫我爹美美睡上一觉吗？又能使雏鸟不死。”果然雏鸟们一个个鸦雀无声，一片寂静。妇好背靠在高高的树杆上，两眼直瞪瞪看着鸟窝……

岚凤村西·三王沟地岸

妇好、田高、王峰、梁方、李森、窦芳在田野割草，六个人边割草边说笑。最小的窦芳猝不及防碰到了一荆树小枝上的马蜂窝。刹那之间，马蜂“嗡、嗡、嗡”爬了她一头，只把她蜇得双手抱头，发疯般哭叫起来，很快手里拿着锋利的镰刀，连人带刀滚下了陡崖。待妇好、李森几个人跑下去看，窦芳头上肿起了一层圪瘩，左小腿上还被镰刀割破了一个口子，鲜血直流。

妇好："李森，快、快、快割根长茅草，把腿上血口子紧紧绑着，绑紧……"

最后，妇好背起窦芳，把她送回了家。

岚凤村·一打谷场上

军事战争这几个字神秘、神奇、高深莫测，似幻境，似魔术，匪夷所思，百思不得其解。战争乃集团、国家、民族之间矛盾的最高斗争表现形式。争夺土地、河流、森林、草原更包括人口，一句话，既包括利益也包括权利之争。犹如孩童在一起玩耍，这个"打"，这个"闹"，这个"玩"，这个"要"，是比拟、是竞赛，就连平平凡凡寻常乡野孩童间的"捉老兵"也有战争的影子。

这天，妇好率领二十多个男女孩童，正在村南口打麦场上"捉老兵"（"捉老兵"是旧时乡野农村孩童们常玩的一种游戏）。一东一西，排列成行，西队齐齐整整，个个手执棍棒，又有镰刀斧头当作武器。中间一土高台，妇好俨然"大帅"，威严高坐，正在发号施令。

妇好："右，胡头儿，命你带领三百（实际上三个人）人马，埋伏在岚凤村东口暗沟内趴着不准动，不准说话，等我信号，不得露出头让人看见，若有违犯，定打二十大板！"

胡头儿："得令！"

妇好："左，黄头儿，命你带领九百人马隐藏在岚凤村后，不准让人看见，东方敌人冲杀过来时突然冲出来截击，一定要逮着敌头儿，方算胜利！"

黄头儿："得令，保证完成任务！"

部署完毕，妇好陡地站起来，目光扫视全场，十分威严地说："各队立即出发，按照命令勇敢杀敌，有进无退，一往无前，有功者赏，后退者斩！"盆儿、罐儿、板儿当锣、当鼓，整个打麦场上惊天动地，摇旗呐喊，激烈厮杀。只见东西两支队伍一会儿向左，一会儿向右，时而进村中房屋巷道，时而翻墙越脊，你追我赶。时而藏隐，时而再突然跃出，虚虚实实，隐隐现现，露露藏藏。双方"兵力"也随意变化，一片金戈铁马之声。

胡头儿："报告大帅，我方抓着了三个俘虏！"

妇好："好！记上你大功一件！"

黄头儿："报告大帅，献上五个贼头儿！"

妇好："祝贺你，记上你的第一功！"

寨垛穹顶处

岚凤村西有西北、东南走向三座拔地而起的山峰，依次是寨垛、十山和大山。山山灵秀奇特，形象迥异，各有奇宝。最西北端寨垛为三山之最，分外高大，魁梧壮观。山高灵奇，你若站在垛顶，东西南北鸟瞰百里多尽收眼底，似一蹲顶天立地的铁锣汉，气势磅礴，“一览众山小”。有史料说：鸿蒙时代，这寨垛顶端最中间，有一九间九开的大禹庙，千百年来香火不断，万千善男信女络绎不绝地来此祈祷，祈求好运，据说每求必得，应验无比。

妇好：“上天专赐，我岚凤村独特风水宝地，当倍加爱护才是！”

窦芳：“姐姐说得对，你看这东西南北数十上百里内，独有这三山鹤立鸡群，无山无丘无岗能与之相比高低，天地为我岚凤村匠心独运，此大恩大德，吾辈没齿不忘，当悉心保护！”

大山·山顶尖处

大山位居“三山”最东南，也叫最下端，号称“三山”之中“小兄弟”。看它小，实际不小，与“老大老二哥”寨垛、十山相比，高低、粗细难分伯仲，不相上下。而大山更有一奇特之处，尖、瘦、细、高。有占卜者说：“若此‘身形’比作人，干练，内蓄灵气。”果不其然，公元二千多年后的今天，有宛南城府郡邑一大商贾，不知怎么的，看中了这大山的“尖”，乘人不备，据说在一个夜间背着他父母尸骨，偷偷埋葬到了最顶端。从此之后，这个商贾生意一路亨通，短短三年，一跃变成千万富豪。商贾感激，捐资在“大山”脚下建起了一座玉皇庙，香火旺盛。

妇好：“大山山高，乃灵山，天地造化亿万年，普施惠泽广人间，创新再造回馈天。”

梁方：“说山说水灵气现，弘扬传承巧借鉴，正干苦干乃本源，开拓奋斗不靠山，决不依赖山，人远远比过山！”

十山顶·正中间·唱歌石

十山位居三山的“中”，与寨垛、大山大不相同，别有一番雄姿。它呈一青龙偃月大刀型，刃朝天，背垫底仰卧状，一线西北东南长三千丈之遥，虽线之长，但山高度与寨垛、大山不相上下，巍巍然，凛凛威风。十山尤为奇特，在刀刃部略前下倾处，独独凸出一个大包，是一“巫师帽”状的高高一尊大青石耸立刀刃间，分外夺人眼球。这巫师帽状石有三十围粗细高有六丈九尺许，巫师帽后高前低，颇似一父一子呈怀抱姿态。这巫师帽状大石，有一奇异处，“父与子”即后高前低衔接处恰好天然生成一间隔几寸的缝隙，由顶端直插底部，清晰、透彻见底。奇就奇在这道缝隙，异就异在这道“空间”。一年四季，不分昼夜，略略有微风吹动，缝隙就发出清脆悦耳的声音，如高山流水。如果是大风，这“声乐”之声就更大了。这大石还有一大灵异之处，石大且粗，几十米高飘飘然，似棉絮般轻盈。偌是春暖花开，一片碧空，万里无云，风和日丽之日，有儿童爬上石顶，只两手轻轻一摇，又是歌声、笛声、声乐之声，不绝于耳唱响起来，令人如痴如醉，流连忘返。幼时，听老人说每逢甲子年子夜十分，有“黄帝蚩尤争高强，立武学，德天量，开启华史悠悠长”的歌声，音韵优美，娓娓动听，方圆十里八村的人尽能听到。可今天，再也听不到了。据说前些年，因修水渠堰塘，缺石料，一包炸药尽殁了。乡人愚昧无知，毁了一大自然景观，至今令人惋惜不已。由此，“巫师帽石”会唱歌，久而久之被人们起名为“唱歌石”传延千百年之久。这“唱歌石”乃天地造化，是巢氏上天升仙时左脚踏重右脚踏轻而留下的“大自然胜迹”。天赐灵石，竟成了这一方远近顽童们的“天然乐园”，“乐园”并非是好事，惹出了一桩又一桩大小祸端。上古大仙人赤松子有诗点赞“唱歌石”曰：

有巢脚踏灵气现，悠扬歌声传万年。
后世儿童奇好玩，争抢戏台拳脚残。

十山又石山，“巫师帽”石东北端约二里许的岚凤村是妇好、李森、王峰、梁方、田高、窦芳所住的村子。西南方向有一村叫寺上宫，距“唱歌石”约五里许。东南方约五里许，有一村叫快活林。三个村呈标标准准的三角形，形成一片开阔区域，似众星捧月般在东北、西南、东南三个方向，把十山、“唱歌石”，当然，也包括寨垛、大山包围在正中间，俨然三个卫士，日夜守护，毫不懈怠，唯恐有人盗走似的。得天独厚，天赐灵物“唱歌石”，千百年来，自然而然，成就了岚凤、寺上宫、快活林三个村孩童们争相玩要听“唱歌”的人间“天堂”。由此“唱歌石”“灵”“会唱歌”又成了孩童们争先恐后抢占的一方“宝地”。“唱歌石”按地界当属岚凤村、“先入关者为王”理所当然是岚凤村孩童们的常占“私产”。很不情愿，绝不会容忍他人据为己有。可由于它灵奇，特别好玩，又由于近村相邻，寺上宫、快活林两村孩童，馋涎欲滴，早也滋生觊觎之心，只是稍有理屈，暗暗窥测伺机取之而已。尽管是这样“欲不得，欲想得，越得不到，越要想得到”。卧榻之侧，岂容他人鼾睡。时间一长，三个村孩童们免不了争抢，斗殴之事时有发生。

寺上宫村・张哥家院・白天

打架斗殴，又打得鼻青脸肿，历来为人世间所厌恶、反感，丑劣、令人不齿。有道是冤家宜解不宜结。可寺上宫、快活林两村孩童联手打伤人，此怨算结下了。怕岚凤村妇好来报复，他们担惊受怕，惶惶不可终日。今儿不约而同聚在一起，防止岚凤村，尤其是那个“夜叉”妇好前来。大家你看看我，我看看你，正在商量应付办法。

张哥：“原想着只是吓唬吓唬他们下来，让我们上去玩玩，没有想到会出手打架，看把人家打得那么狠，恐怕他们不会罢休，现在我很害怕！”

大亮：“我谁都不怕，就怕那个女恶魔妇好，不知道咋回事，一个女的，竟有那么大的劲，两三个男娃也打不过她，亏得这次她不在，算叫咱占了个大便宜！”

吴昌：“我看这事大，人家岂能白白吃这个亏，咽下这口恶气？你没看妇好，她一生吃过谁的亏？一个小小沙子也别想在她眼中掺！”

葛强：“这个妇好‘野妞儿’厉害，她决不会放过咱们的，千防着，万防着，一定不能叫她把咱打了！哎！这咋办？没有好法，防也防不着啊！”

岚凤村

李森几个孩童不约而同也聚在一起，争相对妇好哭诉。李森额头上还有一个大包没有消肿，田高左胳膊上还包着白色绷带，绷带中间还渗着血。王峰因腿受伤，走起路来一瘸一拐的，狼狈得不像个样子。

窦芳：“好姐姐，你一次不在，他三个就被打成这个样，这口恶气，你不能不给我们出！”

李森伤势最重，一见妇好，似久别的小儿见到亲娘似的竟忍不住当着妇好的面大哭了起来，妇好赶紧相劝“莫哭！姐姐一定替你出这口气！”

日有所思，夜有所梦。人们对一事特别重视，或担心出现而害怕，就会做梦、做噩梦。

张哥：“昨夜里我做了一个好梦，妇好不仅没有来打，反而对我可好啦。他领着李森、梁方、王峰、田高还有小窦芳与我们一起在‘唱歌石’台上玩，我坐在最高台处，他们在台下为我叫好，和‘唱歌石’一样，又是唱歌，又是跳舞。石头唱一句，我们也唱一句，整整玩了一天，都不知道饿，谁也不说回家，多美呀！直到现在我还美滋滋呢！”

岚凤村·村口

村口突然来了三个陌生人，为首的四十多岁，瘦削身材，看上去干练精神，双眸饱满且炯炯有神。两个二十几岁年轻人，一前一后紧随身边，一看就知道，老者为主人，俩年轻人为仆人。

老者：“请问，这村叫岚凤村吗？”

村里一老者，花白胡须，迎了上来，说：“是叫岚凤村！敢问客人来此何事?”

老者:“卑人姓慕,叫慕仁,家住正南三十里枣果村。膝下一儿一女,女儿慕媛,今年年方二八。早有所闻,你这岚凤村有一姓王的是个好后生,不仅相貌英俊,且学有所成,尤其力量大,名望百里之内,无人可比。”

老者又继续说:“偏我小女,从小喜爱有志向欲建功立业之人,她听说这王姓公子名高望重,多次向我倾吐对王公子的爱慕之情,今鄙人专来贵村为小女冒昧求婚,能否请仁兄引见一二?”

村人哈哈大笑,奇哉、妙哉,阴差阳错,人世间竟有如此这等怪事、奇事、美事?村人只笑得前仰后合,兴奋不止。

慕仁丈二和尚摸不着头脑,惶惶然不知所措,忙问,“吾兄,在下不知说错了什么?或是不恭,有哪里得罪之处,请指教!”

这时,村人方才止住笑,和缓且礼貌地说:“客人远道而来,多谢你一番美意,只可惜这个‘王’,不是姓王,而是乡野小孩,顽童中的‘王’,她年方一十二岁,还是个女娃,她叫妇好。客人,你选婿找错了人啊!”

慕仁:“原来竟是女中的‘头儿王’!她很强,很有‘力量’吗?”慕仁心想,“既然来了,倒想见识见识,是个什么样的‘王’?她有多大的‘力’和‘量’?如何能说成为‘王’?”

第三章

女大力士

岚凤村北沟·麦收季节

厚:“闺女,今年老天有眼,咱这八亩麦长得蛮招人喜欢。收了麦,卖点粮食叫你妈给你扯个花衣裳。”

妇好:“好哇爹,我正想穿呢!”说着,妇好割了起来。不一会儿工夫,把父亲抛在了后边老远老远。只见她累得满头大汗,仍在笑呵呵地割个不停。厚看看女儿一幅勤劳的样儿,开心地笑了。

妇好背一大捆麦正向打麦场上走去,满脸汗珠,边走边不停地用手抹汗。因为是丰收年,心情异常兴奋。村上各家各户忙个不停。人来人往,收麦打场,忙忙碌碌。

妇好举起镢头向下刨去,一窝有五斤重大小芋黍,被她从土中缓缓提出。“爹,你看,快来看,这窝有五个,一个比一个大,喜欢人极了!”

厚:“妮子,你有福啊!我刨了三窝了,都没有你的这窝大、这窝多。妮啊,你好做活,爱劳动,成天不闲着,为咱家造福大,长大定有出息,你妈我俩高兴得只合不拢嘴!”

妇好:“您二老多勤奋,早给我树立了榜样,我要学着爹,你看我身体多壮实,只感到全身有使不完的劲!”

厚:“好啊妮,有你这话,爹更高兴,说明你长大啦。咱家是本分农民,爱劳动、不怕劳动,这是咱的天性本色,爹真为有你这个好女儿庆幸、庆幸啊!”

秋天·西山凹

李森:“咱们今天四个人割草,比试比试看谁割得快,割得多!”

妇好:“我家养有一头小牛,还有一头母牛。临走时妈说要多割些,少了怕不够它俩吃。”

梁方:“行啊,我干啥事就怕落后,非当个头名不可,今咱几个就见见高低!”

王峰:“比就比,我相信不会落在你们几个后头……”

几个人谁也不说话,各自选择位置割起草来,争先恐后,谁也不甘落后。突然,梁方惊叫了一声,“你们看那是什么?”妇好他们不约而同顺着梁方手指方向望去,一个似小狗崽模样的小家伙,在一大石缝中向外探着头,正好奇似地向外张望,仿佛是在观察他们几个人的割草动作。李森说:“走,去看看!”几个人向那个小家伙走去。那小家伙一见人来,赶忙把身子缩进洞去。待他们走到跟前,就什么也看不见了。王峰好奇手一指说:“你们看,这是个不深的洞,地上铺着厚的草。啊,不是一个而是四个小家伙呢!”

田高说:“好哇!抱回去,咱们一人一个,好好玩玩!”

天漆黑，漆黑，伸手不见五指。人们早已沉浸在梦乡之中。突然，声声凄厉嗥叫划破夜空，其情悲哀，令人同情。全村的人都被惊醒了。有人侧耳一听“啊！这是狼叫啊！怎么回事，从未有过啊？狼到咱这儿围着村子狂叫不止？”

狼仍在叫，有懂得的猛一拍额头，“啊！弄不好是这回事，是不是有人逮了它的狼崽，才招致这样？”又一人说：“是的，今儿个我们小峰儿逮了一个小家伙回来玩，我还以为是别人送的小狗呢。”

王峰：“我真是不情愿，妇好姐也不知道怎么想的，非叫咱几个把这几个小狼崽送回来。”

田高：“我也不同意，啥事都得依着她，我实在想不通！”

李森：“不就是几个狼崽吗？有什么大惊小怪的，就昨黑夜母狼到咱村叫了几声，妇好姐你就紧张起来了。送啥？我真不想送回来，这世人哪还有办回头事？况且又不是人，是狼，凶恶的狼，划算吗？”

大家你一言我一语，极不情愿，无不在埋怨妇好。妇好一言不发，静静听着他们一个个说话。不气不急不恼，还不时笑笑。

妇好：“你们三个说的也都在理，我不仅理解，也很同意。可你们有一点不知道，狼凶残、兽性、野性十足，可它与人一样有母子情。仅从这一点来说，我们不仅理解，而且应当给予同情。”

梁方：“同情个屁，狼凶恶残忍，最无情。你看看，咱们村的鸡、鸭、鹅，还有羊、猪被狼叼走，吃了多少谁也说不上来。人人对它恨之入骨，打死它，唯恐还解不了恨呢，怎么现在竟同情起狼来啦！这荒唐不荒唐？惹人笑话不笑话？”

妇好："乍看起来是荒唐，可我们也应当想一想，虽然狼过去是不断袭扰咱们村，祸害了咱不少猪牛鸭羊，可这也是它生存的天性啊？可这一次，狼并没有祸害咱们的猪羊啊？这一次是咱们做的坏事，人家狼可没有惹咱祸害咱，是咱几个人无缘无故给狼造的滔天大祸呀！你说咱应该不应该把小狼崽送回去？"

田高："看看昨晚上那个叫唤劲是怪悲惨、可怜的。想想当时母狼悲悲哀哀围着咱村乱跑乱叫的声音，我就想哭。不过，它毕竟是狼！对狼竟然这么同情，我看没有多大必要。"

妇好："动物与人只是语言不同，它只是不会说人的话而已，其他如骨肉亲情等与我们人是一样的。刚才已经说过，谁如果无端夺走一个母亲的四个儿女，又千找万寻找不到，试问这个心境我们能理解，能体会得了吗？我再说一遍，狼这次丝毫没有损害人类，是我们四个人毫无道理夺走了狼的四个子女啊！对狼来说，我们四个是恶人、是坏人、是罪人，狼被我们四个人害得母子分离！你们说，咱这样做应该不应该？"

李森："说得天花乱坠，强词夺理，变着法儿非把狼说成'好人'，从而达到把狼崽送回去的目的。妇好姐，我真算服了你了，你对什么都有感情，不管它是人不是人，非把它说成'金子'不可；而对什么厌恶反感，也不管它是人不是人，非把它由'宝贝'说成'粪土'不可！"

妇好："我可不是这样，今天只想着，无缘无故，咱不应该伤害狼。它也有灵有肉，它也要生儿女，平白无故为了我们的好玩而给狼造成滔天大祸，使它陷于灭顶之灾，这太不应该了。这些话我本不懂，是母亲教给我的。我母亲还说狼也不是全部的恶、坏、残、忍，它是动物，大自然造就它吃肉食，也正如牛、马、羊天生吃草一样。

妇好："听我母亲说，这叫什么来着，大自然、生物、平均、平衡链条吧。比如以一个村来说，有男有女，有父母有小孩，还有爷爷奶奶，都得有，不能单有咱小孩。我也说不好，恐怕就是这个理吧！狼毕竟是野兽，它野性十足，残忍、凶恶、无情是它的本能，这次我们偷了它的小孩，它对我们肯定恨之入骨，伺机报复。我提议，今后外出身上带点东西，比如刀子棍子啦，还是防备点好。"

岚凤村·妇好门口

厚："妮儿快起床，随我下地割黄豆去。"

妇好："好，等我拿上镰刀、绳子。"

妇好腿快，先开开房门，突然滚进屋内一个圆滚滚的东西，感觉重重的、沉沉的、大大的。

妇好:“父亲,怎么是一只死野羊,有一百多斤重!”

厚:“咋是一只羊?”

这时一听响动,妇好母亲慈也起来。这时天已大亮。一家三口齐集门口一看,果然是一只大野羊,大得很呢!厚、慈和妇好三个人都惊奇不已,“难道是天上掉下来的,这是怎么回事?”

一会儿,被惊动的四邻右舍七嘴八舌争相说:“这是咋回事?还没见过,不,连听说也没听说过,天大一桩奇事!”一传十,十传百,又一会儿工夫,全村人竟全来看热闹了。妇好家挤满了人。这时有位老人不紧不慢拨开众人,弯下腰仔细看看,野羊脖子上有牙咬过的伤,十分惊奇地说:“是不是那只丢崽的母狼送来的?”,全村人你看我,我看你,都猜想不透。

妇好家·午夜

白天,妇好随父厚在地里刨芋黍,刨了整整一天,傍晚又一担一担与父亲一起往家挑,妇好长这么大从没有干过这么重的活,往返多次,只累得她腰酸腿疼,两个肩膀抬都抬不起来,背上似压了一扇大石磨盘,沉甸甸的,只感到喘不过气来,浑身酸疼。晚上她连饭都没吃,倒头便睡,不一会儿就进入了梦乡。妇好正在熟睡,一年约三十岁、雍容华贵的妇人,乘坐九色龙凤驾驶的紫色凤辇飘飘然从西方云端徐徐而下,来到妇好的身边。只见她头戴赤、橙、黄、绿、青、蓝、紫七色首饰,仙气如云,两只青鸟在身旁左右护卫,满屋紫气,香烟袅袅,原来这是仙姑娘娘到了。

仙姑娘娘:“妇好小女,我乃仙姑娘娘,今来见你有使命度你秘籍。”

妇好:“我不认识你,娘娘有什么指教,小女我洗耳恭听!”

仙姑娘娘:“你不是人间凡人,乃上界星宿,承天命降临人间,要你襄助商王朝江山社稷大任,赋你建业绩,造福祉,惠泽万千百姓。任重道远,代天授命!”

妇好:“小女仅仅才十二岁,乡野之家草木之人,一张白丁,何德何能,敢承大任?”

“无妨,无妨!我赐你一秘籍,知识、智慧、胆略更包括力量,在汝身上会迸涌而发,一发而不可估量!”说着,仙姑娘娘从袖中取出一热气腾腾的烙饼,说:“你今累,也正饿了,赶快吃下,赶快吃下!”说着递到了妇好的手上,妇好将烙饼一下子吞进了肚内。

仙姑娘娘哈哈大笑起来。“我深奥玄机从不示人,怎奈承上旨意,使命系之。吾一生仅授两人,待五百年后再传授一叫李存孝的,再就是你。你虽女儿身,可从今后力气之大,难以估量。要你长大入仕从戎,使斧戎两件大兵器,建伟功立大业。望你好自为之!”扭回身,腾空飘飘然而去。妇好一觉醒来,“原来竟是仙姑娘娘。”

妇好家院东厢房

不知怎么的，昨夜梦过后，妇好全身燥热，好不容易忍到天亮。起床一看父母还在睡觉，她蹑手蹑脚开了房门。口渴得很，她三步并作两步来到了东灶房想找点水喝。推开房门，灶房门碰到了水缸沿。“该死的，这么大的瓷缸偏偏放在门旁边，一开门就响，烦死人！”妇好拿起舀水的瓢，连着喝了三瓢凉水方算解了渴，这才顿感惬意起来。扭头一看，五尺高的陶缸加满满一缸水立在门旁。“碍事、碍事！”妇好遂一不做，二不休，展开双臂把这一只水缸稳稳当当搬到了灶房里边。动作之快，竟连一点儿声音也没有。

慈：“水缸咋变了地方啦！是谁干的？满满一缸水啊！我和她父亲再添个人恐怕也搬不动！这是谁干的。他父亲，咱妮已上地啦，是不是她挪的？她能有这么大的劲？我不信……”

厚：“哎哟！这真是奇事！不可能，她不会有这么大的劲！”

岚凤村东北八里许·圪塔村

有一财主叫林仁义。因村中一辘轳井时不时干涸，尤其是一遇夏季大旱天时，井中就断水。这林仁义一方面出于关心全村人的吃水，另一方面想借此树立自己的声望和权威。他强派户户捐钱，再挖水井。可因为多数户穷，交不起钱。林仁义为出这口“不平气”，井挖好后，出高价钱请了会武术且力大无穷的两个人，把村打麦场上两个石磙搬过来头对头，稍微离个缝隙，对着放在辘轳井口上，对全村人说“有谁能将石磙搬走者，可汲井水，否则，拿钱来！”此再明显不过，仗势欺人，敲诈勒索。如此在井口上放石磙，千朝万代也是罕见之事，何况还是在乡野农村。不几天，沸沸扬扬，传得四邻八舍，远近无人不知，无人不晓。小小的妇好也听说了。这天，她二话没话来到了圪塔村井口边，一看正围了一大群人，在观看“风景”。

妇好：“石磙压在井口上，不让父老乡亲吃水，这是哪家的国法王法？”

村民：“只我们家穷，苦苦兑不出钱，就是为了这他摆上石磙，不让我们吃水。石磙摆在井台上，你看这多悬，谁敢靠近一步，我们敢怒而不敢言啊！”

妇好：“乡亲们，我今天把石磙挪过去，请大家放心吃水。今后有谁胆敢再放上石磙吓唬乡亲们，我找他算账！”说着，妇好迈开右脚只一扬，左边石磙即挪出了丈八远开外。围观人群一见，大惊失色，紧接着，响起了雷鸣般的掌声。

寨垛·大山

十山下,一片开阔地,依次由西到东,三台大戏(《战蚩尤》《舞干戚》《不周山》)。这是岚风村、快活林、寺上宫为了过年,庆祝这几年风调雨顺,年年五谷丰登,争相凑钱而唱的大戏,为什么一唱就是三台?他们说"三村三角相互拱卫,你中有我,我中有你,和睦共处。'三角'包容,遥遥相望。要唱就唱三台,一村唱一台,不是唱戏,而是比戏、对戏,从而让我们这三个村的娃们迸涌血性,滋生本事,长大了不辱祖门。"

张哥:"哎呀!三台,一唱就是三台,是比戏、对戏啊,看谁唱得好,看谁的戏台子前人多,这真过瘾,真得劲啊!"人山人海,这方圆三十里的人都来了,围得水泄不通,数都数不过来!

十山下·第三天上午

第一天、第二天,还有黑了连着唱叫"连灯课",听得人们如痴如醉。为了第二天少跑路,再看戏,事先拿个棉被,随看随住在戏场,七邻八乡的乡亲们兴奋极了。第三天上午接着唱,只听《战蚩尤》。大花脸蚩尤,全装贯甲,身高伟岸,眼似铜铃,手挺方天画戟,出场亮相。"有蚩尤为王我南征北战,东杀西挡!"一腔飙音之长,连在戏台上转了三圈还没落音。花脸嗓音之雄壮,天崩地裂,犹如秋风扫落叶。一阵阵欢呼声,鼓掌声,响彻天空。

中间唱《舞干戚》戏,唱的是黄帝东征炎帝,借道刑天的国家。刑天拒绝,双方展开了大战。刑天国小势弱不敌,一战被黄帝杀死,砍了脑袋又断了四肢。可刑天护土家园保国家意志坚强,死也要保国土,保家园。没有头,不能说话,把肚脐当嘴巴继续说话,把两乳当眼睛,继续观察敌方,打、打、打,杀、杀、杀,刑天舞干戚,猛志常在,其伟大血性、气势和家国情怀惊天地泣鬼神。戏台上,饰演刑天的是一位武生大红脸,架子大,气势壮,唱声悲壮卓绝。只见他人死魂不灭,两乳做武器保家国,一寸土地一寸鲜血,令台下人群动情动容,千万观众鸦雀无声,掉根针的声音仿佛也能听见。

紧接着东边唱《不周山》戏更是气势磅礴,惊天动地,台下人们屏着气静听。《不周山》说的是颛顼与共工氏展开的一场大战,战场上"腥风血雨,你死我活",最后共工氏不幸兵败。共工氏是5000年前一位天子,号第一大力士,兵败怒触不周山,一头撞破不周山,人也随之死亡。《不周山》是一部武戏大剧,剧中有神箭手后羿,还有火神祝融。这几位与共工氏一样,武功高强,威风凛凛,气压盖世,势不可挡。有共工氏边撞山边以"大黑头"大力士、勇将般雄浑嘹亮的嗓音高唱台词:"兵败不可怨,有本事我触倒你不周万仞山!"

冷不丁儿妇好在戏台下人丛中突然一声吆喝:"学共工氏大力神,我要上山举起那大石一观！”紧随着，她飞跑着上了十山，到得“唱歌石”跟前，两手仅一蹲，又一抱，又猛一站，大吼一声“起来！”硕大一大黑石头，足足也有六百斤重，被她双手高高举过了头顶。“哎呀！”这个时候，什么看戏的，在台上唱戏的，不，是三台唱戏的，三台台下看戏的，都干脆站在原地，仰起头向西山上方，目不转睛观看。只见妇好似一巾帼巨人，站在十山顶上，双手高高举住一大石头！他们惊呆了，吓蒙了……

西山凹·深涧陡崖密林中

窦芳：“姐姐，今天这里人稀就咱们俩，没有打扰，咱玩一会拾一会柴，捡满了早一点儿回家，你说中不中？”

妇好：“芳妮，这几年你高了不少不说，还分外妖娆妩媚动人好看啊。真长到了十八九，还不知道是什么天上仙女，月宫中玉人儿呢？”

窦芳：“看你说的，我就是长的再好看，也难比上好姐万一啊！这两年，咱七邻八舍远远传颂，岚凤村出了一个天仙，月中嫦娥叫个妇好，一传十，十传百，越传越神，说上古的妹喜也比不过好姐你呀！为此，咱岚凤村也跟着你沾了光！”

窦芳：“好姐，你柴拾得怎么样？我已拾满啦，走，咱回家吧！”

妇好：“我也快捡满啦，稍停一会儿，咱就回家！”说着妇好又一镰刀向一棵干树枝砍去。说时迟，那时快。突然，妇好只觉得脑后一股凉气似飓风般袭来。她下意识扭回头看，“啊！”的一声。一条蛇张着血盆大口正向她头部袭来。刹那之间，妇好人和蛇搅在一起。滚在地下绞成一团。这条蛇，不，是山中一条大蟒，足足有碗口粗细，两丈多长，紧紧地把妇好缠在一起，越缠越紧……

妇好顿感两眼一黑，头晕眼花，似有把持不住，只有一只拿镰刀的左手伸在蛇身之外。妇好想：“我不想被蟒缠着了，如此之大一条怪蟒，看来今天凶多吉少！”妇好头脑冷静，她默默思索着：“这下完啦，看来今天完啦，彻底完啦！”

窦芳在另一边连声喊，“好姐！”久不见回音。她急了，怕啦！“怎么回事？好姐不应声呢？”一想到此，窦芳陡然紧张起来，三步并作两步，向这边走来。不来便罢，一看竟使她大吃一惊，刹那之间丢魂丧魄！“啊！好姐被大蛇咬着了，快、快、快，我得赶紧回家中叫人来救！”

妇好这时仍处于清醒状态，她在苦苦思索着应对办法。可心绪繁乱，想不出什么好法子。突然，“有了！我不是手中有镰刀吗？”于是妇好反转手，一使劲，锋利的镰刀向大蟒腰部割去。不一会儿，大蟒五脏六腑洞开，支离破碎，一截儿一截儿断断续续，系系连连地瘫在妇好身旁。而妇好呢，头部起了几个大疙瘩，全身上下竖起一道沟，横起一道沟，惨状非常。妇好四肢无力横躺在地上,大气不接小气,呼呼直喘着粗气。这时村中人们舞刀弄杖,大声喊着跑了过来。仔细一看,大家既惊奇又感叹和庆幸……

岚凤村·西北黑石板沟

张哥:“好姐,你上次在十山上双手举起大石头,又杀了大蟒蛇,真是给我们长了脸啊,我们无不为你高兴,风光极了!”

妇好:“人们传的都不对,我与你们一样,也长的有鼻子有眼,没有不一样的地方。至于举石头吗?那是我被戏台上共工大神的气概所感染,也不知道一时激奋,是咋回事,就跑上山举了起来,也更没想到突然之间会有那么大的劲?要说不害怕,是骗人的,怎么不害怕?又是突然之间,你就不防,又是一条那么粗那么长的家伙。开始也怕,可马上心一横,也就不怕啦!‘你这蟒蛇来缠我,要吃我!不便宜你,没那么容易,拼上命豁出去了,也要与你斗,不是你死,就是我活,我要活,就是你得死,你这蟒蛇必须死,一定得死!’一想到此,就什么也不怕了,浑身有使不完的劲!”

“大胆、勇敢,还要死拼,更难得的是有方法智谋。如果不急中生智想起来手中的镰刀,就是再勇敢,再大胆,终也难以逃脱蟒腹之中!”大家连说:“对,对,对,这个是最主要的,若不是用镰刀,妇好你非死不可,说什么我们也再见不到你啦!”突然,黑石板沟一陡崖处,有一虎大吼一声,大家陡然一惊,不约而同向着虎吼的方向望去。

陡崖山涧处

妇好他们看见,一头硕大熊瞎子足足有六百斤重,与一头吊睛白额猛虎狭路相逢,正在打架。又是虎啸,又是熊吼,声震山谷,旁边大树上的叶子被震得扑落了一地。

老虎和熊瞎子扭打在一起,又是虎咬,又是熊抓,激烈残忍,吼声如雷。老虎又一次闪电般袭来,双爪齐出向熊瞎子面部一抓。不想它早有准备,遂顺势一熊掌向虎伸来的双爪劈去。熊瞎子力气何等了得,只这一熊掌,老虎被扇倒在一丈开外,就地滚了三滚方才重新爬起来。

熊瞎子一看得胜,喜不自胜,迈开大步直向老虎倒地处追去,欲再一掌把老虎打成肉饼。不想它还没有扑到,老虎即闪电般逃走。一下子没有抓着老虎,这熊瞎子可气红了眼。“什么你老虎,不让我抓着你,跑得比兔子还快,实实气煞吾也!”熊瞎子气得简直要发疯,恼羞成怒,见树拔树,见石头搬石头,边“吼吼”大叫,一刻也不停,东边拔树西边搬石头,这东西边完了,再跑北边,又跑南边搬和拔。未及两个时辰,虽然石头搬了几十个,大树拔了一大片,可它这时也只累得一点儿力气也没有了,“呼,呼,呼”直喘粗气,遂往地下一躺,四仰八叉,面朝天一动也不动,只见胸前露出绒绒的一圆片白毛，这正是它的软肋处。

这时的老虎正躲在石头背后，隐藏着窥伺机会，当它看到熊瞎子耗尽了力气，一点儿还手之力也没有时，一个箭步蹿出来一抓，一只五六百斤硕大无比的熊瞎子五脏六腑尽被掏出，全成了老虎的盘中餐！妇好目不转睛看完了这精彩且雄壮、悲哀的一幕。

大山山边

吴昌："好姐，上次咱们亲眼所见熊瞎子和老虎打架，也真是惊心动魄，扣人心弦，到今天想起来我还后怕呢？"

妇好："我也难以忘记那场搏斗，熊瞎子仗着一身蛮力、示强傲横，逞勇好斗，结果自己耗尽了元气，不仅一败涂地，而且白白送上了一条性命，哎！直到现在，我仍在为它感叹悲哀呢！"

大家站在树林高埠处，不易让熊瞎子看见的地方凝目观看，一句话也不说。梁方说："看来，它是渴了，渴极了。你们看，它是去河里喝水！"几个人不约而同说："是的，是的，果然是去喝水，看来天太热，它是渴得受不了啦。"

大亮："你们看哪，它不喝啦，扭回头，一摇三晃，可走不动了，肚子圆滚滚鼓起来了，活像个大水缸！它真的走不动了，实在的走不动了！'扑通一声'四仰八叉，背挨着沙，脸朝着天，一动也不动，它睡在沙滩上起不来了！它永远起不来了！……"

右西北角·山头大石缝隙处

吴昌突然惊叫了一声，"你们看"他用手一指，"六匹、是六匹，六匹饿狼啊！飞也似的向熊瞎子跑去！""跑在最前边的特别大的一匹狼，像个'头儿'的一步蹿了上去，一口咬着了熊瞎子的咽喉！"

田高："你们看，紧随着，第二匹狼从熊瞎子胸部有'圆白圈'处只一嘴下去，熊瞎子五脏六腑连肠子一齐流了出来！"

张哥："剩下的四匹狼咬腿的咬腿，撕臀的撕臀，抓肋的抓肋。瞬息之间，熊瞎子连叫都没来得及叫一声，硕大身躯刹那之间成了碎片！"

李森说："骇人听闻，毛骨悚然，惨不忍睹啊！"

妇好突遇此情此景，一言没发。她非常冷静，且沉着地观察着熊瞎子由始到终的每一个动作，也包括熊瞎子一个个动作所反映出的心理活动。

妇好彷徨，惊奇，匪夷所思。动物世界，五颜六色，千姿百态，天外有天，山外有山，青蛙吃癞蠹，一物降一物，大自然竟这么玄妙、神奇、神秘，她百思不得其解，"力"和"智"、"能"与"傻"竟这么的不能同日而语……

第四章 学富五车

寺上宫·右学

在上学期间,妇好有一事让老师感到吃惊。

一会儿工夫,到了三里之外的寺上宫,妇好又蹦又跳高兴极了。报名毕,妇好被编入一班,坐第二排。

高先生现在开始上课。同学们都把自己的“东西”,也即书包、课本放好。

妇好突然站了起来,问高先生:“啥叫‘东西’?是刻刀吗,为什么说‘东西’?不说‘南北’?”

高先生脸“刷”地一变。稍停了停,声色俱厉地说:“怎么你这个妇好,刚刚开始上课,你就毫无礼貌,拿稀奇古怪的难题来刁难老师!快闭上嘴,再不要说一句话,现在我开始上课!”

寺上宫·右学

几天后,在上课之前,高先生与同学们讲述。

“同学们,咱今天上别开生面的一课,我为同学们讲‘东西’!”课堂顿时一片哗哗然。高先生接着说:“同学们可能还记得,妇好同学曾向我发问过!说实在话,由于猝不及防,当时我吃了一惊。再者,这个‘东西’只是习为常说惯了。当时我也说不上来,感到妇好当着全体同学的面发问,对我不恭,遂报以声色。下课后又生气了两三天。到第四天夜,睡在床上慢慢我才想通了,妇好对不明白的问题不顾忌其他,敢发问老师,不简单,了不起!这是她求知欲强的表现。因此我说妇好是一个好同学,我号召全班同学学习她这种敢于发问的精神!”随之全班爆发出一阵雷鸣般的鼓掌声。

接着高先生又说:“作为先生,我也不是什么都知道的‘完人’,同学们每每发问,应该‘有问必答’,可我才疏学浅,没能及时对妇好解答,不仅不令她满意,还对她报之以令色,今天先生向妇好、向全班同学表示深深的歉意!”顿时又响起了一阵阵鼓掌声。

“通过这件事,我深知自己知识浅薄。因此,这几天我反复查阅资料,终于弄懂了‘东西’的来历。现在我向妇好也向同学们进行解读。”顿时又一阵阵鼓掌之声。

“‘东西’这是方位,是东、西、南、北、中的各个方位,属阴阳五行金、木、水、火、土的范畴,是相生相克的关系。其中,东方属木、西方属金,而南方属火,北方属水。凡是属木、金的物品,如买‘东西’篮子是可以装的,而说买‘南北’篮子是不能装的。此千百年来,人们听惯了,就是‘买东西不买南北’的内涵。”妇好及全班同学一听,随之爆发出一阵阵雷鸣般的掌声。

虚荣心、荣誉感，尊严好面子，无论男女，人人有之，何况孩童，天真无邪的小妇好。今天高先生课堂上当着全班同学的面表扬了她，高兴激动得竟一夜未眠。妇好憋足一股劲，非争一口气，听先生的话，好好学习，一定学个全班第一，决不辜负老师对自己的期望。

妇好倍加努力，有一股"争第一"的雄心壮志。下课了，其他同学们在校院叨鸡的叨鸡，踢毽子的踢毽子，跳绳的跳绳，唯有她仍坐在教室里读呀背呀。放学回家路上，上学走在途中，背呀背，一时一刻也不放过。一天夜里，已是三更天了，母亲慈起床小解，突然看见妇好的小书屋仍亮点着油灯读书。

岚凤村 · 妇好家

全家刚刚吃过早饭，闻听敲门声，妇好开院门。一前一后，一男一女进来两个人。男的约在60岁上下，面部微红，两眼炯炯有神，一看就知道是一位得道高人。后边这位女巫师打扮更为奇特，一头苍白长发，高高隆起，最顶端高高挽起中间横穿一银簪子，闪闪发光。修长身材，一身白色袍子，慈眉善目，给人一种和蔼可亲"菩萨""天使"形象。

两人随妇好一前一后进到上房，父母厚、慈连忙上前迎接，"欢迎，请坐！"很快慈母亲端上茶来，两人依次落座。男巫师说："想二位可曾记得？八年前令爱刚刚生下，吾二人曾来贵宅一次！"厚："记得，记得！想起来了，想起来了！"慈："怎么不记得？就是您二位高人为妞儿起的'妇好'名字呢！大恩大德，我家永世不忘，永世不忘！"男巫师说："吾雅号蚩真，乃吾祖蚩尤二十六代弟子，在金斗山蚩尤庙内修行。只因你家小女乃上天所赐，命她下临人间襄助大商江山社稷，将建树一番煌煌伟业。今奉上天差遣，来引她入道，以度她文韬武略，不日建功立业于天下。"女巫师说："吾雅号妙常，此乃吾师兄，如师兄所说，吾等今来实承上天使命授她智慧、谋略，为国家锻造一代栋梁之材，想时日不长，少则三载，多则五年，想二位施主定会忍痛割爱。"

厚："得上天如此垂爱，二位高人又前来，乡野之家蓬荜生辉，求之不得，求之不得，焉有不允之理！"

妇好一听，竟高兴得手舞足蹈起来。说："爹、妈，我去，我去！只三年吗？只三年，学好后我就回来！"

慈："可我妞儿还在寺上宫正上序学呢！咋向先生交待？"

厚："无妨，小事一桩，这事我去料理！"

金斗山 · 蚩尤庙

金斗山位于岚凤村西六十里许，越往西山越大，峰谷越多，方圆八百里，峰峦叠嶂，幽谷险峻，深不见底，仰面苍穹高挂一线天。金斗山为秦岭山系，周围有七十二峰，七十三峡谷，在华夏神州诸多名山大川中，独负盛名。金斗山为七十二峰中的最高峰，高耸云端2187丈，一览众山小，乃中原第一高峰，金斗山顶尖处似一雄鸡头状微向南倾，“鸡啄”约十丈长短似正啄食状。鸡冠窄棱棱一线似刀刃状，长达百丈之许，形象逼真，栩栩如生，蔚为壮观。更一奇特之处，整体金斗山青黑色岩石浑然一体，唯独这最顶尖高峰处的“鸡冠”呈金黄色，“清一色”由天然金黄色汉白玉天然生成。有当地老者讲“此山得名为混沌年代，上天仙神‘三仙妹’之一的碧霞娘娘的惯使兵器，‘浑元金斗’三仙妹有后商纣、周大战三十六路，伐西岐威名，而鲜为人知的是在此之前，在黄帝、蚩尤大战时，她也曾下山助战抵御蚩尤，‘混之金斗’在此抖威。”由此，得“金斗山”之名。

金斗山山峰顶端稍前倾，下二百丈处，凸出由此向南伸出一平川开阔地，偌大高许二千九丈，东西见长，南北呈宽。开阔地之上有一三进大庙院，为蚩尤庙。前院迎面房檐“蚩尤吾祖”四个金色大字熠熠生辉。院中，左右厢房入住的是善男信女，左为男，右为女，肃穆庄重，一派净土乐园。进后院过厅为一东西九间过殿。这殿四壁依次描绘刻画着蚩尤及他八十一位铜头铁额兄弟与黄帝大战，一幕幕雄壮，气象万千。三进院的最后一院是蚩王殿。这蚩王殿为庙院主轴建筑，东西九间，高一丈九尺，殿脊为龙虎相向，有一大绣球，寓龙虎抢球状。殿内塑有九尺九寸高一蚩尤石刻雕像，全装贯甲，威风凛凛。整个身躯神像豹头环眼，燕颔虎须，令人肃然起敬。听老者说：“蚩尤与黄帝一样，是中华民族的最初人文始祖，人们敬仰他。千百年来，这里香火不断，特别是逢年过节，人山人海，车水马龙，热闹非凡。”

蚩真传说是蚩尤二十六代嫡传弟子，不仅道高术深，而且能文能武。黄帝、尧、舜、大禹历代兵书战策尽蕴其身。这蚩真更有一手独门绝技，外家硬功，十分了得，天下无人能与之匹敌。

妙嫦今年刚刚58岁，为蚩真师妹，她与蚩真一样，也是一位高人。这妙嫦除文韬武略精深，尤有“内家拳”武功厉害，远近无人不知，无人不晓。据说妙嫦的杀手锏是袖箭，发暗器，点穴功，天下无敌。时人说：“妇好得拜师蚩真、妙嫦门下，可以说天赐机缘，如鱼得水，如虎添翼，一代大兵家、大战神将不日现大商朝人世间。”

妙嫦：“徒儿，自你出生以来，我与师兄前后两次拜临贵舍，为的是度你一技之长，此乃天赐使命，不能违逆，望你深解一二，牢记在心，好自为之。”

妇好向妙嫦跪下，行三拜九叩拜师之礼。“两位大师殚精竭虑，呕心沥血，费尽心机，小女岂能不知，岂能不领略万千。羊且有跪哺之恩，人非草木,孰能无情！小女当铭记在心,没齿不忘!”

妙嫦:“从今以后,你当从头做起,从零起步,学文化、学知识,习韬略,长智慧;还要演武事,习武功;同时还要帮师父劳动和出外化斋。望你悉心做之,一丝不苟。”

妇好:“请师父尽可放心,小女是农家出身,不怕劳动,脏活累活都难不倒我。”

妙嫦脸一沉,郑重其事说:“‘十年寒窗苦,难学一技功’,此话你懂吗？学艺难,难似一座过不去的火焰山。你在家的‘序’学,那只是初学,作入门之举。你有力气,雕虫小技,不过笨拙莽力耳。”说到此,妙常顿了顿。“你要有所思想准备。不吃苦中苦,难熬人上人。努力吃苦,肯学,善动脑子,要有毅力,矢志不移,百折不挠,坚忍不拔!”

金斗山·蚩尤庙

妇好白天打扫庙前后三个院的地上卫生和打扫厕所。每天前晌和后晌,还要下山打两担柴回来。学功课时妇好烦躁、苦恼,又加上白天打柴和清扫卫生,只累得浑身困疼,更甚者,这几部书深奥艰涩难懂,有好多字还认不得。

妇好郁闷,由于艰涩难懂,渐渐地,她对学习丧失兴趣,不爱好,厌弃、反感不自禁一起涌上心头。“哎！咋会这么难？在家上‘序’学,多么聪明,数我最灵巧,一次全序学比赛,滚流倒背,我拿了第一名,可为什么这里竟不大一样?”妇好学不进去,看看七天啦,区区 241 个字,硬是啃不动,弄不懂。夜已经深了,她头一歪趴在桌子上“呼、呼、呼”很快进入了梦乡……

妇好正在睡觉,猛觉得头部似什么猛击了一下,立即疼起来！她惺忪着双眼,“啊！师父您来了！什么时候来的？怎么我不知道啊?”“站起来!”师父一声棒喝。紧随之,又是劈头盖脸的一阵毒打。只见妙嫦师父手中的戒尺,“刷、刷、刷”似雨点般打在妇好的身上。

妙嫦:“怎么回事？是学习,还是在睡大觉？说,对我好好地说!”

妇好:“我累！书深奥难懂,我学不进去!”

妙嫦:“累,怎么会累？每天只捡两担柴,就累成这样？到底是累还是懒惰？对我说!”

妇好:“生字太多,我不认得,弄不懂!”

妙嫦:“不懂为什么不来问我？不耻下问,难道你不懂吗?”

妇好:“师父,徒儿知错啦！下次不敢啦!”

妙常:“不敢啦！到底敢不敢？不好说,就你这个样,以后打不打不好说,可能还要打你一回两回……就在这角屋内禁闭三天,不准喝水,不准吃饭,三天以后见我!”说完,妙嫦师父头也不回,出了角门。

妙嫦:“徒儿,三天对你禁闭,怎么样?受得了,受不了?恨不恨师父?”

妇好:“开始受不了,饿得慌,也有点埋怨情绪,我学习不用功,批也批了,打也打了,为什么还要关禁闭?有点想不通。可不恨师父,不假思索就知道师父一切是为了我好!”

妙嫦:“知道,理解了就好,要知道‘树不修枝不成材,玉不雕琢不成器’。为师早就看出,你有侥幸心理,感到在家上‘序’学,聪明伶俐比赛第一,来庙观,再学习,没有大不了的事。还自恃有力气,自小在家乡还是‘儿童王’,小有名气,优越感很强。全不知道来这里所学的东西更多更深更难,不做任何思想准备,由此,不下功夫,一遇难题就退却,思想滑坡,顿感难处多,为师看透了,你说这是不是时下你的心病。”

妇好:“哎呀!师父,您不是我,咋会把我内心所想猜得这么准,这么透啊?您说对啦,我就是这样想的!师父,徒儿知错啦!”

妙嫦:“徒儿,要知道,凡树雄心大志,决心建功立业之人,无不是先吃大苦,耐大劳,付出巨大的、令人难以想象的代价之后才成功的。有道是‘不受苦中苦,难熬人上人’就是个中内涵。古往今来,无一位英雄豪杰,不是由此沿着崎岖荆棘小道而一步步艰难行走,最后迈上光明坦途的。”妙嫦又说:“时下就你而言,入门,欲学会文韬武略,不先学《三坟》《五典》,《虞书》《夏书》更有《商书》那就无从谈起。在此基础上,还要学祭祀学、占卜学、风水学、谶纬学、星象学,更要学军事、打仗等,否则是断难成为国家栋梁的。”妙嫦又说:“学知识,长本领很重要,可没有一个好体魄、好身体、对一个人,对一个国家是远远不够的。一位古哲人说得好,智力、努力、毅力和体力,乃一个人成功之四件法宝。你知道为师为什么每天让你打柴两担吗?偌大庙院的仅仅是缺你这两担柴吗?不是的,是让你锻炼体魄,接触外界大自然的事或物,从另一个领域让你‘学习’,还有到民间去化斋,今后你都不可懈怠。”

鸭河白河交汇口

白河、鸭河是金斗山从正北、西北方向顺流南下而入汉水的两条大河,水势滔滔,汹涌澎湃。尤其是一遇雨季,两河水势泛滥成灾就更习以为常了。由于两河水深且宽,一年春、夏、秋、冬四季,帆船、板船,也包括小舟,车水马龙般游迤不断。时人说:白河、鸭河是金斗山,当然也包括妇好家乡偌大区域的一方黎民百姓的母亲河。这天,妇好遵师父之命到乡间去化缘。临走时,师父说:“不要急着回来,可三五天,再长些十天八天也行。”这天,妇好慢慢悠悠来到白河、鸭河两河交汇口,突然看到河边站满了一大人群，河水中大小船只也有一大片，吵吵嚷嚷。妇好好奇赶忙走了过去，以观究竟。

原来是由白河航行汉口的一大帆船出了故障，走不动了，据说已停驶一日之久了。船老板只急得团团转，船上随行工匠绞尽脑汁，千搜万寻找不到毛病所在何处？周围围观群众七嘴八舌议论开了。“竟停了一天多，开不动，看来船出的毛病还不小呢！”也有的说：“船上跟的匠人看来也束手无策了，哎！吃人家的饭，没能力办好人家的事！”猝不及防一路过约50多岁挎一小包袱的人凑上来说：“让我看看！”一听这话，围观的人群“唰”的一声闪开了一条道。这个人上得船来，顺着船看了一圈，随手从挎包里取出一小铁锤，在船身上这里敲敲，那里听听。很快又从包里拿出一支半截白粉笔，在船梆右底部画了一个圆圈，又在左船梆中间部位画了三个圆圈。然后说：“从这里开洞，伸进去换个部件，再从这里进去换三个零件！”遵照这人指点，不到一个时辰，帆船故障排除，轰隆一声，船动了。船老板千恩万谢，拿出三两银子答谢这位匠人。

匠人：“得付我十两银子！”

船老板大吃一惊，赶忙赔笑说：“再添到五两行不行？”

匠人：“不行，必须十两银子！”

船老板：“我还没遇到过出这么多的钱！”

匠人：“你说得不错，可你们出的是力，是笨力、傻力，一天多时间都不中吧！我出的是知识、是智慧，要知道，知识、智慧与笨力、莽劲是不一样的……”

蚩尤庙·东厢房

化缘回庙，妇好思绪万千。进庙带发修行一个多月来，可谓度日如年，使她的人生来了一个脱胎换骨般的变化。她知道“是来带发修行，不过就三年吗？凭我的机灵劲，好对付。”妇好想，“这是我的自以为是。不想遇到了难题，遂滋生了厌学情绪，晚上学习时睡觉，师父岂止呵斥，又被狠打了一顿，禁闭三天，这都是我人生从来未经历过的大事啊！三天禁闭期满，师父又苦口婆心、语重心长地开导了一番。未曾想到，又让我出外化缘八天，走到民间去。做梦也不曾想起碰到一修船匠人，使我精神为之一振，眼睛为之一亮，犹如有人在我背上击一猛掌，不学习知识，没有智慧，不掌握本领，不得了哇！”妇好又想，“知识就是力量，知识就是本事，修船匠人的一举一动，一言一行，让我出了一身冷汗。‘哎！’师父斥责我，打我，这全是她的一番苦心啊！妇好，你要长心，你要醒悟，你要有志气，否则，谁都对不起。且不说上天神赐，又是星宿下凡了，这统统是假的，是蚩真也包括我师父特别钟爱我，而实实在在的，人当有志，人必须有志。要知道天才从来不会天生就有，而唯有后天学习。学习，不是说着玩的，是一个艰苦细致，认真、极不容易的长过程，这需要志气、毅力、耐力和坚忍不拔、百折不挠的精气神。妇好你若想做一个有思想、有抱负的人，你就必须痛下决心，敢于正己修身、知识蕴身。”

金斗山·蚩尤庙左侧一里许

看《三坟》想着《五典》，妇好情怀迸涌、动情动容，竟感动得泣不成声。她说：“先贤尧帝处事谨慎，聪明，有文采，有思想。他能够推举贤能，道德照耀四面八方，仁义充满人间。推举贤德之人治理自己的族人，使自己的族人和睦强大，表彰百姓，使人们有明确分工。统一无数部落，黎民友善和睦。这不是仁德之君的伟大吗？”

学、看、背、记，谁说不重要？重要得很。有道是“百看不如一写”。

妇好不停地刻记，听课。刻记包括所见所闻故事，感想，评论，学习心得等。妇好刻记摘录：

“这年的二月，舜到东方进行视察。到了泰山，举行了祭祀泰山的典礼。对于其余的泰山，都根据其大小给予不同的祭礼。于是便召见了东方诸侯，首先根据对天象的观察，使月日的计时与自然远行的实际情况相符，并且制订了十二律，度、量、衡。制订了公、侯、伯、子、男五等礼节和相应的五种信圭，规定了诸侯以红、黑、白三种颜色的丝织物作为朝见时的贡献，卿大夫以活的羊羔和雁作为朝见时的贡献，士则以一只死雉作为朝见时的贡献。朝见的典礼结束后，便把三种颜色的丝织物及信圭退还给诸侯。五月在南方巡行视察到了衡山，像祭祀泰山一样祭祀衡山，八月在西方巡行视察，到了华山，也像祭祀泰山一样祭祀华山。十一月在北方巡行视察，到了恒山像祭祀华山一样祭祀恒山。回朝之后，去了尧的大庙，用一头牛作了祭祀。”

“当舜主政二十八年的时候，帝尧便去世了，百官和百姓如丧考妣。在三年中，全国上下未奏音乐，守丧三年以后的正月初一，舜到了文祖庙和四方诸侯之长共商国家大事，开明堂的四门，明察四方政务倾听四方意见。”

爱好、兴趣、热爱、钟爱、酷爱、废寝忘食、流连忘返、如痴如醉、如疯入魔，这是说人对某一事物的特别喜爱，胜过吃饭，胜过睡觉，去探索、领略、研究、获取它的内涵和意境，魂牵梦绕。闻所未闻，可这在妇好身上经历是活生生的现实。妇好苦读书，竟也达到了这种程度。这一夜已过子夜时分了，她捧着《舜典》仍在看，仍在刻，边看边刻边思索。不知不觉，一会儿竟不能自控头一歪，合上了双眼。“啊！‘宾于四门，四门穆穆，纳于大麓，烈风雷雨弗迷。’穆穆两个字咋解？舜说：‘妇好徒儿，穆穆是形容仪容整齐,态度谨慎、恭敬!'"

一会儿,妇好又昏昏入了梦乡,"哎呀!五瑞我不知道。"舜说:"徒儿,五瑞是指红、黄、绿、紫、白五种标志不同等级的玉。"

接着,"师父,还有'五品'不逊,我不解其意。"舜说:"五品指父、母、兄、弟、子。逊是和顺、谦和、恭顺意。""啊!原来是这样,我懂得了,起来,快用笔刻记上!"

妇好又头一歪睡着了。"怎么诗言志,这三个字怎么我想啊想也弄不懂。"舜说:"徒儿,这是我国古代诗歌创作的传统,诗歌是要用来表达人的意志的,人想啥,想干啥,干成啥,由诗彰显出来。"

蚩尤庙·小角屋

学习,刻记心得一天天,一夜夜,妇好毫不懈怠,不知倦意。天天写,夜夜熬,越刻越有兴趣,越刻越有想头,有劲头。妇好说:"《皋陶漠》这一名篇的价值在《皋陶漠》与禹对话中,'九德篇'我分外情钟啊!"

妇好记:"皋陶说,'大凡人的德行,有九种。说某人有美好的德行,必须以许多事实作为依据。'禹说,'什么叫作九德?'皋陶说,'态度豁达,毫不拘束,又能恭敬谨慎,性情温和而又有主见,行为谦逊而又严肃认真,虽有才干,但办事仍不马虎疏忽,能够接受别人意见,又不为纷杂的意见所迷惑,而能刚毅果断,作为正直而态度温和,从大处着眼又能从小处着手,刚直而不鲁莽,勇敢而心地善良。能够在自己的行为中表现出这九种德行来,就常常能够把事情办好了。'"

蚩尤庙·东厢房

刻记心得,这更是妇好刻苦学习的一种方法。她说:"在我学习中,把亲身的体验和领会用笔以文字刻出来,记忆得深,我领会这是一种举一反三、事半功倍的好做法。"

妇好对《益稷》中的"夔"说音乐特别感兴趣。妇好刻记心得:"夔说,奏起玉磬,搏拊、琴瑟以作为歌咏的配乐吧!先王的灵魂来了,贵宾们也都就位了,诸侯国君都走上礼堂,互相恭让着坐下了,堂下吹起竹制乐器,敲起大鼓和小鼓。击起鼓以作为演奏的开始,击起柷敔以作为演奏的结束。笙和大钟分别在堂下交替着演奏。鸟兽都轻盈地跳起舞来,《萧韶》的音乐演奏了九次,凤凰也成对地飞起来了,夔说'啊'让我敲着石磬,奏起乐来,让那些无知无识的群兽都感动得跳起舞来吧!百官互相信任,和睦团结。舜因而作歌道,'努力地遵照上天的命令行事,每件事情都要小心谨慎。'又歌唱道,'大臣们从内心里愿意办好政务,国王的事业就振兴起来啊!百官也就振作啊!'哎呀,先祖先贤殚精竭虑,良苦用心,用音乐来塑造形象,反映人世间生活,尽性表达思想感情。多不容易创新出一门艺术,分声乐和器乐,用旋律和节奏的表现手段来唤起朝堂百官来治国理政,以造大社会福祉,让黎民百姓过上安康美满生活,多么有价值!多么美妙啊!”

妇好读完《夏书·禹贡》感动、佩服敬仰之至。治洪水,救天下苍生,禹不愧为一位大贤人,他继承舜帝为全天下共主,万民拥护,天下归心。他十三年治水三过家门而不入,造福祉万民百姓,其大功大恩大德说也说不完,道也道不尽啊!有她对大禹治水产生的轰动性效应一段刻记心得。

又是多少个日日夜夜,一丝不苟,读《三坟》《五典》。妇好什么也不顾,埋着头。正全神贯注奋笔疾书,突然,脑后被重重一击!妇好还没有还过神来,只听“乒乒乓乓”戒尺劈头盖脸,刮风般打了下来。边打边呵斥着说:“我叫你不听话,你不要小命啦?说过了多少次叫你不要急,慢慢学,不要一口吃个胖子!你全当成耳旁风,一点儿也不听!你不要命,我还要徒儿呢!打、打、打!你不听话,我打死你!”“啊!”这时妇好才明白过来,原来是师父到了!妇好“扑通”一声向师父双膝跪下,妙嫦一见,也感动得流下了眼泪,赶忙把妇好扶起,师徒俩紧紧地抱在了一起,许久、许久……

妇好是一个思想高远,性格饱满之人。坐在床上,她自言自语“待基础扎实了,还要学习其他,如星象学、风水学、谶纬学、占卜学、祭祀学等这些实用的学科”。妇好说:“谶者预言未来之事也。古代迷信,以为图谶可决国家兴亡,且利于战争时,可鼓三军勇气,久而久之,人们笃信谶在江山社稷上,也包括学问上及民俗文化上应用不遑,外加之文人墨客借为解释经书之用,于是天下靡然从风,谶纬之所以盛行也。”

妇好随妙嫦带发修行,入的是道教。她对道教五种法术有精到解读。她说:“一术是山。所谓山,就是通食饵、筑基、玄典、拳法、符咒等方法来修炼‘肉体’与‘精神’以达充满身心的一种学问。山就是利用打坐,修炼等各种方法以修行完满人格的一种学问。二是医。所谓医是利用方剂、针灸等方法,以达到保持健康、治疗疾病的一种方法。三是命。所谓命,就是透过推理命运的方式来了解人生,以达到自然法则,进而改善人命的一种学问。四是相。所谓相一般包括‘印相、名相、人相、家相、墓相(风水)等五种,以观察存在于现象、相形的一种方术。相就是对眼睛所看到的物体,作观察,以达到趋吉避凶的一种方法。五是卜。所谓卜,它包括占卜、选吉、测局三种,其目的在于预测及处理事情。”

占卜学是一种实用学,无论在朝堂或是在民间都十分重视,几乎是无时不卦,无事不占。而占卜学也包括卦学,内容深奥。妙嫦不大放心妇好单独习演,常常与妇好在一起共同探讨和领略。

妇好:“师父,学占卜学,先问卦,什么叫卦?”

妙嫦:“卦是《易经》中象征宇宙万物运动变化,表达《易经》义理的一套符号,它以阳爻‘—’和阴爻‘- -’两种基本符合相配合而构成。占卜,是我们先人依据天地万物的表象判定吉凶,以预测未来,推断命运的法术。卜是借物取兆的意思,占是观察兆象的意思。”

妇好:“那占卜有多少种,用何形式操作?”

妙嫦:“所谓巫,是所谓能以舞降神的人,主管奉祀天地鬼神,为人祈祷禳灾,并兼事占卜、星历之术,久而久之,演变为专门占卜的人,巫术就是这种职业。”

文武之道,一张一弛,治国两大利器,互为表里,相辅相成,不能偏废,不能割裂,也更不能忽略。此乃古往今来,凡度弟子巨匠大师们最起码的家国情怀。蚩真、妙嫦两人无不是这样。蚩真大师是蚩尤二十六代嫡传弟子。众所周知,吾中华“十八般”武艺是由蚩尤所研制创造而出,当初他与黄帝涿鹿大战,那排山倒海,气壮山河的大战争场面,至今仍历历在目,记忆犹新。蚩尤中华民族大兵神,最早一位军事家、军事科学家,蚩真大师的文韬武略,就是由蚩尤一代代传承开来。这蚩真不仅十八般武艺件件精通,而且武术武功全面,既炉火纯青,又精妙绝顶。蚩真还有一套硬力,也叫外功,闻名遐迩,在当时天下,还没有他的对手。据说,他只手一扬再向下一砸,偌大粗石磙只听“咔嚓”一声,从中间齐齐断开。

蚩真武功丰富,既厚重且全面,一指金刚法等六十八艺,还有软气功、硬气功、轻气功和独门绝技等,以硬气功三十六类计就有扳倒功、千钧坠底功、桶子强壮功、桶子铁头功、桶子铁板功、桶子三罩功、桶子闭息功、桶子夹打功、桶子恶虎功、桶子铁腿功,桶子铁臂功最为有名。教授妇好,他可是严厉得很。

蚩真:“从今天起,你每天要办四件事,一丝不苟,丝毫不能懈怠。”

妇好:“师父,哪四件事?”

蚩真:“第一件每天从法室内搬出九斤重石头一百块,搬进一百块。”

妇好:“第二件呢?”

蚩真:“庙后那棵三丈高的千年银杏树,每天爬上去再下来十次。”

妇好:“第三件呢?”

蚩真:“咱这蚩尤庙到山下往返八里,每天走下去,再走上来三次。”

妇好:“师父,那第四件呢?”

蚩真:“读《蚩尤兵法》并刻一百字心得。”

妇好:“师父,弟子记下了!”

蚩真:“徒儿,日月如梭,光阴似箭,每天这四件事若在常人,寻常之时尚须两年,可对你要求苛刻,任重道远,时不我待呀,四件事六个月必须如期完成,这是功课,不能来半点马虎。半年后,为师父再授汝‘铁布衫’等三十六功,这半年,为师送你两句话,不怕慢,就怕站,你可要记下了。”师父说完扭头就走。

妇好正由山脚下往山上蚩尤庙一步一上,汗流浃背,气喘吁吁。突然,一声晴天霹雳,乌云滚滚,大雨倾盆而下。顿时,小妇好浑身湿透,成了一只落汤鸡,可她不躲不避,仍一步步向山上走去。

妇好双手冻得发紫,银杏树上结满了冰,可她一纵一蹿,正在向树上爬去。

这座平台别看它小,一弹丸之地,可对小小妇好来说,价值难量。事后多少年,妇好在战场上,闲暇之余,对侯告将军说:“那是我的一块发祥地。蚩真大师对我特别青睐,愿把终生所学尽授于我,我感激师父,没齿不忘!”

蚩真:“徒儿,我那金刚外硬功六十八艺,你也习练有些时日了,今天为师想看看有长进没有?”

妇好:“谢谢师父,这些时来,虽不敢懈怠,可徒儿愚笨恐怕不会讨师父满意,惭愧之至。”

蚩真:“先摆叠上两块石,看看徒儿能否一挥而断?”

妇好:“唯恐师父见笑。”只见她左手轻轻一举又向下一挥,“咔嚓一声”两石块应声而断。

蚩真:“好! 再叠上两块。”

妇好:“师父叠上四块吧,让徒儿试试!”

蚩真:“那也好。”

妇好又是左手一挥,“咔嚓一声”四块石头应声而断!

蚩真:“好! 徒儿,长进不小,长进不小,师父还想再看第三次,能否再摆叠四块?”

妇好:“再给徒儿一次机会,所剩十块石头全部摆叠,若失败了,请师父严厉指教!”

蚩真:“剩下十块全部摆叠,为师一生还从未见过,你有如此勇气吗?”

妇好:“虽然勇气大还敢说,可徒儿愿以身践行,若不成功,不怕师父批评!”

蚩真:“那好吧!”

只见妇好站在高高一叠十块巨石前,不慌不忙,运足丹田之气,立正站好姿态,闭着双眼,连连吸进、呼出气三次,只见她腾身一跃又猛地向下,大手一挥,“开”,只听“咔嚓”一声,十块巨大石块似飞溅铁花般断为两段。

金斗山·北阴坡峡谷

妇好正在拣柴,刚满满一担,欲跳起来回庙。突然“吼”的一声传进耳朵中。她情不自禁顺着声音望去,见右下方一头黑熊与野猪打架,异常惨烈,血肉模糊,惨不忍睹。黑瞎子力大,一熊掌扇过来,扇了个野猪趔趄,若不是一棵大树挡住,野猪有可能掉进万丈深谷中。野猪由树挡住,得了手,正趁黑瞎子得意还未反应过来之际,闪电般扑了过来,一嘴獠牙只猛地一拱,黑瞎子脖颈处洞开了三个窟窿,鲜血“汩汩汩”直往外流,这熊瞎子一见自己吃了亏,分外恼怒,也顾不得自身疼痛,一头扭过来,撕咬着野猪,两下抱作一团,连滚带爬,你咬我,我撕你起来。突然只见一道白光从它俩头上掠过,野猪、熊瞎子还未反应过来,两个不约而同,头都向上一扬,遂同时倒在地上,一动也不动了。这一切的一切,被在另一大树杈上的一个黑衣人,暗中窥伺得一清二楚。情不自禁,他惊叹一声,“啊!如此厉害!独门绝技一招‘点穴功’!”

蚩尤庙·前院

点穴野猪、熊瞎子而死的是妇好。这是她正在修炼蚩真的外硬功六十八艺以现场作的一次试验。何来的“点穴功”?原来早在随蚩真学艺前,从进蚩尤庙带发修行的第一天起,妇好就开始拜妙嫦为师,学起“内家武术”了。

妙嫦时年六十五岁,是蚩尤大师之妹,“金兰”兄妹俩虽同时修道蚩尤庙,师兄主攻“外功”而她习演“内功”,也叫“内家武术”。除“十八般”武艺精通外,妙嫦还有两大“独门绝技”,一是擅长暗器,善发袖箭。一抬手,袖发七十二箭,天下无人能比。二是点穴(法),异常厉害。她说点穴手法必须经过多年刻苦修炼,才能练成,要练到大、小、周天运转,拿沙坛,练石柱等方法,指力变得坚硬。常练功法有一指禅功,青蛙点水功,铁指功等。妇好今天对野猪、熊瞎子点的就是“九哑穴”。所以野猪、熊瞎子哼都没哼一声死于非命。至于为什么要这样?妇好说:“这俩家伙尽已是遍体鳞伤,到最后都活不成,倒不如让其‘安乐死’,更人道一点。”随妙嫦师父学习“内家武术”,妇好的轻功已近炉火纯青。

金斗山·西五十里许·集市

妇好奉师父妙嫦吩咐,又出外化缘三天。这天,她慢悠悠来到三岔口集市上,看看风景。突然,见距集市一里之遥也围了一大群人,吵吵嚷嚷,热闹非凡。出于好奇,她走了过去。原来是刚落成一座庙,庙前一幡旗杆“无为而大”高耸入云十二丈高。今天,正是庙建筑告竣庆典之日,当地甲保们正在忙上忙下准备。不料顶端的绳索,突然脱断。幡旗一时无法升挂,时间紧迫,庆典不等人。大家面面相觑,人人束手无策,谁也想不出应急办法来。

此时,妇好正好来到。看到人群惊愕,慢慢从人群中挤到了前边,笔直挺立的旗杆,她站在下头抬头仰望,未曾说话。诸人一看这个傻女童,不怕危险来凑热闹,遂呵斥“小小孩童,你不要命了！快躲过一边莫碰着!”妇好一听,似成年人,“哈”一笑说:“快拿绳索来,我上去接好!”众人一听,又惊又喜,又半信半疑,说:“你这么小,能行吗？莫不是在跟我们大人捣乱？这可不是闹着玩的,你到底行不行？可甭忽悠我们,出了人命怎么办?”妇好说:“别啰唆了,快拿绳来!”一人遂取绳索递给了她。只见妇好用牙叼着绳头,身体猛地向上一纵,抓着了幡杆“嗖”向上爬。不一会儿,她就蹿至幡杆顶端。众人又一次惊愕。三下五除二系好绳索,妇好倒掉头,两腿朝上“哧溜溜”向地上滑落,看看离地面四五丈高时,突然放开双手,似凌空飞燕,腾跃下落,疾无声息。众人只吓得紧闭着双眼,还未来得及睁开眼时,妇好早已借助下落惯性,双手按地,又向前挪动了十数步,然后一个鹞子翻身,笔直笔直站在了地面上。随之,全场围观人群,不约而同爆发出了一阵阵雷鸣般的掌声。从此,妇好“凌空飞燕”绰号不翼而飞,百里远近凡人提起来“仙女一个!”争相传播开来。

妇好在房内静坐沉思:学《三坟》《五典》已过半截年近岁末了,有了些长进,妙嫦师父很满意。妇好心下说:上次当面考我,结果师父很满意,说我再继续刻苦学习,“学富五车”“才高八斗”光耀花环定戴到我的头上。这是师父对我的鼓励,我可不能沾沾自喜。妇好又想:《三坟》《五典》学了,我还要学《商颂》。不仅《商颂》比《虞书》、比《禹贡》近,更重要者《商颂》是对我先哲先贤的颂歌,也更是我商王朝当年创业拓业,守业的历史记载,作为商朝人,我更应该学习。

玄 鸟

天命玄鸟,降而生商,宅殷土芒芒。古帝命武汤,正域彼四方。方命厥后,奄有九有。商之先后,受命不殆,在武丁孙子。武丁孙子,武王靡不胜。龙旗十乘,大糦是承。邦畿千里,维民所止,肇域彼四海。四海来假,来假祁祁。景员维河,殷受命咸宜,百禄是何。

妇好释读:

天命神燕降临吾凡间,生育吾祖宗就是商王。

殷商国土啊多么宽广,昔日上天命吾祖武汤。

划分疆域啊治理八方，普遍任命诸侯来赞商，
八方来朝啊多么风光，商有九州啊豪气雄壮。
商王朝开国祖大荣光，接受天命啊不懈怠罔。
祖业传衍子孙代代昌，子孙后代继承大希望。
武士啊无往而不胜将，十乘龙辇入城来朝商。
向王进献菜肴和琼浆，国土方圆广大难估量。
此乃万民所居祖赐之地，疆域辽阔达四海大洋。
八荒四海万国来朝拜，熙熙攘攘众人归心来。
商王都景山朝拜黄河水，殷王受命承天人心附。
身受惠泽福禄实在多，黎民百姓拥戴民心乐。

列　祖

嗟嗟列祖！有秩斯祜。申锡无疆，及尔斯所。既载清酤，赉我思成。亦有和羹，既戒既平。鬷假无言，时靡有争。绥我眉寿，黄者无疆。约軧错衡，八鸾鸧鸧。以假以享，我受命溥将。自天降康，丰年穰穰。来假来飨，降福无疆。顾予烝尝，汤孙之将。

妇好释读：

大功德赫赫的吾祖先，德泽无法估量大福祉。
赐予子子孙孙大无边，送达代代子孙的身前。
盛上酒食祭祀天神灵，赐福啊保我社稷平安。
祭品丰厚也有三味羹，味道可口品种又齐全。
进献祖宗啊先肃敬天，不争不吵叩拜不开言。
求神惜佑我寿长绵延，万寿无疆忠义享天年。
皮革车辇乘坐多么壮观，八只鸾铃风光响当当。
到宗庙祭品虔诚敬献上，吾受天命恤民广无边。
天降洪福商朝多安康，丰年五谷丰登喜洋洋。
神明前来祭品尽尽享，降下福禄惠民大无量。
秋冬之季收获再光临，高汤子孙幸福再献享。

那

猗与那与，置我鞉鼓。奏鼓简简，衎行我烈祖。汤孙奏假，绥我思成。鞉鼓渊渊，嘒嘒管声。既和且平，依我磬声。于赫汤孙！穆穆厥声。庸鼓有斁，万舞有奕。我有嘉宾，亦不夷怿。自古在昔，先民有作。温恭朝夕，执事有恪。顾予烝尝，汤孙之将。

妇好释读：

祭典盛大内容又纷繁，摆好摇鼓大鼓咚咚敲。

去敲咚咚炸声响不断，以此娱乐光祖尽受享。
襄公祭所啊有我神明，赐我一帆风顺拓疆土。
摇鼓大鼓声声阵阵响，竹管呜呜配音推声浪。
曲调协和音乐有韵味，玉磬声声引得众人乐。
商汤子孙显赫又风光，乐声美好动听且诱人。
铿铿锵锵洪亮钟鼓鸣，洋洋万种歌舞也齐整。
助兴万方嘉宾皆光临，岂不欢乐优哉笑盈盈。
那些远古的先贤先民，早把祭礼安排多停当。
早晚和顺彬彬又有礼，从事家祀国祀多恭敬。
秋冬之祭四方请光临，汤王子孙奉献表衷情。

金斗山·蚩尤庙

蚩真说："徒儿，不错，不错，耳听为虚，眼见为实。过去听妙嫦汝师说你学业长进，超出预料，我还不大相信，今当面考问于你，果然不是虚谬妄说。无论《三坟》《五典》还是《夏书》《商书》有问必答。不仅头头是道，而且融会贯通，提炼升华真知灼见，实属罕见，为师不曾想到。"

妙嫦："徒儿，你学习不是笨学、死学，而是刻笔记，写心得，有品评，更奇特者是解读诠释，又能导读他人，比如对《商颂》的一篇篇解读诠释就有此妙处。此即古人说的，领略、反思、琢磨、提升、创新、创造，这是难能可贵之处。为师不仅满意，而且高兴。"

蚩真："还有，不仅学文，而且攻武，武术、武功、武事，这半年来也突飞猛进，可以说一日胜过三年，此就是徒儿你的不同凡响之处。"

妇好："承蒙两位恩师严格要求，悉心指导半年多，不是一年多来，学业若有些许长进的话，这一切的一切应归功于恩师。只是时下，徒儿不是满足，而是深深感到学得还不够，学的东西还很少。比如就武术、武功、武事来说，徒儿做梦还在想，是不是还有一个更重要的要领没有掌握！"

第五章

情钟兵法

金斗山·蚩尤庙

蚩真:“徒儿,前天与你师妙嫦讨论你的学业,发现你还意犹未尽。这两天汝师已经看出来了,你虽未说明白,可我俩也猜出了一二。”

妙嫦:“你是还想钻研兵书战策,徒儿,你说对不对?”

妇好:“两位恩师英明,一看便知,说出了徒儿想说而又怕说不好的心里话。徒儿就是想再学习兵法,因徒儿立志建功立业。”

蚩真:“为师没有看错,果然是有大志向,前途无量。望你继续努力,早日学有所成。”

妙嫦:“徒儿小小年纪,能立足现实,境界高远,把求知欲、增才干、长本事与大社会、大时代实际联系起来,这了不起,有道是识时务者为俊杰,为师为你高兴!”

蚩真:“是啊!说得再正确不过了。自三皇五帝以来,正义伐无道,正义战争制衡非正义战争,军事统领经济,统领民存民生,这是最现实的。这是不以人的主观意志为转移的。你有思想,有心思学兵法,这是心存高远真知灼见,为师为你高兴。”

妙嫦:“徒儿,你立志学习兵法是对的。强化你的学习事半功倍,师父与你蚩真大师已商妥,除我俩悉心指导外,还安排妙媛、妲歌、蚩欢、狄巍你两师妹师弟与你一起,以便常讨论,勤切磋,不知你意下如何?”

妇好双膝向二位师父跪下:“二位恩师如此抬爱徒儿,不是父母,胜似父母!若不学好兵法,上对不起天地,下对不起二位师父。学好兵法,为朝堂为百姓造福祉,千辛万苦,我会坚忍不拔,百折不挠!”

妇好:“妙嫦师父让咱们在一起学习,咱们要互相勉励,共同提高,尤其是我比较笨拙,要虚心向诸位学习,希望大家多多帮我。”

妲歌:“看你说的好姐,我们都是来向你学习的,希望你也要多帮帮我。”

狄巍:“相互帮助是肯定的,咱五个在一起是学习,是伙伴,是兄妹、姐弟,更是缘分,我们都要珍惜这个难得机遇。”

妙媛:“学习是个难事,尤其是学兵法,就更不容易了。我们要下功夫,要勤奋不怕累,还要能吃苦。”

蚩欢:“累,要准备着大累,苦,要承受着大苦,不准备吃尽千辛万苦,踏遍千山万水,历尽千难万险的代价断难成功!”

妇好:“有《论勇第五十》曰:夫勇士之不忍者,见难则前,见病则止;夫怯士之忍痛者,闻难则恐,遇难不痛,目转面盻,恐不能言,失气惊,颜色变化,乍死乍生。余见其然也,不知其何由,愿闻其故。”

妲歌:“少俞曰,夫忍痛者,皮肤之薄厚,肌肉之坚脆缓急之分也,非勇怯之谓也。黄帝曰,愿闻勇怯之所由然。少俞曰,勇士者,目深以固,长衡直畅,三焦理横,其心端直,其肝大以坚,其胆满以傍,怒则气盛而胸张,肝举而胆横,眦裂而目扬,毛起而面苍,此勇士之由然者也。"

狄巍:"说的是病,需要勇士之气,勇士之魄,兵法须勇,皆道理,大同小异也,与勇士同类,不知,不畏避之!"

蚩真:"这段时间你们对有巢氏伐燧之战,少昊,黄帝兵法,还有'八索''九丘'长进不小,为师喜不自胜。为有助你们学习,要你们出远门一趟,两条远路耳,一往西,一往东。去取回两部很重要且难得的兵法。"

妙嫦:"原来你们大师处有《蚩尤兵法》一部,为昆仑山你们蚩继师父借走,至今已三年了,望你们拿你师父信件前去取回。"

蚩真:"还有你们妙嫦师父处珍藏一部《玄女兵法》,被东南普陀山妙禅师父借去,屈指算来,也有五载了。趁此机会一并前去取回,有助于你们学习,大有益处。"

妙嫦:"众所周知,你们师父蚩真乃上古大英雄蚩尤的二十六代嫡传弟子,蚩尤先圣先贤的武功尽尽蕴了他一身,主要是得益于他对《蚩尤兵法》的心领神会,融会贯通。你们在已学古代其他兵法基础上,如果再接触《蚩尤兵法》定会事半功倍,如虎添翼。"

蚩真:"玄女即九天玄女,这也是上古一位十分了得大天神人物。当年黄帝与我先师蚩尤涿鹿大战,因吾师英雄盖世,九战九败,黄帝终是不敌。'惶惶如丧家之犬,忙忙如漏网之鱼。'眼看黔驴技穷,束手就擒之时,突然来了个九天玄女前来助战,就是靠她的《玄女兵法》,我师败阵,功败垂成,至今为我们历代弟子引为一大憾事。"

妙嫦:"当然,这已是古人之事,胜败乃兵家常事。蚩尤、玄女同为吾中华祖人先祖先贤,作为后人,我等共同敬之仰拜之。"

蚩夏:"与蚩尤大战《玄女兵法》当为一大稀世珍宝,学习、领会、贯通、古为今用,此是大事。两部兵法共同取回,其内涵也就在于此。"

阳夏口·客栈

妇好、妙媛从金斗山一路东下,过石桥集、阳宛邑,坐淯水轮渡,到樊城,过荆州,走监利,到阳夏口已是第八天傍晚时分了。妙媛说:"好姐,天已晚了,咱也走累了,不如找家客栈住宿,第二天再走。""我也正想如此。"二人遂找了一家简便房屋住下了,是三个床位的,她俩外加一个陌生女人,共三个人。二人办好住店手续后,到街上草草吃了点小吃就回店睡下了。妙媛因一路上吃东西不慎,这两天肚子疼痛,苦不堪言。

京口·小旅店

自阳夏口丢失钱包，又讨回钱包，一番周折，弄得妇好筋疲力尽，心力交瘁。可为了赶路，仍艰艰难难地向东南走去。不想天有不测风云，未出阳夏口二百里，突然天气变化，先是倾盆大雨，加上心情不好，又一路上吃饭饥一顿，饱一顿，时不时又被雨淋个湿透。没几天，妇好便打起了“摆子”。“摆子”这是在南方的叫法，而在北方叫“害老癞”，在医学上是患“疟疾”。“疟疾”这种病每隔一天犯一次病，一次一天一夜。发高烧，严重时昏迷不醒，说胡话，说梦话，睡到床上，不省人事。那时节，由于人烟稀少，沿途郎中、药房就更少得可怜。亏来，妙媛她们是带发修行之人，有一定的医药知识，走前随身带了一些急救中草药品，算派上用场，暂时救了急。可疟疾这病需要专业药品，所以“缺药”，只是维持着不恶化，可解决不了根本问题。所以，她俩不犯病了走路，病发了找个地方住下，就这样，艰难地行进。这一天，她们来到了京口，病情愈加严重，高烧不退，不得不再次找个旅馆住下。

一路走来，住临安，下萧山，过上虞，走余姚，停穿山，又在中宅停了一宿。妇好的“摆子”时好时坏，一病就发高烧，昏迷不醒，好的是妙媛随身有药，虽治不了根本，可也缓解了不少。这一天，在中宝镇出发，到港口，因盘缠紧缺，买了便宜的舢板票，据说这小舢板只要没有风，走水路也挺稳当的。主要是价廉又实用，坐上去一晌的水路即可到达普陀山了。坐舢板，对妇好、妙媛这即将穷困潦倒的两人来说，是再经济不过了。可这舢板小，连船老板，一般只能坐五个人。

刚刚坐上了舢板，妇好又犯病了，头脸通红发起了高烧，昏昏然不省人事。这下可急坏了妙媛，赶紧为她喂水喂药，忙得不亦乐乎。突然，妙媛又看见舢板上坐了两个男子。妙媛定睛一看，冤家路窄，正好是在京口客栈隔壁二十一号住进的那贼眉鼠眼的两个人。妙媛想：“难道这是巧合，又坐在一条舢板上了？”妙媛又想：“并非这么简单，这其中定有蹊跷！他俩已追随我们了很久，很久，难道……”

原来这两个陌生人，一个叫王霸，一个叫张孬，为阳夏口人。不学无术，五二混鬼，“二流子”流氓无赖一个。这二人正事不干，专爱在闹市码头、车站、港口游逛，看着有姿色小妞窥伺贪占便宜。据说，在阳夏被他们糟蹋的少女不计其数。不想，妇好、妙媛在阳夏住宿，被他俩早盯上了。

“呜、呜、呜！”不远处响起了船轰隆声。大家一看，一条官船迎面而来，瞬息之间，已到了小舢板跟前。王霸、张孬一见，像泄了气的皮球，一下子瘫痪在舢板上。随即上来五个官样的人，把王霸、张孬捆得严严实实，带到了官船上。原来，张孬与王霸欲行强暴被人发现并报了官。这个时候,妇好高烧退了,人也醒了。不久,妙媛她俩人安安全全上了普陀山。

金斗山·蚩尤庙

三个半月后,西路蚩欢、狄巍,东路妇好、妙媛满载而归,都回到了庙院,蚩真、妙嫦非常高兴。今天在先祖蚩尤大殿上欢迎归来,也是在这里为四个徒儿接风。蚩真说:“你们既拿到了兵书,又安安全全地归来,真乃大喜事一件!”妙嫦说:“千里迢迢,千辛万苦,你们带回来的两部兵书是两座金山、银山啊!”蚩真说:“不,是两座珍珠钻石山啊! 两部兵书难得,价值昂贵啊!”妙嫦说:“得到这两部兵法,外加过去所学的有巢氏、黄帝、颛顼、尧、舜、大禹兵法、还有汤王兵法,你们定会增才干,有志向,成为未来国家的栋梁,社稷之臣有望啊!”蚩真说:“你们一路走来肯定在路上议论不少,能否对为师说说对蚩尤、玄女兵法感受如何?”妙媛说:“妇好姐一接到兵法就爱不释手,废寝忘食,如饥似渴学习,她痴情得很。”蚩欢说:“在巴蜀郡我们一碰面,她就急不可耐地要看蚩尤兵法。这不,她已圈圈点点了二百多竹简文字了!”蚩真说:“好徒儿,你能说说吗? 蚩欢、狄巍、妙媛你们都要说说体会和收获。”

妇好:“我怕说不好,不过师父点将了,因为是初学,也就试着说两句吧,有不对地方请师父和师妹师弟们批评指正。这次普陀山昆仑山远行求取两部兵法,真如师父刚才说的,天赐机遇,价值昂贵。以两部兵法论,真是两座金山、银山,终生受用,取之不尽,用之不竭啊!”

蚩欢:“金山、银山、我体会完全是两座万宝山。你没看看,两部兵法把战争起因,什么叫战争,又曰战场,又叫军事,还有天道、常道、正义与非正义,又有什么规律呀,何为谋略,何为时空,尽尽解读得头头是道,无处不通,无事不晓,真了不起啊!”

狄巍:“吾先祖蚩尤的《蚩尤兵法》最先研制出了‘戟、矛、盾、枪、殳’五兵,为我华夏族人最早的大兵神,第一位军事家,他的伟大难以估量啊!”

妙媛:“好姐,你不是在路途中对《玄女兵法》尤其是对九天玄女这个人有新的解读吗,你可对二位师父汇报汇报吗?”大家正在争相发言说兵法,有人来报,“两位师父,蚩浩前辈请二位去大法堂有事相商……”

金斗山·左一里许·练功处

妇好、蚩欢、妙媛、狄巍继续向蚩真、妙嫦汇报取回兵书一路上所见所闻。师徒们说得有滋味,气氛异常热烈而浓厚。

妇好:“确如妙媛师妹所说,此次东行使我对玄女确有新的认识。过去,她协助黄帝把我们先师蚩尤打败,我对她看法坏极了。可这次在普陀山，妙禅大法师为我讲了一段话，令我顿开茅塞，眼睛为之一亮。妙禅大法师说：‘军事战争诡异，难测难料，支持谁、反对谁，天义大道决定，非人力所制。有道是循礼遵道，各为其主嘛。’妙禅大师又说：‘大自然、万物无不呈两面性，想当初，玄女帮黄帝打蚩尤，你不理解？可后来，她坐不改名，行不改姓，赐鸟蛋生契方有商王朝，当如何解读？若不如此，恐怕也不会有你们二十多代商王，照这样说来，玄女是对还是不对，是好还是坏呢？’黄帝若在天有灵，他也对玄女不解怎么办？妙禅大师一番金石大论，犹如有人在我背上击一猛掌。啊！过去对玄女看法，我错了，知错了！”

狄巍：“好姐，你说玄女赐鸟蛋生契，有商王朝，这是怎么回事？此很诡异，能不能告诉我们？”

妇好：“是这么回事，商王朝的始祖叫简狄。她是先王帝喾的妃子，成婚之后，好几年了，没有子嗣，很着急。一天，她同丈夫帝喾和两个妹妹（帝喾妃子）去玄丘泉中洗澡，沐浴后在岸上休息，仰面朝天，十分惬意。这时空中飞来一只燕子，叫玄鸟，在她们中间左右盘旋，久久不愿飞去。姊妹们好奇，一个个站起来，向燕子挥手致意。谁知这只燕子不偏不倚正好落在简狄手掌之上，下了一只鸟蛋，‘呼’的一声飞走了。两个妹妹一看这个情景，争相抢夺，要看这只鸟蛋，争来争去简狄唯恐把鸟蛋弄破，遂大嘴一张，一口把鸟蛋吞进了肚去。可不久，腹内慢慢地有了异样感觉。简狄知道：‘这是怀孕了。’十三个月后，生下了‘契’也就是商王朝的第一代祖。契十四代后出了个汤，这个时候，夏桀无道，汤顺民情适民意诛夏桀，建商朝，至今已历二十三代商王了。”

妙嫦：“这只飞来的燕子叫玄鸟，这就是九天玄女的化身，她是奉大天神仙姑娘娘之命，赐蛋于简狄，从而打造六百年大商王朝的，此是天意，乃上天早已设计安排。”

蚩真：“玄女的伟大，除她的人格、品质外，还在于她的《玄女兵法》还被羼杂于黄帝神话中，成为黄帝之师，黄帝一生曾多次请教玄女战事，有《黄帝问玄女兵法》。问‘小子欲万战万胜，万隐万匿，首当何起’？遂得玄秘战法焉。《玄女兵法》又曰‘天书’，一言‘道’，一言‘法’，一言‘术’，所谓‘天机之书’，即《玄女兵法》也。”

蚩欢：“遵二位师父所嘱，我们与好姐一起，虽不说‘头悬梁，锥刺骨’，可也要下大功夫，下苦功夫学习兵法，争取多吃苦耐劳，多流汗水，不辜负二位恩师的殷殷期望。”

妇好、蚩欢、妙媛、狄巍有思想、有理念，个个聪明灵性，学兵法既肯下功夫，又会巧学。他们说：“学秘籍、学真谛、学根本、学精神、抠着核心、抓着重点、学以致用，活学活用，重在理论联系实际，启迪领略、感悟、成为自己的东西。第一个问题，学兵法、何为兵法？”他们展开了热烈而深入地讨论。

妇好:“兵法是一庞大且厚重的军事学说,战争之运作方法即要领,是前人经过千百年历朝历代多少次战争战场实践总结出来的经典经验之结晶,价值昂贵,非同一般。”

蚩欢:“兵法由兵书而著书立说而成,由此,又称之为‘兵书战策’,如黄帝、蚩尤、玄女,还有夏禹、商汤的著作也都是‘兵法’,又曰‘兵书战策’。兵法是有关军事、战争的综合系统的一系列运作内容方式、方法的著作,比如战略、战术,以及‘能打仗,打胜仗’的演绎规律等。”

妙媛:“兵法又曰‘兵书战策’,这又引起了人类起源、战争起源等一系列丰富且深邃的内容。众所周知,战争无不以人为本,以人为支撑,以人为载体。可以说,没有人就不可能有战争,也更不可能有‘兵法’‘兵书战策’的问世。”

妇好:“有了人类起源,也还有战争的起源。那战争的起源究竟是什么呢？简而言之,一句话,由利益而引起而产生。这个利益永远存在,战争就永远不会消亡。战争是各宗族、氏族、部落、方国、国家之间,族人之间因利益而仇视,敌对而产生的,它的客观手段是打、是斗、是争、是暴力——即战争。”

蚩欢:“战争并不是从人类社会一开始就有的。如人类从形成到母系氏族公社形成这二三百万年的漫长过程,人们过着原始共产共存的生活,没有战争。可到了旧石器时代晚期,人类开始进入母系氏族,部落开始出现。各个部落都有自己的名称、语言和生存空间。”

妙媛:“后来随着人口的增多,生存压力增大,部落与部落之间为了争夺土地、河流、山林、草原等发生了冲突,从而演变成为原始形态的战争。”

狄巍:“这一时期部落联盟的形成,亦即是战争的产物。这个时候的战争,没有任何大的深远目的,没有集团之间的对抗,没有奴役的性质(战俘都被杀死)。战争的结果通常是一个部落被消灭或被驱走。”

金斗山·右·三里·万峰岭

人类因利益所争产生了战争。战争是怪物、是凶器、是恶魔、是洪水猛兽、是瘟神,杀人如麻,血流成渠,尸骨堆山。一说起战争,人人谈战色变,远远躲之,犹恐不及。可妇好说:“这是一面,可还有另一面,军事战争美丽、魅力、神奇、诡异、奇特、悬秘、妙不可言。我喜欢、崇拜,我更要讴歌!”

妇好:“军事战争是金钥匙,它能叩开人世间万事万物一切高贵殿堂之门。”

蚩欢:“军事战争产生了部落和朝代,燧人氏、伏羲氏、神农氏是部落首领，之后有黄帝、颛顼、帝喾、尧、舜、夏和商七个时代，又有说伏羲、女娲、少昊也是三个朝代，这是大时代、大社会、大朝代！”

蚩欢：“这个大版图、大国土、大疆域，可不简单啊！它高度向心，感召、凝聚、整合而成了一股似井喷而出的尊严主权、血性志向和情怀，即‘护疆保土，保家卫国’。”

利益，又衍生财物、权力、名誉、地位，也包括女人。争美人、夺美人，也能引起一场战争。一句话，利益也真是不可思议。千百年来，为利益而抢、而夺、而占、而争，时时刻刻，自始至终，没有间断，不曾停歇，这其中有正义战争与非正义即邪恶战争之分。

“学兵法，找精髓，抓要害，把关键”，妇好说：“这是重点。紧随战争规律之后，我们必须学懂弄通战略，这个战略不弄明白，一切说战争便无从谈起。”

狄巍说：“好姐，那什么叫战略呢？”

妇好：“战略是指对战争全局的筹划和指导，它依据敌对双方军事、政治、经济、地理也包括人事等因素，统筹各方面各阶段之间的关系，以此规定军事力量的准备和运用。”

蚩欢说：“如军事装备与军需物资的生产和储备以及战争的动员，基本作战方向的确定，战区的划分，作战方针和作战指导原则的制订等。”

妇好说：“战略又指在一定历史时期内指导全局的总方针、总计划。如国家在每一个斗争时期都应该根据‘能打仗，打胜仗’的普遍原理并结合本国的国情实践来制订指导战争全局的战略，即规定什么是国家的同盟军，什么是国家的敌对对象以及取得战争胜利等。”

蚩欢说：“运作战争，战略是否正确，至关重要，它是‘纲’，是‘领’，是‘统帅’，战略对战争的作用是决定性的。与战略配合的还有智慧和谋略。”

妙媛说：“何为智慧？”

妇好说：“智慧指从实践中得来的聪明才干，如集中群众的智慧。它还指人们认识事物和运用知识、经验判断和解决问题的能力。与智慧有紧密联系的还有谋略。”

狄巍说：“何为谋略？”

妇好：“简言之，谋略是计谋和策略。其主要思想是要想在战争中打胜仗，战前必须进行周密的准备和计算，选择有利于己方的交战地点和时间，善于摆兵布阵，设法瓦解敌军，强调运用谋略对于争取战争主动权和战争胜利的决定性影响，重视兵力集中，士兵士气和纪律以及地位等。谋略讲计谋，奇计、冷计、毒计、兵法三十六计等。”

金斗山·东南十里许·尖斗坪

战略、智慧、谋略是“大”是“总”，还有战术，战术与战略比较起来是

"小"是"单",可具体、逼真、实用、管用,它是完成战略的"前提""前沿"和"尖刀"。在战争中,战术十分重要。战术有步兵战术、骑兵战术、战车术、攻心术、恐吓术、弓箭术、鬼方术、虚实术、诈骗术、试探术、引诱术、先声夺人术、十面埋伏术、正兵术、奇兵术。

妇好:"狼群战术是尧、舜、夏也包括黄帝战争的主要战法。在古代,'狼群战术'是战场上的'制胜法宝'。这种战术在用兵时,往往由左、中、右三方或东、南、西、北四个方向同时部署兵力,呈'四面八方'对敌形成包围。如果有一方发现敌情,首先发出信号,周围其他兵力收到信号后迅速攻击,聚而歼之,往往得手,很少有失误。此即'狼群战术'。"

金斗山·西南·六里许·王皇阁

与战术相映成趣,珠联璧合的是玄女、蚩尤兵法中的阵式阵法。阵法是用兵、摆兵布阵的方法样式。有兵法十阵,即枋(方)阵、员(圆)阵、疏阵、数阵、锥阵、雁阵、钩行阵、玄襄阵、火阵、水阵。还有八阵,即天、地、风、云、龙、虎、鸟、蛇。还有八卦阵、六花阵、鸳鸯阵、长蛇阵、平戍万全阵、三阵、五阵、鱼丽之阵、车阵等。

妇好说:"三阵是指挥和左右两军的横向排列的阵形。一般以中军为主力,两翼配合。有巢典记载'军行、右辕,左追蓐,前茅虑无,中权,后劲',即前军为主力,后军保护兵车,左军搜集粮草,中军为主力,后军为精兵组成。'前后左中右'结构有五阵。帝喾时,葛悍以步兵为五阵,'为五阵以相离,两於前,伍於后,专为右角,参为左角,偏为前矩,以诱之,大败鬼狄。尧典载,尧摆出了鱼丽之阵,其势为'先偏后伍,伍承弥缝',即将战车列于前,将步卒配置于战车两侧及后方,形成步车配合,攻防灵活自如,打败三苗。"

《禹兵法》中的《甘誓》,《商汤兵法》的《汤誓》,尤其是《汤誓》不仅时间近,而且又是殷商王朝第一代商王汤兵法的代表作,妇好等几个伙伴更情有独钟,学习爱不释手,钻研如痴如醉。

妙媛:"兵车左边的兵士,如果不熟悉用弓箭射杀敌人,便是不具备完成命令的本领,军车右边的兵士如果不善于用矛刺杀敌人,便是不具备完成命令的本领,驾驶战车的士兵,不懂得驾驭战马的技术,便是不具备完成命令的本领。同仇敌忾,众志成城。打击叛乱贼子,'甘誓'对将士要求的标准是非常严!"

狄巍:"努力完成命令的,便在先祖的神位面前颁发赏赐,不努力完成命令的,便在社神面前给他以惩罚。"

妇好:"《汤誓》比《甘誓》远远有过之而无不及。王说'来吧!诸位,你们都要服从我。不是我大胆发动战争,是因为夏桀犯了许多罪行,上天命令我前去讨伐他。现在，你们大家说：我们的国王太不体贴我们了，把我种庄稼的事都舍弃了，犯了这样的大错，怎么可能补正别人呢？我听到你们说了这些话，知道夏桀犯了许多罪行，我怕上天发怒，不敢不讨伐夏国。’商汤王，仁义负责国君，征讨夏桀，是尊天意，行大道之举。”

金斗山·蚩尤庙

转眼之间，三年过去了。妇好十五岁了，这天，蚩真、妙嫦召集妇好、蚩欢、妙媛、狄巍、妲歌一同在场。两位师父，五个徒儿齐集一堂，好不热闹。

蚩真：“妇好徒儿，屈指一算，你离家已三载了，当初你师父妙嫦对你父母做过承诺，‘度你三年，如期奉还’。再者，三年来，你有志，肯吃苦，又有毅力，一文一武，已蓄满于身。建功立业，报效国家，乃做人本分，徒儿，你也该回家去探望父母了。”

妇好一听，顿时大哭起来，双膝跪下，泣不成声，“徒儿不走，徒儿决不离开恩师半寸半步，今生今世守候在二位恩师身边，侍候你们一辈子！”

妙嫦：“人生一世，仁孝持家，忠义报国，乃人子人臣之情怀，徒儿不可违之。况当今煌煌大商天下，正急需像徒儿这等饱学之士，不日之后，我们还将看看徒儿卓越的功勋建树呢！”

妇好长跪不起，啼哭不止。蚩欢、妙媛、妲歌、狄巍，也难割难舍，在一旁抹泪不止。

蚩真：“三年来师徒情深，不愧为师徒一场，就感情而言，师父也舍不得你走！可国家民族事大，不能儿女情长，临别之时，为师有话：‘天赐英豪，横空兆昭，赐才妒才，即召即来！’四句话望徒儿你珍重！”

妙嫦：“还有蚩欢、妙媛、狄巍、妲歌你们五人师姐、师弟、师妹一场，也是缘分，望你们相互珍惜友谊，他们几个可能是你将来的帮手。徒儿，为师对你还有交代，望你‘找一个人、盼一个人、造一个人’，切记，切记！”

妇好听到这里忙问：“师父我找的、盼的、造的是什么样的一个人？”

妙嫦：“善哉！瓜熟蒂落，水到渠成，天机不可泄露！”

第六章

商王武丁

殷都·皇城街·朝堂

妙嫦对妇好说的“望你找一个人、盼一个人、造一个人”，这个人叫武丁，他是商王朝的第二十三代君王。不过，妙嫦对妇好在金斗山蚩尤庙说话时，武丁还不是商王，只不过是商朝堂王族中一个“亲王”或“郡王”而已。而武丁好学，人聪慧，有建功立业大志，懂历史，他常常和父王在一起谈古论今。

武丁经常利用父王闲暇之余，与父亲讨论天下大事。父王小乙也特别钟爱这个儿子。一次父子二人在一起谈天说地。小乙说：“想当初，我还有你小辛伯父尚在年幼，不甚理解迁都的意义，为什么要千里迢迢，违逆众愿，劳民伤财？为父登基后，渐渐领略吃透了，实在不简单，不容易啊！”武丁说：“迁都中原，统驭全天下，可摆脱旧有势力，标新立异，高树朝堂权威治国安邦，再铸辉煌，恐怕这是大伯王的思想底蕴深邃大举！”小乙说：“你领会真谛，见解高远，看准了要害处。看看这殷地，四通八达，鸟瞰八方，人和、天时、地利，其他地方不能比。看殷这不到二十年欣欣向荣，大好局面是原来万万难以同日而语的。”武丁：“只可惜！大伯王迁都，又治国，积累成疾，只二十八载，不幸逝世，此天大损失，吾大商损失啊！”小乙：“你大伯王归天时，因子嗣幼小，你二伯王继承王位。又有不幸，二伯王执掌国鼎，短短也仅三年又魂归西天。因你大伯王子嗣太小，为江山社稷计，为父登上了王位。”

殷都·商王殿

世事诡异，小辛不寿，三载亡。接替小辛王位的依然是盘庚另一个弟弟小乙，而非子嗣。这个小乙也是凡凡平庸之辈，不过他比起小辛来，好得多的是自己“无才”而很注意发现人才，培养人才。时人说：“小乙有过人之处！”有他做亲王时与夫人发现儿子武丁“中了”的一个故事。十六岁时，小乙还没有登基，只是个亲王。武丁右学“十年寒窗苦”要进考场了。考场虽在京城，可距王府较远。临走时母亲千叮咛万嘱咐要他一路小心。武丁正要告别母亲上车，扭回头看见他母亲眼角挂着泪丝，知道母亲放心不下，心里也觉不好受。低头略想一想，假装没事一样，一屁股坐到车辕上。车把儿一看说：“辕重。”武丁只当没听见，又向前挪挪，车把儿忙又说“重了！”武丁连理也不理，又向前挪，车把儿急得眼冒金星，跺着脚说“重了，重了”。武丁抬头一笑，回头对他母亲说：“母亲，你看没上考场就说我中了！”他母亲一听，也觉得车把儿喊“中了！中了！”这话吉利，禁不住笑了起来。

小乙继小辛登基时，武丁已十六岁了。一次，他与太宰昭议论到这件事。小乙说，“通过这件事，我看到这孩儿年幼机灵，聪慧过人，再好好培养，摔打摔打，说不准还是个治国栋梁呢。”昭说：“少小早熟，以小见大，入考场，为了打消母亲担忧之情仅一个‘辕重’。一个‘重了’。又一个‘重了！重了！’。再一个‘母亲，你看没上考场就说我中了’。他母亲顿觉得‘中了！中了！’四个情节，瞬息之间即成，何止是机灵、聪慧！以微臣看来，盖世奇才来我商也！”小乙：“不过，尚须敲打敲打，不狠狠敲打，不让他吃大苦，经受大阵痛，万难成大才，有道是玉不琢不成器。人才重要，我大商急需治国安邦人物，我不行了，一定在儿子身上下一番功夫，此为江山社稷啊！”

殷都·后宫·养心殿

小乙认准儿子武丁“大人才一个”，决心立武丁为太子。他心想：“继位时，思想上有准备，早就铆足一股劲，待我年老，一定还位还政于大王兄子嗣，决不食言。可这两年来，我认真观察了，大王兄的子嗣，甘黄不行，无论是从形象、气质或智商精明程度上与武丁比，那实在差远了，简直天壤之别。”小乙得出了一条结论“我没有私心，更不是所谓的‘自食其言’，完全是出于公心，为了国家，为了大商朝堂，我要再次违反一次祖制，确定立武丁为太子，做好生前事，哪顾身后评！”

小乙：“丁儿，昨天同着满朝文武，你已被立为太子、储君，丁儿有何感想？”

武丁：“父王垂爱，满朝文武垂爱，泰山之重，任重道远，时下王儿唯恐有违父王重托和天下期望。”

小乙：“想得对，父王，朝堂希望你成为一代贤君一代明君！可眼下你距离一代大有作为之君还远着呢！父王已替你想好了。宫廷的饭来张口、衣来伸手锦衣玉食的舒适日子应放弃。你要到乡野民间去。一来能够体验体验全天下老百姓的生活疾苦，磨炼磨炼意志；二来也能够以普通黎民百姓的身份暗暗寻访隐藏于民间的大贤大能之士；三来还能锻炼你的体魄，一举三得，你说这好不好？”

武丁何等聪明之人！不言自明，心领神会父亲为栽培自己所下的一番良苦用心，毫不犹豫，更无怨言踏上了去乡野民间的道路。临走时只对父亲说：“请父王放心，我会好好在乡间生活的，首先我要扑下身子劳动。劳动，能锻炼我的体魄，让我自食其力。”

黄河南岸·峡门·河津邑

武丁有思想，他早心中有数：“可不能招摇过市，耀武扬威，去乡野当平民，若这样，就把事办砸了。当农民就要像老百姓的样子，要实实在在才行。”武丁穿得破破烂烂，一个人，在黄河岸边，步履蹒跚，两天没有吃饭了，只饿得一摇三晃。见一界牌河津邑，武丁进了一农家门。“大娘，行行好，讨碗饭，因身上没带盘缠，两天没吃饭了，饿得我实在走不动了。”武丁央求说。门开了，一五十多岁的老婆婆把武丁迎进了屋，这是一黄姓之家，黄伯伯下田干活去了，剩黄妈妈一人在家。问：“你这后生从哪里来的，怎么饿成这个样子？”

武丁：“后生姓张，叫张觞，三岁时家母早死，继母虐待年甚一年，不给吃不给穿，时时打骂，实在忍不下去，我已逃出来七八天了。决心在外找个好人家，认作父母，永不回去了。”

原来，这黄氏一家无儿无女，日子也算过得舒坦。可做梦都在想要个一儿半女，武丁不期而遇，可谓是梦想成真。老两口竟高兴得合不拢嘴。

同吃、同住、同劳动，武丁在这黄家又孝顺又勤奋，好劳动，黄家二老很高兴。在这里，武丁起早贪黑下田干活，脸晒黑了，臂膀浸浸油黑发亮，可体魄更健壮有力了。武丁说：“春种一粒粟，秋收万颗籽，我领略再深刻不过了。农民了不起，农民支撑着国人生死存亡，劳动伟大，老百姓很苦，而苦中的价值难以估量，我要好好劳动，我要向农民学习。”与平民百姓打成一片，武丁见啥学啥。村上一个叫王三的是个骂笑“大王”。一天，他生病，这时张觞和一个伙伴去看望他。一进门就问：“三儿哥，病好些了吧？”

王三眼都不想睁，苦笑着说：“不中了，不中了，夜壶里撒把面——难活呀。”张觞俩看他病成这个样还不忘骂笑，遂也学着对骂起来。

“近朱者赤，近墨者黑。”不久，发生了一个戏骂县官的故事。张觞在黄家闲暇之余常进邑衙见邑太爷，开水锅里露头——老熟人了，平时见面都好互相戏谑。

这年夏天，张觞正在坑里洗澡，离老远看见邑（县）长过来了，忙抓了一把青泥糊着了脸，邑长喊了几声，不听他搭腔，遂走近坑边问“喊你咋不答应？”张觞说：“我正在捉鳖哩，一应声怕鳖听见，跑了。”邑长又问“脸上为啥糊青泥？”张觞说：“我怕鳖看见嘛。”这时，邑长已悟出来是在骂自己，就反骂道：“捉鳖哩摸着呢（你）吗？”，张觞说：“摸住啦，岸上有个筐，快拿下来你装鳖。”邑长见吃亏了，转身想走，张觞赶紧说：“你看鳖想跑哩！”

三个月后，武丁，不，是张觞勤快老实，黄家夫妇俩喜欢极了。遂与张觞一商量，要认他为儿子。正中下怀，张觞，不，是武丁“扑通”一声给二老跪下，正式认了父母。从此以后，张觞改名为黄觞。

虞地·虢邑津·凹村路上

以黄姓夫妇为家，武丁（黄觞）边做农活边接人待物，学习到了很多民风民俗知识，接触到了许许多多平民和从事农业生产的奴隶。有时，武丁还和这些所谓的小人物一起赶集赶市、看戏啦。通过沟通交往，互联互通，他更进一步了解了这些小人们生活的艰苦，劳动之不易，同时，他更知道了奴隶们种庄稼是很艰难的。

武丁在民间，不仅只与“小人”同出入，知稼穑之艰难，知“小人”之劳苦。可他还在民间留心访贤拜师，敬尊长，求学问。他心里说：“父王在我临来乡野时，一再嘱咐，寻访贤人，这件事非同小可，切切不可忘丢脑后。我一定要留意，在心，决心寻访到品德高尚，学识超群的人。不仅不辜负皇父的期望，而更重要的是为国家大用，切不可等闲视之。”一天，黄觞向父母告假说：“儿在家闷得慌，想出去玩十天半月。”黄妈说：“衣裳盘缠带好，路上小心，早去早回。”武丁沿着黄河岸边，一路西行，走啊，走！风餐露宿，刮风下雨，他全然不顾。一天，他来到了虞（今山西平陆一带）这个地方，一群人“你一言，我一语”正在谈论家常。一个说：“啊！占卜，看风水，找阳宅，前三十里津凹村那个甘磐，真是个大神仙，每看必中，占卜必应，百发百中，从不失手。”一个说：“何止这等本事，学富五车，才高八斗，博学多能，这个甘磐治国安邦也是一位难得巨匠大师，哎！可惜呀，可惜，珍珠埋在粪土中，无人知晓，将埋没他一生，多可惜啊！”

不听则已，武丁决心不找到甘磐，誓不回头！

临到了津凹村，打听到甘磐房院后，武丁犹豫，不敢轻易敲门。武丁想，“这是一位远近闻名的大人物，咱这平民前来探访，贸然敲人门者，乃浅薄粗俗之辈，人家岂不笑话！”就这样，武丁进三次，退三次，始终不敢贸然上前叩门，急于见甘磐，想、盼、急、躁，如饥似渴，似热锅上的蚂蚁。突然，脚下绊到了一个土疙瘩跌了个四脚朝天。就是由于这个一声响，甘磐在房内听了个清清楚楚，开开门，一看是这番情景，赶忙迎了进来。

这位年轻的不速之客着实让甘磐吃了一惊，但还是很热情地接待了武丁。一番简单交谈，甘磐发现眼前这个人虽然身穿简陋，却气宇轩昂，风度翩翩，谈吐清晰，明达事理，胸怀大志，是个非凡之人物。“啊！”甘磐突然想起了，“早些时候就听说当今天子小乙的太子正在民间闯荡，凭直觉告诉我，面前这位气度不凡的年轻人，莫不是在民间正巡游的太子？不妨试探一问。”

甘磐：“听说当今的太子并不在宫中，而是隐居在于民间，胸怀天下，巡察民情，看您的样子，不像个乡下人，是从都城下来的，敢问，这是真的吗？”说完，双目灼灼，眨也不眨，直视着武丁的反应。

聪明绝顶的武丁，也吃了一惊，暗想“打扮的再像也无济于事，自己的身份已经被这位精明的长者看穿了。古人言‘入木三分、洞若观火’竟然在有见识大才人物身上如此应验，眼前这位先生果然名不虚传。”武丁遂一股脑儿,坦坦然然承认了自己的身份。

武丁:“不瞒先生,在下小后生即当朝太子,武丁是也! 为了巡察民情,也更是磨炼自己,已到乡间有些时日了。今远道而来,就是仰慕先生大才,思贤若渴,请先生不吝赐教。”

甘磐对自己怀才不遇,早有怨盼之心,久久盼望能遇到赏识自己的伯乐出现。遂不由得兴致勃勃,滔滔不绝,口若悬河般对武丁论述起为君之道。有他一段话:“贵为一国之君,万民共主,首要的是存活百姓。如果以损害百姓来奉养自身,那就好比割身上的肉来填饱肚子。肚子填饱了,人也就死了。作为一国之君,欲要安定天下,必须先端正自身。凡世上人,能伤身子的并不是身外的东西,而无不都是由于自身追求耳目口鼻之好才酿成灾祸。如一味讲究吃喝,沉溺于音乐之色,欲望越多,损害也就越大,既妨碍国事,又损害百姓。如果再说出一些不合事理的话来,就更会弄得人心涣散,怨言四起,众叛亲离。凡为君者,当切切记取。”

一番恳谈之后,武丁越发敬重学识渊博、见识超群的甘磐了。武丁站起身,双膝跪下,虔诚地向甘磐行三拜九叩拜师大礼,十分尊敬地说:“为大商江山社稷计,请先生收下徒儿,不日登基后,请襄助朝堂!”甘磐欣然应允了武丁的要求,慌忙双手把武丁搀扶了起来。

虞山·山岩下

“宰相必起于州郡,猛将必发于卒伍”“三步之内必有芳草”。偌大乡野民间乃藏龙卧虎之地。武丁对此洞悉透彻无疑。告别甘磐后,又四处游荡,寻访“道高术深之士”。这天,他来到虞山(今山西平陆与河南三门峡之间)地方。看到村少人稀,但山清水秀,景物宜人! 他走到一个大山岩下,见一道涧水横断了道路,只得沿涧水逆流而上转上山岩,看见许多人在那里用木板支撑住夯筑墙堤。这些人很艰辛,身上穿着罪衣,脖子上都用绳子拴着,五个人或十个人又连接成一串。一看就知道这是一些犯罪的刑徒,这种人叫作“胥靡”,被罚在此劳役。武丁向一个看管胥靡的小官打听,“官爷,罪犯在这修筑土墙作什么?”小官说:“这里有一条通往邑中的大道,因山涧水经常被冲毁,须夯筑一道土堤将水隔开以保护道路。”武丁说:“想问问胥靡们的情况,能否行个方便,找几个人来谈谈?”小官很快叫来了五六个人。

武丁一一问了姓氏和出身经历,听见其中一个叫傅说(yuè)的人语出惊人,与众不同。武丁大吃一惊。只听这个叫傅说的胥靡说:“是闲暇无事,问话闹着玩呢? 还是深思熟虑,有寄托而来?”

武丁:“问得好,愿与您再谈谈,能不吝赐教吗?”

傅说:“有什么不能? 有问必答,能使你满意也能使你不满意!”

二人遂坐下来，从个人胥靡犯罪的情况和生活，又由生活谈到时势朝堂国事，无事不谈，说话投机，两人都有相见恨晚之感。武丁说："天下罪犯多，不怨别的，是朝堂治民有失德之处啊！人民不得安居，没有安全，岂不铤而走险，罪犯越来越多，还用多说！"傅说见武丁一针见血，一语道破商王朝弊端，毫无顾忌，遂向武丁说出了兴利除弊的设想和计划。他说："若君王无道，强苛政，施暴虐，官逼民反，民不得不反，此治国安邦天道，大道常道也！"

武丁听了，既惊叹又佩服，心中默默自问，"啊！万没想到，最底层囚徒犯人中竟还有如此旷古奇才人物？"可又不能当即把傅说从胥靡人群中解脱出来，遂暗暗下定决心，"一旦继位为商王，定要千方百计把此人请到朝堂授之于政，委之以权，帮我治国安邦。"

小乙墓陵 · 凶庐

武丁在黄河两边，走遍了四面八方荒野之地，成平民，知平民，爱平民，一住十多年，与"小人"感情笃厚，不思回朝堂。十多年来地劳动，不仅成了一个地地道道的农民，知民疾苦，知民伟大，更对四方诸侯、方国动向尽收眼底，了如指掌，成竹在胸，如何应对心中有数。不久，朝堂派人来说："父王小乙生病。"他不得不回到了王都。小乙在病中说："吾死后，由你继承王位，大商江山社稷交于你，为父九泉之下得以瞑目。"武丁跪在御榻前，泣不见声，双手颤抖着接过了传国玉玺。小乙在位二十一年死去，武丁继位，当了商王，他将甘磐请到朝中，任命为辅弼社稷之臣。人们正期待着他理国政、大封功臣时，可有人竟把他送进了"凶庐"，朝野上下，尤其是乡野之间大吃一惊……

原来，武丁继位为商王，可是依据古代祖制，父王死后儿子尤其是太子要守孝三年，这叫"三年之丧"。为了表示实心实意守孝，在这三年内商王不得过问朝中任何政事，凡是军国一应大事皆委托于朝中的执政大臣来全权处理。此铁定传统格律，一点儿也不能违犯。作为新继位的武丁，在这三年中理所当然，一丝不苟遵照古礼执行。他本本分分住在守丧的房子里，这个丧房叫"凶庐"。《论语 · 宪问》曰："高宗谅阴，三年不言。""谅阴"又作"亮阴"，即在"凶庐"里守孝。武丁在守孝期里，一切朝中大事尽委托于甘磐料理。武丁在乡间生活十多年，对祭祀、礼俗，他再熟悉不过。

武丁是一位与众不同的商王。本来，由于父王小乙对自己十多年来特殊的栽培和专注，使他倍加感激感恩，他的继位原本就是奇特不平凡、万人瞩目的事情，与此相映成趣的是，他一继位，就做出一件惊世骇俗之举，三年，他不说一句话。

原来古礼制有规定，尤其是在商代社会，更是如此。前任国君去世后，他的继承者要守丧三年，方能正式继承王位。在这三年里，继承人要居住特别为守丧建造的“凶庐”里，不能穿着华丽美服，不能享用美食佳肴，不能进行任何娱乐活动，更不许男女房事，守丧者要用自己的全副虔诚情怀即“捧出一颗心”来表达对已故先王的哀戚、悲痛之情。当然，在这三年守丧期间，新王更不允许上朝处理朝中任何事务，一切国家大事统统由辅佐君王的“太宰”来全权代理。

武丁在这方面更是一位循规蹈矩、率先垂范者。小乙去世后，武丁就按照祖制进“凶庐”守丧，他不但完全按照守丧的礼节来约束自己的行为，而且整年整月脸上全无笑容，甚至连一句话也不说。开始大臣们还以为他是哀伤过度，过了一阵就会缓和过来的。谁知几个月过去了，甚至一年、两年又过去了，这位守丧的新君，整天只是盯着一个地方出神，一副若有所思的样子，谁也不理，连话也不说一句。

见到如此境况，大臣和内侍们想让他说句话，他也只是恍惚地点点头示意，仍是不肯说出一个字，发出一点声音。这一来朝堂上下着实慌了手脚，大家苦苦思索，百思不得其解，“难道王上出了什么毛病？难道是神鬼妖魔附他身上了？”可是又没有人敢上前探问。群臣们只好私下里疑问揣摩，却又不得要领，提心吊胆地过日子。他们生怕，这期间什么朝堂大局出了变动，如果那样的话，群龙无首，全国大乱，商王朝可就危险了。这样的日子一直持续了三年……

“栽树也是为了乘凉，付出为了获得。”武丁三年默默不语，不说一句话，究竟是怎么回事呢？毫无疑问，从小以聪慧、伶俐著称的武丁，不说话，这是工于心计，他是着手在构思整治国家的一个大谋略。

“我继位毫无疑问引起诸伯父兄弟的不满，有鉴于此，自己的威信不树能行吗？三年不语，待我一旦开口说话的时候，必然会引起朝野震动。这个时候说出来的话，不是就更有分量了吗？这样，对树立自己威信，收拢朝臣和天下人心不是有效之举吗？”他想守丧三年不允许料理朝政，不正好可以利用这段时间，静下心来构思治国安邦的方略。

吃住在“凶庐”，在三年守孝的时日里，虽说武丁不能直接过问朝中大事，可也没有袖手旁观。日思思，夜想想，“思复兴殷，以观国风”，他时时刻刻考虑的是复兴商王朝的宏图大计。这期间他思虑，如何让傅说这个“社稷之才”辅佐治国，可这件事难办得很。商王朝法律森严，人们旧观念传统形成壁垒，丝毫不能侵犯。武丁苦闷难耐，绞尽脑汁……武丁灵机一动，自言自语说：“现不正是神的社会、鬼的世界吗？为了达到目的，不择手段，我要制造一场鬼神的大迷信活动。”

虞山·傅岩·岩畔

虞山左侧山半腰，有一洞窟，这个是胥靡傅说的住所，叫“傅岩洞”，后世传说“圣人洞”。

傅说本来没有姓，他的名字就叫“说”，是一个奴隶。傅说的祖上原本是身份自由的平民，还曾做过小官，后来就是因为耿直而得罪了权贵，被恶意陷害，全家被罚做了奴隶。傅说发明了“版筑法”，即一种用土筑墙方法。由于这一发明，彻底改变了奴隶们的劳动状态，大大提高了工效，一时间，轰动朝野。傅说也由此被人们另眼相看。可令他没有想到的是，由于他的这项发明改变了一生命运。

殷都·朝堂·商王殿

使傅说由奴隶变成宰相的这个人就是武丁。在虞山胥靡人群中，他一眼看出傅说虽衣衫破烂，可谈吐不凡，是一位罕见人才，他决心找机会有朝一日破格擢升傅说。

人说“若有心，石头也能变成金”。三年“凶庐”期满，果然机会来了。

这天，在朝堂上武丁一开口，语出惊人。他宣布说“不知怎的，昨晚寡人梦见先祖汤了。他对我说‘我要赐给你一个名叫说的人，让他来辅佐你治国。’说着，汤祖把这位贤人带到我的面前，叫我记着他的相貌，以便日后访查。不知这个贤人，是不是就在你们这些人的中间呢?”

于是，武丁装作很虔诚认真的样子，在阶下群臣中一一观察寻找。可一找再找，找不到。于是，武丁说：“看来这位贤人也许不在朝中，可能在民间吧，那么就把他给我寻访回来吧。”然后召来画师，把自己“梦中所见”贤人的相貌一五一十描绘出来。这还用说，其实他描绘的相貌就是傅说的长相。

国君三年不语，现在终于开口了，而且又是传达先祖的明示，岂能不信，群臣惊喜之下，自然抓紧照办。很快，傅说的画像遍布全国城乡，角角落落。武丁着意宣传，人为造势，傅说还未正式显山露水，“大贤人”的声望已经誉满天下了。

不久，“大贤人”果然在一群奴隶中间被找到了。这个人蓬头垢面，但相貌却与画像上人一模一样，而且又名“说”。国君梦中的人居然找到了，负责寻找的官吏如获至宝，赶紧把这个奴隶从工地中带进宫中请武丁辨认。

武丁听到找到了傅说的消息，高兴得手舞足蹈，马上就晋封傅说为当朝宰相，又准许他随时向自己进谏国策大计。因为在傅险地做苦工，因而赐他姓为“傅”。傅说一来朝堂，一番治国安邦言论，朝中众文武纷纷议论说:“才高八斗,学富五车,果然天下无双。”

傅说:“这是因为尧、舜、夏启练习武备,三苗、有扈氏忘记武备。伊尹说:‘教平民忘战不备,就等于抛弃他们。’由此说:‘掌握了弓箭兵器的威力是为了保护天下的百姓。这就是用兵的深刻含意。’”

何止擢升傅说,骇人听闻,惊世之举,治国理政大气魄、震聋发聩。

有他登基,加冕,“冕服图”一幅画面凛凛然大气,八面风光。

冕服是古代帝王、诸侯及卿大夫的礼服。种类很多,主要有六种,裘冕、衮冕、鷩冕、毳冕、希冕、玄冕。其形制及用途是有严格的等级区别的。身份的不同和职位的高低都有规定的服制。如天子参加不同规格的典礼时,祭献王服衮冕,其旒数为十二、每旒十二颗玉,前后二十四颗来旒,共用玉二百八十八颗;祭献先公服鷩冕,九旒前后十八旒,用玉二百十六颗,祭社稷服希冕,五旒、前后十旒。公卿大夫虽也可以冕服,但其所戴旒玉的数量与天子不同,彼此间亦不相同。

冕服上的纹饰和饰物代表着不同的含义和象征。日、月、星代表光明,象征君王的威仪如三光之曜;山纹代表稳重的性格,象征君王安镇四方;火纹取其火焰向上,有天下向归上命之意;黻纹作两已相背影,喻君臣相济,见恶改善,冕板綖采用前低后高的形式,喻示君王不尊大,有恤下之气;垂旒以蔽明,喻示君王不视非邪,充耳以塞聪喻示不听谗言等。

可见,冕服中的各种饰物不光有着装饰美化的作用,还含有所谓仰视俯察天地万象万物的深远意义,因此武丁登基穿冕服,更显示一代商王的隆重和威严。

三年期满,武丁回朝,三六九日登殿,殷都朝歌上下鞭炮齐鸣,黄土铺满大街小巷,街头巷尾,人头攒动。争相传闻说“新王登殿了,天下将要变样了”。只见朝堂上戒备森严,武士林立,文武百官站立两厢。台下正中间一鼎沸大锅装满麻油,满满一锅。锅下柴火正熊熊燃烧。武丁端坐龙椅上方,在金銮龙椅宝座上,异常威武,威风凛凛。他两眼逼视着前方,面目庄重,脸色铁青,整个朝堂上一派肃杀气氛。一阵“山呼万岁”三拜九叩之后,只听武丁威严且严厉地说,“京畿守姜闸出班。”

京畿守姜闸闻听颤颤栗栗而出,跪伏在地,说:“臣在。”武丁威严地说,“你在京畿三年,朝臣赞颂你的美德雪片也似飞向‘凶庐’,可名副其实否?”

姜闸:“启禀陛下,微臣主京畿三载,使命责任所在,不敢怠慢分毫,呕心沥血,废寝忘食。虽能力有限,不敢说功劳,实也有些许苦劳,人之所言,也有几分不虚。”

武丁:“那你叔父禀以治漳河水患为名,横征暴敛,草菅人命,是否属实？还有你小儿子衙欺男霸女，私入民宅，奸淫无数妇女，有否其事？”

姜闸：“启禀陛下，臣为百姓衣食父母，终日尽心国事，忙忙碌碌，疲于奔命，尚嫌能力气力不足。哪有怂恿叔父，儿子行不法越轨之事？”

只见武丁大手一挥，屏风后六十二户男女苦主鱼贯而出，匍匐在地，哭爹叫娘。一一当面现身说法，哭诉姜闸的滔天罪行。顿时，姜闸目瞪口呆，全身颤抖，战栗不已。

武丁说：“据查，证据确凿，你道德败坏，行贿受贿大搞权色交易，六十三人，朝堂六部，全国大半郡州都有你的狐朋狗党，乡野百姓对你敢怒而不敢言。似你这等贪官、赃官、恶官、酷吏，拿着朝堂俸禄，不仅不为民办事，反而欺压百姓，尔早已成了十恶不赦的乱臣贼子。还要你何用？御林军卫士何在？还不快快给我烹了！”

朝堂武士不由分说一拥而上，抓着姜闸，丢进了滚烫的麻油锅中。只一会儿工夫姜闸竟成焦饼一团。朝堂上下，文武百官大惊失色，一个个似筛糠老叟战栗不已，大气不敢出一个。

武丁对朝臣说：“尔等有人不事朝政，希图贿赂，肆意胡作非为，与奸佞沆瀣一气。尔等所行罪恶，寡人早已了然在胸，一个不落全心明如镜。本该一一治汝等死罪，故先留一线机会，观其后效。再有新恶，一并受罚，定斩不赦。”两旁站立文武大臣屏声静气，没有一个人敢站出来说话。

武丁这番言语一出，有二十几个官史朝臣，竟情不自禁吓得当场晕倒，不省人事。其余两班朝臣大夫、史官汗流浃背，浑身透湿。原来，不少的人早已吓得尿了一裤子，众朝臣正慌慌不知所措之际，武丁又扭回头说：“共邑牧袁瑗出班。”两班文武又吓得一个个浑身抖动不已，心下说：“要杀第二个，还要杀第二个呀！”

袁瑗：“臣在。”

武丁：“寡人听说你在朝堂这三年遭人非议最多，没有人说你的好话。你不仅不好搞关系，不走门子，更不攀亲，送礼行贿，而且还听说你对朝堂不满情绪很大，说世道险恶、黑暗、怨气多多。你性格倔强，已三年不来朝贡是不是这样？”袁瑗只吓得不敢抬头，战栗不已。武丁又说：“可寡人暗中派人查访，共地百业兴旺，五谷丰登，百姓丰衣足食。道不拾遗，夜不闭户。而当地百姓却奔走相告都说你好，他们发自内心，争相传唱一谚语‘大商王好，袁瑗行正道，共邑民欢笑’。似你这等贤官，我大商王朝不是多了，而实在是太少了。”

说到这里，武丁说“共邑牧你无须再回去，朝堂坚信民传谚语无虚。寡人擢升你为三品谏议侍郎。”

众人先是一惊，随即拍手称赞。齐呼“吾王英明，大商之幸，苍天之幸!”

殷都·纵横南北东西大小街道

人们奔走相告,异口同声争相说:真没想到,这个新任商王这么厉害。有的说:这就叫支持“忠正者”,保护“有功者”,震慑“刁滑者”,惩治“有罪者”,吓坏“钻营者”,爱憎分明的君主啊!多么英明伟大的君主!武丁他三年不朝,朝中好坏人、忠奸人竟一清二楚,了如指掌。一上朝就杀了恶臣,擢升了忠臣,有这样的国王,何愁我大商不国泰民安?今后好了,大商王朝,一定会大有希望!

殷都·朝堂·商王殿

武丁登基成为一代商王有一大批人辅佐,不仅有傅说、甘磐,还有禽、侯告、妇好、祖庚、雪、光、吴、并、望、乘、沚只、仓候虎、戎候等人。时人说:“人才济济,猛将如云,谋士为雨”,而妇好是这其中的佼佼者。

妇好与傅说、甘磐三人论:“一文一武,一内一外”,形成武丁君王犹如一只大鹏,展开双翅腾飞九万里。妇好攻“武”征战四方,攻无不克,战无不胜。时人又说:“武丁中兴”以武立国,统驭东西南北四面八方,灭国二十六,天下五十六方国尽来朝,大半壁江山,妇好建树功勋耳。

妇好是一介女流,出身平民,天赐灵气。据说金斗山蚩尤庙观蚩真、妙常两师父授徒三年,文韬武略尽蕴其身,尤为奇特,这妇好天生好武,天生神力在身,六岁时,举起了一百斤重“唱歌石”成为闻名遐迩的女大力士。天下无人不知,无人不晓。一大将帅不日将登上时代大舞台。

武丁结识妇好,也如他访甘磐、傅说一样,闻其名寻其人,结其缘。三年守丧期满,一出“凶庐”武丁就把妇好纳入王宫,结为伉俪。时人说妇好与武丁这个婚姻不是“平民之婚”,而是“天子之婚”,殷都大婚,规模宏大,气象万千,风光无限,其场面之大,壮观,天下人闻所未闻,见所未见……

第七章 殷都大婚

黄河南岸·殷洛邑·偃师街

武丁在乡野农村,因慕名访得了甘磐、傅说之后,他又遇到一个人。就其价值和意义上说,不仅丝毫不逊色于前面两人,更远远有过之而无不及。察访到了这位女性,使他得到了一位六宫王后,而更具价值的是他得到了国家祭祀主宰的最高"神主",还有统率千百万大军、四面八方征战、开疆拓土、战无不胜的一代大兵神、大军事家。察访此人,也是武丁在乡间道听途说,登门拜访而成功的。

黄妈:"儿啊!今儿个你去偃师街上买两把镰刀。小满已过,快割麦啦,'给,三钱银子'带好,快去快回。"

集镇街摊市上,武丁拿起来一把镰刀,看看刀口,又放下。瞅瞅,试试,又放下。突然,旁边三五成群一伙人正在说话:"咱这里东南方阳宛邑一个叫什么岚凤村的出了一个大奇人,小小年纪,也不过十几岁,能举起五六百斤的大石头,是个大力士!"又有说:"还是个'娃子王'呢!打架三五个人根本不是她的对手!"还有人说:"听说这个娃在金斗山蚩尤庙的什么地方又学了三年法术秘籍,长大了肯定不得了!"武丁边听边记在心上,自言自语说:"有这样的事?竟有这样一个人吗?"

阳宛邑·岚凤村·妇好家

黄河南岸,殷洛邑,六百里路,翻山越岭走一路,问一路,好不容易这天终于来到了岚凤村。武丁上前敲敲门,可门一开,两人对着面竟都愣住了。

武丁:"怎么这个'娃子王'是个小女孩儿?"

妇好:"怎么这个小后生看起来很穷,可一股英武之气迎面而来。"

武丁:"这个小姑娘竟这么花容月貌!"

妇好:"这个陌生年轻人,似曾在哪里见过?"

武丁:"天生丽质,楚楚动人,眼含秋波,竟这么招人喜欢!"

妇好:"怎么这个穿得破破烂烂的人,可又这么耐看!"

武丁首先开口:"敢问您的大名是妇好吗?"妇好说:"在下就是妇好,敢问贵客从何而来?"武丁:"鄙人姓黄,名觞,乃东北方殷洛邑,偃师村人氏。因慕您声望大名,如雷贯耳,故不惜千里迢迢,前来拜谒耳。"妇好:"岂敢!辛苦啦!快快请进!"一会儿,慈母亲端上来一杯热茶。武丁慌忙站起来说:"谢谢!"

这时,妇好回房拿点心而去。武丁敏锐从她一进一出走势动作观察出,妇好不仅丰姿俊秀,光艳照人,柳柔花嫩,袅袅婷婷,而且一股柔情、锐气、霸气交织在一起迸涌而出。武丁又暗暗在心中祈祷说:“莫不是上天专赐予我,吾当做些准备!”一会儿,妇好折转回来,两人攀谈起来。

妇好:“客人远道而来,想一定有话赐教于我?我代表我父母对您光临寒舍,表示欢迎并深深地感谢。”

武丁:“黄觞虽与妇好才女远隔千山万水,可您鼎鼎大名,普天之下无人不知,无人不晓。在下今不辞劳苦专来拜访,实乃爱才、敬才的心理情结,向才女讨教犹恐不及,哪里还敢赐教,实折煞在下也。”

妇好:“古人言,深水不响,响水不深。从客人言谈之中,尽尽是低调、虚心语言。谦卑之词,不难看出,您远道而来,也非专来看顾小女本身,爱才、敬才,此蕴丰厚内涵匪浅耳。小女当洗耳聆听,望客人不吝赐教。”

武丁:“早在五六年前,耳闻多多,才女幼小好学,尚武崇勇。天生神力,孩童大力士远近闻名。近三五载以来,入金斗山蚩尤庙观得高人传授文韬武略,此栋梁辅弼之才,为国家、为民族建不世丰功伟业指日可待。在下今来,不仅敬才、爱才,而更倚才女,不日将迸发大希望之光也!”

妇好:“过奖!诚恐!盛名之下,其实难副。小女只是生性喜爱、好学、钟情、痴迷于兵法、武事、武功而已。要说学嘛,也只是刚刚开始,至于说尽蓄其身,不敢说,尚差远矣!”

武丁:“有道是‘活到老,学到老’,有才女这一番谦虚语言,在下不仅是满意而是更加高兴。在下庆幸不虚此行,与您相见,愿我们后会有期,后会有期!”

岚凤村·鲁山店北·十里长亭

在妇好家附近客栈,住一宿后,第二天武丁告别,北上回殷洛邑偃师村。妇好相送,两人情意绵绵,难分难舍,不知不觉来到十里长亭。武丁说:“好妹妹,‘送君千里,终有一别’,时候不早啦,就此分手,我也该上路了。”妇好说:“觞哥哥,您匆匆而来,急促促又走,真是舍不得。不知怎么回事,总有点离不开您似的!”武丁说:“我何尝不是这样,自打见妹妹之后,不知是咋回事,魂牵梦绕,总感到有一根红线一头在你,一头在我,时时牵挂你!可不走不行啊,父母在等我,还有好多事也在等我去办呢!愿我们后会有期。好妹妹,您要多多保重,我走了!”妇好满含热泪,紧紧拉着武丁的手,久久,久久不愿分开……

武丁向妇好摆摆手,“好妹妹,我走了!”

妇好:“觞哥哥,您一路上小心!”

妇好原本就没有动，一直望着武丁走路的背影。这时，武丁突然扭过身来，四目刹那间相对，许久许久两人都没说一句话……

北回路上·独木桥

武丁艰难行走着，一山又一岭，一岗又一洼，刚过独木桥又走蜿蜒小路。武丁边走边想："这次南来，原想访查一位'大力士'不世之才，不日为我治国安邦大商，做梦也没想到遇到一位天仙般美女，更令我没有想到的是她竟也对我一见情深，张口合口说：'似曾在什么地方见过''天之巧合''千里姻缘一丝牵'。这或许此次南下意外寻访意中人来着！"

武丁想到妇好年方十六，凤体颀秀，色如朝霞映雪，又似芙蓉出水，鬓如青云，眼含秋波，口若朱樱，鼻如悬胆，皓齿油洁，丰颐广额，倩辅宜人，脸白面长，肩宽而正，背厚而平，行步如青云之出远岫，吐音如流水之滴幽泉。武丁动情动容，含着眼泪，自言自语说："上天啊，列祖列宗，你们这么眷顾武丁，造福祉于黎民百姓，再造一个大商王朝，武丁不遗余力，赴汤蹈火，在所不辞！"

岚凤村·厚慈家

机遇似一位普济众生的天使，大门对每一个人都敞开着，但神秘、诡异、高深莫测，不可捉摸之处，只钟情专赐予最先踏进门槛的那一个人。

自十里长亭，妇好难割难舍与武丁分手后，低着头，哭哭啼啼走一步退三步回到了家，已是掌灯时分了。慈母亲要为她烧汤，她只摆摆手，一句话也没说，倒头就要睡。要说心情不好，又往返几十里路，十分疲劳，应该很快入睡，可妇好怎么也睡不着，两眼直瞪瞪地盯着房顶，一动也不动，似木头人一般。可他走了，我不想让他走啊！时时刻刻都想与他在一起啊！可他走了，我舍不得啊，我挂念，我悲伤！想着、盼着，不知不觉妇好进入了梦乡。

一会儿工夫，妇好家来客人了，妇好赶忙开门，一亭亭玉立，天仙般淑女站在了妇好的面前。她说："我是九天玄女，来有一事相告。你知道刚刚送走的客人是谁吗？""不知道"，妇好说。玄女说："当朝太子，他日的商王。此次他是来访你，不，是来向你求婚的。上天命你下界，习文尚武，又学兵书战策，就是襄助他开拓一代大商王朝的煌煌伟业。不日，汝当为国母，在事业上飞黄腾达，如日中天啊！望汝速速准备，不可懈怠。"妇好一惊，醒来，原来是南柯一梦。

殷都·朝堂·商王殿

《周易》曰：有天地，然后有万物；有万物，然后有男女；有男女，然后有夫妇;有夫妇,然后有父子;有父子,然后有君臣;有君臣,然后有上下;有上下,然后礼仪有所错。若是乎,婚媾乃人类社会生活的重要组成部分,婚姻是人类生存繁衍和得以延续的必然,平民如此,“九五之尊”的“真龙天子”也无不如此。按照五千年中国人礼制和传统习俗,婚嫁仪式须遵循“六礼”。有男、女、卜官解读:

男卜官:“六礼包括纳采、问名、纳吉、纳征、请期和亲迎。”

女卜官:“简要言之,纳采即男方派人送礼品到女家,表示愿和女家结亲。”

男卜官:“问名即男方行书与女家,询问女方的生辰年月。”

女卜官:“纳吉即男方将探询结果,问卜于祖先祖神,看是否有相悖之处。”

男卜官:“纳征即如卜筮得吉兆,男方便派人带财币与女家订立婚约。”

女卜官:“请期即与女家商定婚期,亲迎即结婚之日男方先到女家,与岳父祭祖,后接女方上车或坐轿,与之同归。”

男卜官:“以上是奴隶,平民百姓的婚式‘六礼’,而贵为一国的天子,可并不仅仅如此。王上的婚礼更尊贵、复杂和奢华,比平民多有特异之处。如王上纳后不用媒人,而是命高官为纳后使节,到王上本人和王族尊长预先选定的王后家行纳采礼。这是有别于平常人的一个方面。”

女卜官:“迎接王后入宫前,还必须举行册立王后的仪式。按礼制,王上派使节和尚官、尚服(东宫女官)及其随从,带着制册、宝玺、服饰等来到王后家。首先由尚官宣读立后制册,并将制册授予王后,接着由尚服捧着宝玺和服饰授予王后。经过册封,王后地位也就确定了。”

男卜官:“亲迎礼制规定新郎必须亲自迎接新娘,但王上纳后则改为遣使奉迎,这是体现王上的至高至尊地位之举。”

殷都·府右街

有史料简单一则说:“商二十四代王武丁九年(公元前1259年)桃月,旺日,二十八岁的武丁将举行殷商大国婚礼,纳正阳宛邑岚凤村平民妇好为正宫王后,先行纳采大礼即向王后家赠送彩礼仪式。因阳宛邑西南距离商都四百里,路途遥远,此前一年,朝堂专在京都府右街,新落成九进九一处大豪宅府邸,雄伟壮观,府邸门楼高高悬挂‘厚慈门第’四个大字光彩四溢。原来是妇好父母讳名,人们惊叹不已。半年前,妇好携父母告别家乡岚凤村刚刚来这定居的。”

男卜官:“是日早晨,礼部‘鸿胪寺’官员在商王殿设节案。备齐大礼后,王上钦命的正、副使臣在丹墀东边静候,其他执事官员和文武众大臣也早都在指定的地方排列整齐。”

女卜官:“吉时一到”,各文武众百官入列齐班。正、副使臣,庄重严肃,上整理头上乌纱,下抖擞蟒袍玉带,双手举象牙易板,正步走上九级丹墀,朝上行三跪九叩大礼。”

男卜官:“宣制官宣制,大学士到节案取节,出中门授予正使。正使持节,带领副使出太和中门,直抵王后府邸。”

府右街·厚慈府邸

前天一夜之间,一件料想不到奇异事发生了。妇好头发原本不足盈尺,慈母亲常常唠叨:“没缺你吃,更没使你累着,小小女儿家,头发老也长不长来,急死人!”妇好小小年纪,天真无邪,从不把这事放在心上。可不知怎么的,昨天夜里,一整夜浑身热呀,烦躁不安!第二天早晨,刚刚起床,自己还没什么感觉,一旁伺候的丫鬟,惊奇地说:“好姑娘,怎么您的头发竟拖到了地上?”瞬息之间,慈母亲等伺候女官闻声跑来了,来了一大群,一女官用尺子一量“啊!一夜之间,竟新长来八尺八寸!”大家正在七嘴八舌议论“奇呀,神了!”突然,门吏来报:“厚老爷,朝堂纳采队伍已到府门前了!”从此之后,“厚慈府邸”又有“夜九尺”一美名传播开来。

殷都·朝堂·商王殿

皇帝纳皇后,也是“选美”,可是五千年历朝历代司空见惯之事。不过,武丁选妇好是他在乡野民间“自由恋爱”而成。继承王位,就直接“迎娶”,这就省去了许许多多的繁文缛节。有男、女职卜官一番精彩诠释:

男卜官:“选美,是为王上选嫔妃、夫人、娘娘、王后的旷古国家大事。这是为天子行将举行新婚大礼。在这之前,早派遣太监或官员到全国各地挑选十三至十六岁的良家少女三十名、五千名或更多甚至有一万名的。以五千名为例,朝堂主管部门用银币若干作为聘金,令被选少女的父母把她们送到京城,准备应选。”

女卜官:“于是一场规模浩大的选美活动开始了。王上分派太监进行第一次筛选。只见太监们把少女每百人排成一行,按年龄大小排列,逐个察看。把那些稍高、稍矮、稍肥、稍瘦的少女淘汰掉。就这样,第一天便淘汰了一千人。”

男卜官:“第二天,留下的少女仍按上一天那样列队。太监们用极挑剔的目光仔细察看着她们的耳、眼、口、鼻、头发、皮肤、腰部、颈项、肩膀、背部。只要有一项不合规定,便被除名。接着,又让她们自报其籍贯、姓名、年龄,以考察她们的音色和神态,把那些嗓音、粗浊、窳劣、口齿不清或应对慌张的淘汰掉,这样一道程序又淘汰二千人。这一次只剩下二千人了。”

女卜官：“第三天，太监们各拿尺子量这些美女的手和脚。然后让她们走上几十步，以观察她们的步态风度，把那些手腕稍短、脚稍大的去掉。这样又淘汰了一千人。至此仅剩下一千人了。”

男卜官：“这一千名美女便被召入宫，让宫人稳婆做最后的身体检查。分遣宫娥之老者，引至密室，探其乳、嗅其腋、扪其肌理。经过这次体验，入选者仅剩下三百人了，这三百人便都入选为富人。这三百名美女，被留在宫中一个月，皇帝派专人详细考察她们的性情言论，进而评判她们的性格刚柔、智慧还是愚蠢，贤惠还是妒忌，于是入选者仅剩五十人。这五十人都算是妃嫔了。”

女卜官：“这时，主管选美的司礼监秉太监再把这五十人引见给昭妃。这昭妃可非凡凡昭妃，‘摄太宅’。与之软语，试以书算诗画文房四宝诸艺，得三人为最上选。后引及太后、太妃、娘娘，以青纱帕，取金玉条睨系其两臂，复遣宫娥引至密室中复视，循旧列也。此选美大功告毕。”

古往今来，朝堂选美是好事，又是坏事，也更是祸事。古代的王宫里面是高不可攀、尊贵无比、金碧辉煌、富丽堂皇的，宫中珍宝琳琅满目，殿阁楼房间奇花纷呈，飘香四溢。但是中国的后宫从来就不是人间天堂，而是一个没有刀枪剑戟的看不见的战场。这个战场摆在被选美人即王后、嫔妃、宫女之间，主要的对垒者是王后与嫔妃之间，宫女与王后、与嫔妃、与宫女之间。幸运者只有在得到王上的临幸以后才能介入这场无声且惨烈无比的战场。这个战场是在争宠夺幸夺权位中极残酷地展开的。她们斗色、斗智、斗法、斗勇、斗巧，斗得脂粉飘香的后宫战云密布，腥风血雨，残屠人命屡屡发生，惨不忍睹。斗智、斗法、斗勇，而首要的斗色争宠，夺幸是她们的首要目标，也是终生目的。有武丁时卜官说夏太康“鹿辇临幸”的一个故事。

太康是夏启的儿子，是夏王朝第三代君王。夏启去世后，把王位传给太康，太康继位后，将都城由阳翟（今河南禹州）迁往斟寻（今河南偃师二里头附近）。太康有两个嗜好，一个是好打猎，常常数月带着宫娥、妃嫔离开都城去洛水北岸、南岸狩猎游玩，一去几个月不问国事。日子久了弄得国家民怨沸腾。再一个是好色，宫中粉黛三千，三宫六院，忙得他难以招架。有资料说：“太康雄壮有力，夜幸九女，跃跃欲试。”古代皇帝“召幸”“行幸”“临幸”“承幸”“恩露”“恩泽”这些后宫龌龊术语，就是由太康所创。宫中粉钗裙黛“三千”就是夜夜“雨露”哪里“恩露”得及啊？太康性缓又怕得罪人。有太监进言说宫女太多，轮不过来，可乘鹿车随意而行，鹿车停在哪里，遂夜“幸”哪里，就再也不需要顾及其他了。可很快有些心计的美人，为了让鹿车能在自己宫门前停下，想出了一个好主意，在门户上插上竹叶，在地上洒满盐水。鹿一见竹叶遂停下来吃，见盐水就停下来舔吃不走，美女便可以欢欢喜喜接驾，太康也就只好在此“夜幸”。时间长了，鹿也不上当了，美女们“望鹿哀鸣”又一阵苦恼，只好再想别的应对办法了。

殷都·朝堂

王上大婚与臣下及平民百姓迥然不同。据称，王上纳王后临轩册命王后，有严格的规定。按规定：王上纳王后，要命三公之一的德高望重的大臣太尉为正使，主管王族事务的宗正卿为副使，吏部也要参与其事。迎接王后的正日，文武官员，各少数民族首领、酋长、外邦藩宾，皆齐集商王殿，宰相侍中主持典礼的仪式。王上衮冕御舆，出自西房，即御座。一切按国家大婚礼制进行，如问名、纳吉、纳征、册后。册后之日，迎后之日，同车之日，都有隆重极严格的典礼。王后至后官之日，要行表谢，朝拜王太后。王后还要受群臣贺。古代王上大婚，正式庆典时都有朝堂男女司礼官主持，也有他们介绍：

男司礼官：“按照礼仪大婚之日，王上穿礼服乘辇出宫，先到慈宁宫向王太后行礼，然后到商王殿长御座，派遣使者出发奉迎王后入宫。”

女司礼官：“迎亲队伍到王后家行册立礼后，簇拥着王后的凤辇返回，经大清门进宫。”

男司礼官：“按祖制此门除王太后、王上可随时出入外，任何臣民不得擅行，王后也只有大婚之日才有一次进穿此门的待遇。”

女司礼官：“凤辇到商王殿，王后下轿，正副使臣便完成任务后离去复合。然后，由内监、导从命妇伴随，共拥王后步行到交泰殿。”

男司礼官：“在这里恭侍命妇接替导从命妇奉迎王后，王后改乘孔雀顶轿。入中宫——坤安宫，等候与王上行成亲礼。之后，王上到坤安宫行合卺礼，饮交杯酒，大婚即圆满告成。”

九年·杏月·戊戌日

杏月戊戌这天，乃武丁大婚之日。又有文学作品刻画这一幕壮观场景。王上头戴通天冠，身穿绛纱袍，开始了“奉迎之礼”。满朝文武百官鱼贯入朝，分文武左右。宣诏官禽传册封王后之谕：

“奉天承运，王上诏曰‘天之撮合，龙配鸾凤’，造商朝，驭天下，统六宫，福万民，赍封妇好大商王后。

钦此。”

府右街·妇好府邸

满朝文武百官跪地一片，齐声高呼“吾主万岁，万万岁！王后千岁、千千岁!"

尚书左仆射兼门下侍郎吕大方率领迎亲队伍出宫,一路上鞭炮齐鸣,人山人海,惊天动地,直至府右街王后府邸。王后妇好暨父母厚、慈,还有家中亲戚一应人等,早早跪迎在府门前静候。迎亲队伍一字形排开,由吕大方宣读太王太后制书。其中有这样两句:

"尊吾大商圣旨,喜纳妇好为王后,书到之时,即回御辇。

盼:太王太后玺印"

妇好父母厚、慈及家人重新站起整冠肃服,跪地连呼"感谢太王太后大恩大德!王恩浩荡,诚惶诚恐!没齿不忘!"

吕大方向妇好王后拱手行礼,郑重其事奉上册宝,王后御礼服出迎,受册、受宝。册立礼成,一使臣回宫复命。

女卜官:"申时,王上到太王太后、王太后前行礼毕,接受百官朝贺。同时派遣禽和吕大方为行'奉迎礼'的正、副使。然后,王上还宫。"

男卜官:"正、副使列王后仪驾,銮仪卫校尉到乾坤宫恭迎凤辇,随迎接队伍出太和门至大清门各中门,直至王后府邸府右街传制行礼。次日半夜子刻,王后梳双鬓,穿龙凤同合袍,升凤辇,銮仪卫校尉张尚仗车辂,以乐前导,使臣持节乘马先行,内监左、右扶辇,内大臣和侍卫在后乘马扈从,由府邸出发,从大清门中门入至午朝门。"

女卜官:"进宫后,步行过交泰殿,至坤安宫(草房)东暖阁洞房。王上穿龙袍龙褂,由近支亲王恭送到坤安宫,揭去王后盖头。"

男卜官:"王上与王后同坐于龙凤喜床,内务府女官设铜盆于床上,以圆盒盛子孙饽饽恭进。不设坐褥和宴桌,公主等人恭请王上、王后相对而坐,执壶交杈,用合卺宴。"

女卜官:"这时,殿外窗前,有结发侍卫夫妇念交祝词,唱大婚歌。'合卺礼'成,再向吉方'坐帐'。至晚,内务府女官公主等伺候王、后吃长寿面。"

男卜官:"第二天,王后先到'天地桌'后到'喜神桌'前上香行礼,再到灶君前拈香行礼,并到太行山寿殿拜见列圣列后圣容。再一次整衣肃冠'扑通'一声面北而跪,三拜三叩感谢王恩,感谢王恩!遂告别家人,乘御辇由门下侍郎吕大方等前方引导回宫过宣德门,文武百官及皇室宗亲早早跪地拜迎,再入端礼门,过文德殿。王上起座迎接王后,向王后拱手行礼。王、后方双双一起走入内殿,在榻前并排站立,行'合卺礼',更衣后进入帷帐,次日,帝后一起,共同觐见王太后,王太后及王太妃,再去宗庙向先祖先宗灵位行礼。"

殷都·朝堂

武丁大婚最为隆重的仪式是"册立礼"和"奉迎礼品"。繁杂、高雅、声势、气魄、壮观、威风八面、风光无限。

男卜官:“前一天,武丁派遣官员祭告天、地、太庙,王后冠服亦先期送到,并摆好迎接王后的凤辇。宫内所经御道一律红毡铺地,宫殿搭上彩棚,京师南北东西街道打扫得干干净净,家家户户张灯结彩,以示万民同乐。”

女卜官:“行册立礼那天,商王殿设节案、册案和宝案,设中和韶乐和丹陛大乐,还有《商颂》《汤誓》。宣刻吉时到,礼部堂官导引武丁王礼服出宫,先到商王殿阅示册,然后升殿就座。文武百官还有武丁八十八位,妃嫔早已排列左右静候。”

男卜官:“正使禽太尉和副使吕大方升丹陛听宣制,大学士授节后,王上还宫。正副使臣持节下中阶,前张黄盖、列御仗,由中路出太和门,随行校尉,护送内大臣等一起出宫,至王后府邸。到王太后处递如意,行三跪九叩礼。”

女卜官:“第三天行朝见礼。第四天行庆贺礼。第五天行筵宴礼。至此全部大婚礼成。”

在古代朝堂,王上的婚典和册立王后的仪式是作为一项国家大事而形成制度严格实行的。卜官说:“当年商汤王纳后,仅‘纳彩’下聘金就花去贝币两万个。上行下效,后历代每一位商王婚典所用贝币之多,大得惊人。武丁这次纳封王后所耗费用比历代商王,远远有过之而无不及。”事后有结果。

禽:“仅‘纳征’的仪仗,花费贝币八万两,马队大都提前三四个月加以训练,使每匹马昂首从容,不惊不嘶。”

吕大方:“宫内名殿和王后府邸各处所铺的毡绒,实用贝币九万两。”

禽:“龙凤被褥衬衣马褂,实用贝币十万多两。打制陈设器皿,制造妆奁,实用贝币五十万两,足金贝币五千二百个(相当足金五千两)。”

“金榜题名时,他乡遇故知,洞房花烛夜”,古言说:“人生幸福圆满、饱满、完满,莫过于这三件事”。而真正能三件事凝聚于一身的,凤毛麟角。千百年来,实际上能获得一件者即十分了不起了。而今天的妇好,她不仅仅是获得一件,而是两件、三件全得到了。你看,“金榜题名”时,她是大商朝,全天下唯一一位王后,“母仪天下”这不是吗?再说“洞房花烛夜”,她与王上大婚,刚刚入洞房,岂不是新婚燕尔,正当其时吗?还有与武丁一年前见面,两人十里长亭临分手时,你走走,我退退,你退退,我走走!就这样难割难舍了大半天,名副其实的“红颜知己”,今天成婚,不是在王宫遇知己吗?

热热闹闹,戏戏笑笑。王宫也与乡野农民一样,闹洞房一阵子之后,宫女、内侍、也包括王族亲王兄弟、姐妹一个个走后,武丁、妇好急不可耐,如饥似渴，卿卿我我，一阵子亲吻拥抱之后，两人都感动得热泪盈眶，泣不成声。武丁说："年年盼，月月盼，今晚咱俩终于到一起了，我高兴我激动啊！"妇好说："天赐良缘啊，神保佑，一年前在岚凤村一见到您，似曾相识的异样感觉，我就想了许多，莫不是冥冥中早已注定，否则，我一个平民女儿，何敢高攀当今王上啊？与王上结合实小女我千载难遇，上九天揽月，梦想成真啊！"武丁说："千里姻缘一线牵，若不是我千里慕名登门造访，哪会有咱俩的今天啊？实天地撮合，神灵造就啊。"

卿卿我我，情投意合，叙家常说心里话，武丁、妇好说着情不自禁二人话锋转到国家大事上来。

妇好："夫君，妾听说咱俩这次大婚耗费国家资财大得惊人，据说是数十万贝币（相当于数十万两白银），是不是啊？我心下实实感到不安。"

武丁一笑说："比比咱先祖汤，还有历代先王，他们每一次的大婚哪一个哪一次不是上百万，乃至数百万两贝币呀！不必计较！"

紧接着，武丁突然对妇好说："我可听说你从金斗山蚩尤大庙观下山时，有找一个人、靠一个人、造一个人什么来着？我不明白，这是怎么回事？这个'找''靠''造'的'一个人'是指谁？他叫什么名字？"

妇好："就是您！这个'找''靠''造'的一个人，的的确确不是别人，就是您！"武丁大吃一惊。妇好接着说："这是当初下山时，妙嫦师父谆谆告诫我的话，当时实在不解。可将近一年后，您突然来岚凤村家，咱俩又一见钟情，临十里长亭分别时又难分难解，我才恍然大悟。'啊！原来是这样？'师父未卜先知，高明啊，高明！"

武丁："这个时候，你是怎么想的？"

妇好："这还用说吗？一打您来我家，您谈吐不凡，又对我一见情深。我又似曾见过。对此，我想了许多、许多。当时虽然我不知道您的身份，可远道而来，又是'专找'，下意识感到'非同一般'，又看到一张口，语出惊人，肯定不是泛泛一般人。真如师父所说，我'找'到、'靠'到了一个人吗？又隔了些时日，郡邑官领着朝堂官员来，让家搬进京城，并附您一封信，我就什么都明白了。"

武丁："到了这个时候，你'找'到、'靠'到了一个人了，万事大吉，是不是有一种如释重负，弹冠相庆之感？"

妇好："不！小女出身平民，身份寒微，岂敢弹冠相庆，趾高气扬。到这时想到更多的倒是使命责任之高、泰山昆仑之重，只恨自己才疏学浅，孤陋寡闻，如临深渊，如履薄冰！"

武丁："想不到啊！你对寡人如此痴爱，对大商的家国情怀这么炙热，原本一介平民乡野草木之人，'身为人子，当为人臣'，有您这奇才大情怀之人来世，何愁大商不兴，何忧万民百姓不福，何忧天下不安呐！"

妇好:“妾才疏学浅,不说吧,夫君郑重其事提出,说吧,又怕说不好,犯两难之中。这样吧,说不好,夫君不要见笑哟。”

武丁:“哪里话,仰慕还犹恐不及呢!岂敢见笑?吾妻,大商大王后,您不要卖关子了,您夫君迫不及待,正洗耳恭听呢!”

妇好:“欲先作文,首先做人。欲要治国,先示情怀,妾有七条做人信条。”

武丁:“哪七条?快说,急死我了!”

妇好:“知音难得,尤如同妇好今生今世遇到夫君一样。夫君是妾的知己,又是一国之君,更是妾的丈夫,我报答您,应有虽万死不辞的精神,我一方面应洁身自好,‘凤非梧桐不栖’,一方面是士为知己者死,如果需要,甚至于为知己献身,万死不辞,心甘情愿,无怨无悔。妾早想好了,您是我丈夫,又是王上,更是我的知己。妇好今生今世尽托于您,决心口言之,事行之,身践之,业创之,功立之,情愿之!”

武丁感慨不已,“那第二条呢?”

妇好:“‘正心、修身、齐家、治国、平天下。’古人欲明德于天下者,先治其国;欲治其国者,先齐其家;欲齐其家者,先修其身;欲修其身者,先正其心,心正而后修身,身修而后家齐,家齐而后国治,国治而后天下平。”

武丁:“真是字字珠玑,妙不可言!”

妇好:“正心、修身、齐家、治国、平天下。要人们以自我完善为信条,通过修身,治理家庭,直到平定天下。”

武丁正听得如痴如醉,“那第三条呢?”

妇好:“‘从而无信不知其可也。’这是说,作为一个人,不讲信誉,那怎么可以呀?紧随这句话的后面,古人又用‘大车无輗,小车无軏,其何以行之哉?’(輗軏是古时牛马车车辕前驾牲口的横木两端的销子,没有它就无法套牲口,更不能行走)来说明人而无信,寸步难行的道理。古人讲信誉是为人处世的起码原则。所以,人应把‘信’作为做人的四个主要标尺,这就是‘文、行、忠、信’。一个人在内在修养上,每天要多次反省自己,对朋友交往是否诚实守信呢?治理国家要‘敬事而信,节用爱人,使民以时’。‘讲信誉’,这是治理国家的三要素之一。”

武丁接着问:“第四条呢?”

妇好说:“一个‘士’,即作为一个人,要语言信实,说到做到,不说假话、空话、虚话、大话,行为要坚决果断。这是古人说‘士’即做好一个的尺度。古人把人分为三等。一等是‘行已有耻,使于四方,不辱君命’,能报效国家的‘人’;二等是‘家族进孝焉,乡党称弟焉’即‘恭敬尊长’的‘齐家’之人;第三等就是‘言必信,行必果’的‘人’。说话算数,行为果断,此乃中国人的行为准则。”

武丁说:“好,我听得有滋有味,那第五条是什么呢?”

妇好:“做人有没有一句可以终身奉行的话? 自己不想要的事,就不要强加于别人。‘仁’有许多诠解,有的说是‘善良’,有的说是‘宽容’,有的说是‘和蔼’,但归其一仁的核心是‘忠恕’两个字。这是‘仁’的积极面,是有条件的,并又是人人都可以做得到的,可它的确是每个人立身处世的原则。”

武丁又问:“那第六条呢?”

妇好:“‘当仁不让于师’意思是说,面临着仁德,就是老师恩师也不同他谦让。古人强调做人要以仁为己任,只要是正义的事,就应该勇于担当,哪怕是在老师面前也要坚持仁德,不能同他谦让。古人的这种思想一直延续下来,成为一种美德传统。后来,人们把这句话叫惯了,当成‘当仁不让’,鼓励人们勇敢地追求真理和正义。这一经典名言一直成为人们共同信奉的格言。”

武丁说:“我想听到底,那第七条是什么内容呢?”

妇好:“不显示自己,不自以为是,因而更显耀突出;不夸耀自己,因而有功绩,不自以为贤能,因而受到尊重;只有那不与人相争的,世界上没有人能和他相争。”

殷都·后宫

上次洞房那一个晚上,武丁、妇好彻夜未眠,情意绵绵,从两人认识到产生感情,又成婚入宫,成为一代王后,还有人情人世,做人交往,尤其治国安邦,武丁先后问了七个问题,妇好有问必答,口若悬河,似滔滔行云流水,引经据典一口气回答,令武丁惊奇不已,感慨不已。这一天,朝事将毕,武丁回到后宫,妇好急忙迎出来沏上热茶,两人遂攀谈了起来。

武丁:“王后,我的心上人。过去在乡间也包括去岚凤村,知道您有才,远近声望高,可想不到竟这么有才。古人说‘学富五车,才高八斗’,这些用到你身上毫不为过啊! 看看那晚你所说的七个问题,无论是做人、修身、做事、报国、平天下,还有建功立业、处世等无不谈得头头是道。有些过去只是一知半解,有些压根儿我就没有听说过,可在你身上早蓄饱满。今生今世,本王,不,是武丁遇到你,是我大幸,商王朝大幸啊!”妇好连忙说:“过奖、过奖了,贱妾岂敢,岂敢!”说到此,武丁脸色似有忧色,顿了顿。他说:“不瞒你说,寡人刚刚继位,可以说内外交困,焦头烂额,压力很大,穷于应付啊!”妇好一听,大吃了一惊,似想所问,可她没有张嘴。武丁说:“是天下五十多个方国,小诸侯觊觎大商国土,虎视眈眈,蠢蠢欲动啊! 朝堂内部有一股暗流伺机窥测,势力很大,难以对付。”妇好这一听,着实胆战心惊起来,可她只是静听,仍没有开口相问。武丁又沉了沉脸色，说："尽管是内外压力很大，可我武丁是个有性格之人，我偏要干好。荷花虽好，尚须绿叶扶植。偌大个国家只靠商王我一个人能行吗？你没看看，当今人类是军事主导的社会，武事当国，这是不以人们的主观意志为转移！"

说到这里，武丁语重心长地说，"王后你可了不起，寡人听说你尚武、崇武出了名。从六岁时起，开始练武又是什么'孩子王''女大力士'的，更使我尊崇仰慕者，去金斗山蚩尤庙观学国学，演习文韬武略，兵法战策。还听说祭祀学、占卜学、风水、阴阳、八卦学，你都是无有不晓，无有不精。自我听说你后心存意念，暗暗下定决心，我也一定把你找到。等我登基后，要你为大商王朝出力流汗，建树功业。在那个时候，我就暗暗下定决心，不把你请出来，誓不罢休。"说到这里，武丁似有意识地停了停，最后站起来，面对着妇好十分严肃庄重，又满含深情地说："王后，你不是要'找'、要'靠'、要'造'我这一个人吗？学学你，按图索骥，我也送你三个字，为了大商江山社稷，我要'用'你这个人，'擢'你这个人，'望'你这个人！"

第八章

牛刀小试

殷都·坤安宫

一、二、五、七、八不是商王坐朝堂议事理政的黄道吉日，这为新婚燕尔的王后妇好提供了与武丁见面的机会。今天，两人坐在一起，有说有笑，很是惬意。

妇好说："自您登基以来，呕心沥血，废寝忘食，治国理政气象万新！"

武丁："寡人只是尽些微薄之力，主要是文武百官，还有你鼎力相助！"

妇好："王上您的口碑好，有众文武官员的襄赞有功，但更是王上您的率先垂范，妾终日诚惶诚恐，谨行慎言，还犹恐不及呢。岂敢说功，焉敢有劳否？"

武丁说："怎么说没有功劳，自从你入宫以来，三宫六院风清气正，一派和睦氛围与日俱增，日新月异，难道这不是大大功劳吗？"

突然，内侍面色不好，来见武丁，战战兢兢地说："启禀王上，北方战争吃紧，吾方损失千五百条人性命！"武丁一听大吃一惊。"这是六百里快马，刚刚急报朝堂，太宰傅说让我立即禀报王上"，内侍又补充说。武丁说："速报太宰，寡人即时就到朝堂。"内侍走后，妇好急忙问："是怎么回事？"武丁说："已半年多时间了，苦苦打不下来，父小乙在世时就时不时有摩擦，可寡人刚刚登基第二天，土方仗势欺人，不来战表，更不派使者，就不宣而战。"妇好虽然是一介女流，又是王后深居深宫，可一听说是军事、战争，又是前方的战事不利，按捺不住，如坐针毡。"旷日持久的战争，民之大殃，国之大恶，兵法之大忌啊！浩浩荡荡的大军千里之外去作战，贵在出奇，以迅雷不及掩耳之势速战速决。再清楚不过，再明白透底，北方战事不能再拖了。可怎么办呢？我是王后，王上又没有主动委托于我！况且我又是一介女流啊！悠悠万事，唯大商国利益为大！"想到此，妇好已经有了主意了，可在运作方式方法上，她又遇到了难题。

"思路有了，急需派往前线战场两个人，已有人选，可现在我是王后，又是从前乡野平民小女身份，有这么自由自在吗？"有道是"想有所思，思有所想，是叩开一切难解之锁一把金钥匙。"妇好刻写信件，先背着王上送过去，派李森、田高两位儿时伙伴乔装打扮去北方前线打探敌我双方军情。信写好后，叫来宫中冯内侍，交代"此事万般机密不要向任何人说，日六百里快马，到我原郡阳宛邑岚凤村把此信交李森、田高后速回！"

由类人猿到"真正的人"成为人类，经历了漫长的时间，这期间有家庭、民族、宗族、部落、部落联盟、氏族公社，又有蒙昧时代、野蛮时代等，经历了相当长的时间又成为方国、诸侯、而后成为国家。由部落，又经过若干漫长年代的演绎，发展进行，进入到"国家"的雏形"方国"的时代，此就是大商王朝的时代。这是人类历史上一个划时代的里程碑！武丁为商王时的天下方国多达五十六个，又有说七十多个，其中最主要的是鬼方、危方、土方、舌方、羌方、巴方、蜀方、濮方、彭方、荆楚、淮夷、东夷（九夷）、莱夷、人方、林方、虎方、犬戎、卢方等。而北方，是在土方的西南部，又恰恰位居商殷都的正北方约千五百里，由此称之为“北方”，是一个较小的方国，可它距离商王朝最近，与商时有摩擦，地理边缘恐怕是其原因之一。还有一大缘由，北方人彪悍，勇猛好斗，动辄骑马射箭残戮人马，嗜杀成性。北方人系游牧民族逐水草而居，居无定所，饿了食肉，渴了饮奶，体魄强健，天性以劫、掠夺为乐，与农耕民族中原人相比，有“一个打仨”的戏说。

对土方恃强仗势，不宣而战，妇好义愤填膺，怒不可遏。可又对北方人体魄强健，勇猛好斗习性，深有感触。恰在此时，武丁不声不响来到了她的身边。妇好突然一惊，慌忙笑脸相迎。武丁仍在为北方战事挠头，朝堂上你一句，我一句，争论了大半天，还没有理出头绪来。妇好建议，国之大事来不得半点的急躁和盲目，莫急，须从长计议！

突然，内侍梁跃在门外一声“启禀王上”传进了二人耳朵中，看情形又是迫不得已，急不可耐的样子。武丁一声“传进”。只见梁内侍汗流浃背进来，“启禀王上，北方战场上昨又斩杀了我藏、奇两员大将！太宰请示，是否发丧致哀？”情况竟到了这个程度？武丁脸色铁青，两眼直盯着梁内侍一动也不动。

情况紧急，妇好站了起来，双手作揖，身子向下弯，深深向武丁一拜，斩钉截铁地说：“王上，国难当头，贱妾请缨挂帅出征，请王上恩准。前方战事旷日持久，这不是好兆头，我学过兵法，我要为您为国家出力，这是贱妾分内事。”

武丁：“寡人深知王后金斗山蚩尤庙三年深造，兵书战策，兵法战阵，尽蓄其身，可那是理论，与打仗真刀真枪实战是两码事，天壤之别呀！不行绝对不行！”妇好极力辩解道：“妾在蚩尤庙修行，学《三坟》《五典》，学黄帝、蚩尤、玄女，还有汤王兵法，不是死学，而是活学活用。此次出征，妾虽不敢说成竹在胸，可也听说吾商方将帅的北方战事，有许多失误或不可取之处。如果妾出征，绝不会是他们这种打法。再者北方战情妾业已了解一二，打好此仗，已有几分把握，请放心就是。如果王上仍不放心，妾甘愿立军令状。”

妇好还未向武丁申述完毕，突然，内侍官来报，有阳宛邑岚凤村叫李森、田高的两个人从北方前线回来，有紧急军情要单单向王后一个人汇报！武丁一听竟“啊”了一声。妇好忙说：“一个半月前，我安排内侍官去岚凤村送信，一听说您对妾还怀疑呢，正当其时，今儿个向您正式挑明，妾无奈之下，用信札形式派李森、田高二位儿时伙伴，去战场前线，侦察敌情事。”武丁又是大吃一惊，“真没想到，做梦也想不到，王后早已决心征战也！”可说到此，武丁对于王后请缨出征，打胜此仗，有几分把握似乎不容怀疑，也看到了曙光。可国之大事，岂能轻易假手他人？不怕一万，就怕万一，大商的江山社稷毁于一旦，悔之晚矣，不堪设想啊！

妇好：“事已至此，王上依然不放心？”

武丁：“不是不放心，实在是此事太大，不得反复推敲，琢磨再琢磨！要知道，寡人一言既出，驷马难追！一旦不幸，寡人哭都来不及呀！王后你又是一介女流，三皇五帝，也包括禹夏王朝五百年，还没见过有一个女性挂帅出征啊！可在我朝出现了，你说这是荒唐是笑话，还是闹剧呢？这是破天荒旷古奇闻！你说寡人承担的风险和压力有多大？”

妇好：“王上，您口口声声爱我，在乡间又是不远千里迢迢去拜访我，追求我，视我是大人才，又是口口声声信誓旦旦，‘用’我这个人，‘擢’我这个人，‘望’我这个人，可真碰到节骨眼上，自食其言，说话不算数了！一句话，女人不如男人吗？”

妇好一席话，开门见山，一针见血，凌厉犀利，瞄准目标，不躲不闪，抓着软肋，击中要害，似刀似剑，直刺心脏，直疼得武丁手捂心口，直不起腰来，两眼直瞪瞪盯着正前方，一句话也不说。

武丁郑重其事地说：“你说的全在理，寡人也知思虑不周，多有委屈你了。可再一次说回来，尽管你说得娓娓动听，天花乱坠，可此事重大，太大了啊！这样吧，占卜，请神灵训示，请先祖先圣们说话。如果他们不同意，可不要怨寡人哟！”

妇好：“好！一言为定，听天由命，心甘情愿，无怨无悔！”

殷都·占卜坛

占卜是古人依据天地万物的表征判定吉凶，以预测未来、推断命运的法术。卜是借物取兆意，占是观察兆象意。占卜方法名目繁多，有尸卜、虫卜、骨卜、猪胆卜、牛肝卜、木卜、草卜、竹卜等等，商代尚龟卜。妇好对占卜术精到精通。占卜的法术大致有六类，天文、历谱，五行，蓍龟、杂占、形法。天文是按金、木、水、火、土的相生相克关系推测吉凶，蓍龟是占蓍卜龟推断吉凶，形法包括堪舆术即看风水和相术即相面。上述诸法之外，凡依气象、草木、山川、梦幻等的变异判断吉凶者，都属于杂占。龟卜在商代盛行，就是钻凿动物甲骨，用火烧灼，观察其裂纹以判断吉凶的一种占卜。观兆之法大致有三，一是观察兆象的位置，定所问之事；二是观察兆象的形状，定事件的吉凶；三是观察兆象的走向，定事态之始末。龟是寿命最长的动物，故有‘龟灵’之说。这样，龟甲就成了商朝中的一种灵验占卜工具。

大卜官郑重其事，肃穆庄重，端看灼灼燃烧的龟甲大盘，缓缓走上占卜坛，恭恭敬敬放在坛上，跪下叩头九响，转过来，面对坛下千百万观众，口中念念有词。“一变天皇师，二变地皇母，三变仙人陀，四变仙人符，五变紫云遮，六变邪鬼体，七变邪鬼伏，八变邪鬼拜，九变先(仙)认盖吾身。吾师飞上紫玉山上巍巍矗半天，飞上三十三天结出中，速变速化，吾奉上神准敕令。”

小卜官紧随大卜官朗诵起来，声音分外洪亮悦耳。

大卜官待小卜官诵完咒语，又折转身，对着卜坛上将息的龟甲，口中念念有词，然后行三拜九叩之礼恭恭敬敬走上卜坛，十分虔诚地看看。大叫一声“龟纹圆润，纵横成线，日月天地分明，吉祥啊，好卦，好卦！”紧随之，台下一片雷鸣般的鼓掌声，经久不息，一阵高过一阵。武丁欣喜若狂，连连向妇好作揖祝贺，众朝臣连连高呼“王上万岁，万万岁！”

燕涿邑·北方

商王朝时天下方国似星罗棋布般林立，遍地皆是，大小不等，大者百十万、几万人口不等，这皆缘之于氏族公社逐次兴起。

原始社会是在一定发展阶段上以血缘关系为纽带形成的社会组织和经济组织的基本单位，产生于旧石器时代晚期，新石器时代达到鼎盛，金属时代趋于消亡。氏族公社的特征是靠血缘纽带维系，实行族外婚，生产成果归氏族公有，成员共同劳动，平均分配产品，公共事务由选举出的氏族长管理，重大问题(血亲复仇，收容养子等)由氏族成员会议决定。在共同经济生活的基础上，形成共同的语言、习惯和原始的宗教信仰。氏族公社产生的新氏族，联合形成胞族，几个有亲属关系的胞族组成部落。氏族公社经历了母系氏族和父系氏族两个发展阶段，后来由国家所代替。氏族公社的出现，使得人们相互间的联系越来越密切，加强了原始的简单协作，从而促进了社会产生力的发展，北方就是这样的一个方国。

北方国很小，约有人口三十几万，国土面积七八千平方公里，可性情凶悍、好斗勇猛、嗜杀成性。北方西、北、东北方为更加凶猛强悍的土方国，而它的南方就是商王朝。商王朝地大物博，人口众多，正好把它从北、东、南三个方向围了个大半圆圈。北方国南是商王朝，北是土方国，两个国家把其紧紧夹在中间，国王傲光说：“铁打铜铸般裹胁得我喘不过气来。”

北方国国王傲光性格暴躁，武功高强，又力大无穷。可能就是这些天生优越条件，这个傲光雄心勃勃，不甘狭小国土，向外扩张之心一发而不可收。他常常在朝堂说住久了狭隘的小窝，日日想、夜夜梦想回到大中原自由自在生活，多么风光。中原原本就是我的老家！自己国度空间狭窄，资源匮乏，人口稀少，灾害频仍，傲光早就对广袤的南部大中原起了贼心，觊觎商王朝国土，这就是傲光的“北方心态。”

有了掠夺野心，尚武强军，遂成了他诸多国策中的第一要务。在他继位不到五年间，带甲控弦之士三万八千人众，国人户五口之家，抽男丁二人从戍。战车千乘，战马五千匹。一时兵强将勇，能征惯战闻名，天下方国，远远躲之，犹恐不及。

北方国傲光与商王朝交恶，还是远在小乙为商王的第十九个年头。他欺小乙懦弱，乘其以和为贵领邦，张口借坝张口邑不允而翻脸动武的。小乙这时病重，无暇顾及，分外使他藐视商朝为所欲为。小乙在世时，时有摩擦，打了几仗，多有得手，更加助长了他的嚣张气焰。

小乙去世，新王武丁继位，他不仅不行国与国礼仪派使吊丧，而且乘人之危，又加强兵力三千，开拓前线。有他与主帅腾尔一番对话。

傲光：“小乙老王去世，黄毛孺子叫武丁的登位了，再增兵三千开赴战场，先给他新商王来个下马威，让他看看我这北方国‘马王爷是不是三只眼’，尽快投降，多割一大片土地与我！”

腾尔:“王上雄才大略,微臣愚不可及,但我已看到,现今天下说起我土方国都‘谈虎色变’这无不都是您的伟大啊! 不过,臣已听说,南国这个新商王可不像他笨拙老子,据说能干英勇得很,我们不得不小心一二啊!”

傲光:“腾元帅,你多虑了,多虑了,小小孩童,傲光我饱经阅历,天下多惊涛骇浪,何有不知,何有不晓? 比我,他还嫩了点。何足挂齿? 你放心去吧,当头一仗,再打出我北方威风来!”

北方·燕涿邑·商和北方国战场

商王朝与北方国战场,已相峙近八个月。商王主帅荡、畅、姜、胡、张苦恼至极。荡说:“眼看新王‘凶庐’三年守孝期将满,这里战事一时半会了结不了,新商王登基将怎么交代?”畅说:“咱们也真是尽心努力了,只因北方人太凶悍了,每次交手,考虑怪周密,可没一次心想事成! 你说怪不怪?”姜说:“不要急,看看吧,打仗嘛,一胜一败,乃兵家常事,想机会总会有的!”胡说:“根本是要研究敌人的战法,变换我们的战法。这一点过去我们欠缺,考虑不周,只一味地猛打猛冲,看来不是成熟经验。”

不想这五员大将的谈话被两位黑衣人听个清楚。

与南商方相映成趣的是北方大军营帐也正在滔滔不绝。不过,这个营帐不是在气魄辉煌的殿堂内,而是高山顶巅处。北方人豪放、豁达、性野。几员大将边观山景,边议论战事。葛千说:“这一战事看来,虽三两天结束不了,可也把商方打得够疼痛了。你没看,十次起码八九次他们败。最近这一次,他们竟损失了三员大将,上一次斩杀了他们一千五百生力军,商兵已是我叨败的鹌鹑,斗败的鸡了。”乍猛说:“如果再有一战,不仅让他全军覆没,还要生擒活捉他主帅,向我王于金銮殿报功呢!”

未曾想到,这几员大将你说我言,正在热切而激烈献计献策之际,距他们左上方十多丈高,四人才能合抱得住的一棵千年大槐树上蹲住两个人,正悄无声息观察着他们的一言一行。

殷都·朝堂·商王殿

古代,朝堂派将出征,先祭天地,拜告太庙,付旌节,赐兵(虎)符,以示授予兵权。所谓兵权,就是将领统率三军的权力,身为将领,能否在军队中树立自己的威信,最根本的就是要掌握兵权。将领一旦抓着了兵权,就抓着了统率军队最重要的环节,在统驭军队时,就像一只猛虎插上了双翼一般,能自由地翱翔四海,遇到任何状况尽可处变不惊。反之,将领倘若丧失了兵权，也就无法抓着指挥军队的关键，好比鱼龙一旦离开了赖以生存的江湖，就算拥有在海洋中遨游、在浪涛中嬉戏的本领，也无从施展，只能无所作为。

这天，武丁登上大殿，威严地坐在龙几案上，两旁文武百官早已齐集东西两厢，十分威武，异常壮观。锣鼓齐鸣之后，内侍一声“宣妇好大元帅司马王上殿！”只见貌比天仙，年方二八，气宇轩昂，一身霸气，勃勃锐气，威风凛凛的妇好，缓步登上丹墀，向武丁行三拜九叩之礼后，一声“臣妇好拜见王上！”武丁赶紧“爱卿请起！”一声回话，妇好缓缓站起。内侍一声“请妇好司马王接旨！”妇好面对内侍，又缓缓跪下：

圣旨曰：

奉天承运，王上诏曰，北方战事吃紧，呼唤能征惯战将帅，火速赶赴沙场，报国效命，时不我待。今特命妇好挂司马王帅印，统一节制内外诸路兵马，即日赴任，不得有误。

钦此

大商高宗王，翌年夏曰，朔日

随即，妇好缓缓站起，双手接过圣旨，又向上一拜，十分虔诚地说：“王恩浩荡，臣肝脑涂地，在所不辞。”这时傅说代王上赐旌节、兵（虎）符。甘磐又代王上赐金灿灿“尚方宝剑”一柄，两旁众文武毫不间歇，一个劲地鼓掌祝贺，妇好谢过王上武丁后，又对后面两厢文武百官，作揖致意感谢。整个朝堂既庄重严肃又声势浩大。

殷都·坤安宫

在此之前，武丁与妇好已有一番对话。

武丁：“王后，这下你可满意了吧，又是请缨，又是占卜请上神，一次次如愿以偿，心想事成。寡人还真没想到呢！天意呀，天意，祝你旗开得胜，马到成功！”

妇好：“感谢上天，感谢列祖列宗，更感谢王上，夫君您的精心栽培，没有您岂能有我？没有大商，岂能有我妇好一席之地？时势是机遇，王上您是大伯乐！”

武丁：“您是千里马，千里马呀！寡人想好了，全力支持你。要多少人马给多少人马。寡人已经决定，现战场已有一万人马，准备再赐你三万人马，看行不行？”

妇好：“古兵者言，兵不在多，而在于精。妾只再要五千人马，加上前线已有一万，计一万五人马就可以应付了。”

武丁：“听说，北方上阵原是二万现又增兵一万，计有三万人马，我方仅区区一万五千，怕吃不消吧？”

妇好："王上不必多虑，妾想好了，一万五千对他三万，对外虚张声势六万人马，您尽可放心吧！"

武丁："那将才呢，现前方已有荡、畅、姜、胡、张五员大将，寡人拟再派禽、侯告、仓候虎三员盖世猛将随军前往，你看如何？"

妇好："前方正在履职五员大将绰绰有余，侯告、仓候虎两位就不必了吧，特请禽老宿将随好参赞军机如何？"

武丁："可以，尽由你说！"

妇好："王上，妾还有一个要求，不知当说不当说？"

武丁："尽说无妨，寡人洗耳恭听！"

妇好："妾在岚凤村家乡，儿时有李森、田高、王峰、窦芳、张哥、吴昌、葛爱，还有进蚩尤庙的蚩欢、狄巍、妲歌、妙媛十一人皆我幼时伙伴，个个武功高强，智慧深邃，且对家国情怀高尚常人难及。我想把他们带在身边，好为国家建树功勋。比如此前我就早已委派李森、田高北方战场侦察敌情，任务完成得很好。妾有这个请求，能否请王上破例恩准？"

武丁听了喜出望外，"真没想到，做梦也万难想到，你早锻造出了十多员能文能武豪杰人才呀！完全同意，要为他们一一封赏官职，你看怎么个封法？"

妇好："王上，您同意我带他们就已是大恩大德了，还说什么封赏？有道是无功不受禄，战场立功后再封赏不迟。"

北方·燕涿邑·商大本营·中军帐

荡、畅、姜、胡、张前方五员大将及妇好随禽、李森、蚩欢、窦芳等十一位将校齐集中军帐，议事几案前。战前军事会议正在进行中。

禽："荡、畅、姜、胡、张诸位前方将军，久在沙场，鞍马劳顿劳苦功高，诸位辛苦了！现在我对诸位将军介绍，这位是朝堂新任命的总督大元帅妇好司马王，从今以后全权主持对北方战事，现在请司马王对大家训话！"

"诸位将军你们辛苦了，我代表王上和朝堂向你们表示亲切地慰问。前一阶段对北方战事，功劳不小，朝堂上下有目共睹，可也要总结经验教训。比如与敌人刀对刀，枪对枪，硬对硬死拼，正好以吾之弱项对敌之强项，这就有失妥当了。北方人体魄强健，岂是吾等中原将士所能比拟，屡战多败难以奏效，此大教训吾等应深刻吸取。据半年多来与北方交战实情，从今以后，以吾之怒战，破敌之骄战。"说到此，妇好十分威严地说："荡将军，对外公开，仍以你名义为吾方主帅，吾之名严格保密，万勿泄露，这是军令！"

"据可靠情报，北方兵原是两万人马，近傲光又增派一万人马，由腾尔主挂帅印节制诸路兵马。这腾尔是一位悍将，勇猛异常，可此人刚愎自用，他临来前线，已向傲光立过军令状，半个月内解决战事，绑缚荡、畅、姜、胡、张五南国战俘凯旋。北方已在前线的莽刚、尚强也都是一个个战场骁勇、死打硬拼之辈，唯有这个逯尔，除勇猛外，富有谋略。”

禽：“据敌情侦察，前方敌兵态势，直线距我五十里，呈对峙状态，敌兵力左有一座山叫崇山，山高林密，驻扎一万兵马。与崇山右侧呈一字形直线，相遥二十里，叫炎山。山势高低，大小与崇山相同，所不同者，这炎山陡峭奇险，为东方崇山远远所不能及的。崇山、炎山相间二十里一马平川。更为奇特者，两山后约十里许，又有一大半圈状群山围绕，周长约三十里许把东崇山、西炎山紧紧衔接起来，成为一独特风水佳地叫‘怀蓄湾’，当地人称‘簸箕地’。当地人对此地有‘崇山炎山一川又一湾，吃足喝饱无挂牵’的谚语。”

李森：“天造地设，天遂人愿，经前些时日我与田高在暗中侦察，再为巧合不过，这怀蓄湾乃北方千万兵马的粮辎重地，有道是‘手中有粮，心中不慌’。此北人深知粮草重地重要，胜过士兵生命，征战三万人马中专拨五千人马保护粮草。崇山、炎山、怀蓄湾，背后绵延群山五步一岗十步一哨，日夜守卫，毫不懈怠。有敌军第一号悍将叫乍猛的镇守此地。而簸箕地前崇山、炎山两山部署一万人马，互为犄角，攻东，有西来援，打西，由东来助。”禽补充说：“思虑周密，用心良苦，天衣无缝，看来敌酋用兵，也不乏能人啊……”

簸箕地·怀蓄湾口·中军帐

南国商方召开军事会议，北方腾尔等也没有睡大觉，切磋、分析、商量研究攻击方略，也正热火朝天。北方战将除新任元帅腾尔以外，原在战场上的还有葛千、浑浩、庹余、挖喎四员猛虎般战将，各位将帅正热烈发言。

腾尔：“近一个多月来，不见南军有什么动静，手也怪痒痒的。此次大王委我为前敌大帅，得多多仰仗各位鼎力相助。”

葛千：“哪里，腾大帅谁不知是我国中第一勇士，此次傲光吾主委腾将军都督诸路兵马，如虎添翼。”

浑浩：“过去几战下来，南军就不是对手，一见我铁骑下山，顿作鸟兽散。这次又有腾大帅亲临战阵，打败他们如捏死蚂蚁一般容易。”

挖喎更是大言不惭说：“说步行战，马上拼，他南人咋能与我北人铁骑相提并论，我敢说虎方槊一挥，管叫千军万马人头落地。这次我非在战场上立下第一功不可！”

庹余说：“须谨慎，据可靠消息，这次南军又是增军，又是换了主帅，看情形，来头不小哇……”

燕涿邑·商方大兵营·中军帐

中军帐南北东西四面坐满了各路将校，足足有六十多人，室内气氛异常热烈。

妇好坐在正当间，虎皮帅椅之上，环视左右。“各位将军，大战在即。请各位一抒高见，知无不言，言无不尽。”

荡：“我意先打东方崇山一支北兵，这一支的葛千统帅最为凶悍，几次大战，吃他亏很大。此次，荡虽不才，愿仰仗大帅虎威，亲为先锋，定要挫他威风，报前次一箭之仇！”

畅：“炎山一处也不可忽略，我愿带一支精兵，直捣浑浩老巢，以迅雷不及掩耳之势，拿他项上人头来见！”

妇好：“好！听本帅传令，此次与北方决战，以诱敌、佯攻为突破口，正兵、奇兵交叉，轮番并用，吾路将校按本帅军令行事，统筹战局由本帅一人谋划，其余一概不许过问。荡、畅二位将军听令，命你二人各率一千人马，一东一西，即崇山、炎山阵前主动挑战，一经接触，略战几合，佯输，可注意，败要像败的样子，不留破绽，狼狈逃窜十里后，荡向西折转，畅则向东折转，诱两支人马到一峡谷处，方算立了头功！限汝二人明晨拂晓，击鼓前进！”

同时，妇好吩咐，“姜、胡二位将军听令。命你二人各率三千人马在荡、畅诱敌到的峡谷一东一西两侧山上，密林深处，早早埋伏，待二人诱敌进入我伏击圈中，但听本帅一声炮响，滚木礌石，火箭、火铳，齐齐滚下，然后俯冲而下，与敌展开肉搏战。令到必行，不得有误！”

第三道号令，“张将军进前，听我传令。命汝只带一千人马分为两支，每支各五百人埋伏于崇山和炎山脚下，待两山之敌倾巢而出，被荡、畅二将军引南急走后，迅速上山拔掉北军旗帜，换上吾方旗帜。每山插旗不少于二千只，越多越好，算你头功！”

“李森、田高何在？”二人一听，立即说：“末将在！”妇好说：“命你二人只带五百兵丁，乘今晚夜色人衔枚，马摘铃，神不知鬼不觉向‘簸箕地’前进。”只见妇好对准李森的耳朵小声说：“只需如此如此……”又招手田高近前，也对准他耳朵，小声说：“只需这般……”

传令已毕，妇好又对禽吩咐，“禽老前辈，今晚上好好休息，明日本帅陪同老将军高阜处观战。”

崇山·炎山前

按照军令，荡、畅各率一千人马第二天早早已到阵前挑战，两将军各把一千人马一字排开，人喊马嘶，声势浩大，气壮如牛。

荡："葛千你个小子，荡老子今天讨你命来了。一个多月没打，我手已经痒痒不得了。你快下山吧，我已经等着急了！"

畅："浑浩我的儿孙子，你不是勇士，号称北国第一吗？怎么这一个多月来，如缩头乌龟，也不敢下来了？还号称堂堂的北军中头号战神，呸！"

北人性野蛮、单纯、好斗，且这七、八个月来，与南兵沙场上见，又屡屡得手，多占上风，天不怕，地不怕，况今天阵前又被荡、畅戏辱、耻笑、谩骂得不像样子。人都是有血性的，尤其是对"莽夫好斗"的北人性格来说，往往一激，后果就什么也再所不顾了。葛千说："老子什么时候能丢过这样的人？下去，打！提他人头上山来！"而浑浩说："你是诱我下山，老子不是看不出来。而老子今天非捉你上山来不可！"遂呼的一声："传令，都随我下山捉南蛮！"而此时，庹余在一旁说："将军恐怕这是诱战！"浑浩大手一挥说："去你的吧！就是诱，老子也非打他个片甲不回！"可惜此时主帅腾尔正在"簸箕地"粮辎大营。未几时，大战骤然掀起了。

崇山·炎山中间外南

葛千："荡，老子手下败将，活腻了不是？"荡："老子就是活腻了，来，咱俩战上三百个回合！"说着，舞动方天画戟杀了过来。葛千更不示弱，挥动一百二十斤双锤，耀武扬威迎着荡，当头砸了下来。

浑浩一看见畅二话不说，左右挥舞虎头双钩，咆哮般冲了过来。畅也毫不怠慢遂一上一下舞起虎节双鞭旋风般截住。

只见一东一西，两对儿厮杀了起来，十个回合未过，荡气喘吁吁，掉转马头就跑。边跑边说："老子今天早饭未吃饱，来日再战！"葛千说："老子就知道你这孙子不经打！"说着飞奔追了过去。

这浑浩、畅两人正战，突然畅右手钢鞭不经意间掉在地上。他陡地脸都变了颜色，拨马就跑。浑浩一看，知道畅不行了，凶狠地说："想跑，跑不了！老子今天非让你身首两离不可！"发疯般追了上去。

你跑我追，马不停蹄，荡向左一转，畅向右一转，互不见面。突然，猝不及防偶然碰面，可来不及了，一头都钻入了预先埋伏好布袋一峡谷之中。葛千、浑浩还未来得及醒悟，两旁山上滚木礌石，火箭、火铳，天塌地陷般齐齐滚下，可惜可叹葛千、浑浩北方两员有名悍将，顷刻之间，连人带马变成肉饼。

败残军士飞也似的边跑边大声说："败啦！两位将军已死于涧谷之中了！"原来随葛千，浑浩下山征战的两万士卒，一听主帅死难消息，遂掉头就往回跑。有的在峡谷中被砸死，有的在回跑路上被商兵杀死，又被俘虏了不少，只剩下了不到一万人。他们紧跑慢跑，可到得崇山、炎山一看，漫山遍野尽都插上了商军旗帜。大吃一惊，遂狼奔一窝蜂般向“簸箕地”腾尔大营奔去。

簸箕地·腾尔中军帐

败军消息已传到了“簸箕地”怀蓄湾大营。腾尔、庹余、乍猛各抱着头，一句话也不说，闷声闷气，束手无策。良久腾尔仰起脸，“真没想到，兵败如此之快，只一天！”乍猛说：“不打招呼，视您这个主帅如无物，全是葛千、浑浩这两个家伙自恃骁勇，自作主张，咎由自取，死有余辜！”腾尔说：“兵败如此之快，如此之残，这咋叫我向大王交代？乍猛将军，崇山、炎山尽丢了，三万人马损失了三分之二，现在只剩下这小小的怀蓄湾最后一点家当了，一切拜托将军了。”乍猛说：“大帅尽可放心，五步一岗，十步一哨，铁打铜铸，固若金汤，我敢担保，这粮辎重地万无一失！”突然，正北方向怀蓄湾火光四起，一声声呐喊，商兵从四面八方“进湾了，进湾了！”腾尔先是目瞪口呆，向北仰望大放悲声，“完了，全完了！大王，我腾尔对不起您呀！”说着，拔出腰刀，向脖颈上只一抹，血流如注，倒地而亡！

由于来得疾速，庹余、乍猛还未来得及反应过来，一群商国兵士一拥而进，手持利剑“缴械不杀，缴械不杀！”庹余、乍猛双手一举乖乖地做了俘虏……

殷都北·十里长亭

北方战争胜利，妇好、禽班师回朝。傅说、甘磐等文武百官四十余人迎接在十里长亭，搭起了彩棚，唱起了三台大戏，隆重欢迎这位年轻一代的巾帼军事家回朝。

妇好、禽、荡、畅、姜、胡、张率先骑马前行，紧随其后是蚩欢、李森、田高、妲歌、狄巍、妙媛、张哥、吴昌、寞芳、葛爱、王峰，四人一排并马而行，再后是诸位将校，万千士兵迤逦而行。鞭炮声、锣鼓声一齐响起，不绝于耳。

禽：“司马王妇好大帅，傅说、甘磐两太宰迎接咱们来了！”

未及时，已远远听到“欢迎大英雄归来，欢迎大英雄归来！”的阵阵欢呼声一阵紧似一阵。十步开外，傅说、甘磐等一班文武齐齐下马迎接妇好，禽、荡等也随之下马。傅说：“奉王命，率文武百官隆重欢迎司马王大元帅凯旋班师回朝！”妇好说：“谢谢！不敢当！王恩浩荡，诚惶诚恐！”妇好话音刚落，遂响起一阵阵欢呼鼓掌声。

禽：“太宰大人，不仅朝堂京都人等，战场将士也是兴奋不已啊！”

傅说：“了不起！不到十天，不，竟仅仅在三天之内大功告成，这真是一大军事奇迹啊！”

殷都·朝堂·坤安宫

妇好回到朝堂，武丁三宫六院八十八命妇，左右林立列队迎接在宫门外。武丁一见妇好，快步迎了上来，双手展开很快紧紧拥抱在了一起，两人不约而同都流下了相思的眼泪，四目对视良久……

武丁："欢迎你呀！祝贺你！你创造了旷古之举，为大商立下了不世伟绩！大商出了一位女战神、大军事家！"

妇好："哪里，不敢！王上过奖过誉了！这次战争胜利，多赖我大商的国威，王上的英明指导、精心运筹帷幄的结果，还有前方广大将士的精诚努力、众志成城、同仇敌忾得来的，妾仅仅是尽了些许微薄之力！"

妇好："王上，妾算不了什么，又有一位大巾帼豪杰人物将不日也来到您的身边！"

第九章 开导妇姘

井方·涿落邑·议事厅

妇姘是井方国一个将军的女儿，乃一代绝世美女，不仅会武功，而且兵法蕴身、富于谋略。因为井方酋长战不过商朝，欲结好两国关系，就把妇姘献给武丁作妃子。后来，妇姘以她自身的魅力和价值成武丁的王后，为“三王后”妣戊、妣辛、妣癸之一的妣癸名讳。

“献美”历朝历代多多有之，“献”不仅仅只献美女，还有献金银财宝，献人口、献土地，又叫献国土。两国交兵，失败的一方为了不被灭祖灭种，家破国亡，委曲求全，讨好示媚。献人口，古代人烟稀少，有人就有了一切，谁拥有人口众多，谁就“执天下之牛耳”。献土地这就更不用说了。据历史记载，齐桓公帮燕庄公打山戌，山戌兵败——岌岌可危，献上国土五百里。春秋战国时期，秦、赵长平大战，就是因韩国向赵国献上十七城，未献秦国，而引起一场大战，坑杀四十五万赵兵的。至于献美女这就更是不计其数了。春秋骊戎献晋献公美女是骊姬，而引起了晋国大乱，重耳逃国十九年。“献美”古往今来，久负盛名的是勾践，范蠡献西施，就是因为一个“献美”亡了一个大吴国。

妇好：“王上，我说的这个女的就是井方刚为您送来的大美女妇姘啊！你怎么不知道哇？”

武丁：“哎！你真会兜圈子，你是在说妇姘啊！她长得不错，人也怪聪明，可就是一条，对寡人似有敌意。不瞒你说，入宫这半年多来，寡人还没碰她一次呢！”

妇姘出生地的井方真也似人出其“井”，井显其地，地亦其名。水多、井多在偌大区域内风水奇特。地因“井”而兴，国因“井”而名而荣，不仅形似而且神似。

井方、井国，无处不‘井’，无名不‘井’，井井相望，井井相连，井井有水，人人系井。井方国有九万九千九百九十九眼井。

井方·邑都·议事堂

井多、水多，有道是水是土地血液，血液饱满、充沛，意味风调雨顺，五谷丰登，无灾、无旱、无霜，人间殿堂，天上月宫。井方酋长呼贝尔及大相了指望大赞家乡美好神奇。

呼贝尔：“上天特意眷顾，分外青睐我井方，天女散花般，全国东西南北中无地不井，无处不是井，人间仙境啊！”

了指望：“九万九千九百九十九眼井，过去人说‘风水宝地，天下独有’，对此话我还不信，现在算服得五体投地了！”

水量丰沛，土地肥沃，何尝不是万物生长，五谷丰登，就是人的体形、皮肤、相貌之好之美，人世间也极罕见。

多种多样、千姿百态、奇泉奇井多，这是井方有别于天下其他几十个方国独特亮丽一大风景线，以温度论有高有低，有冷有热，就有这样的泉井。

屯江中冷泉井，位于屯江银山以东一里许佛禅山下，井旁的铜刻玉石柱上，有尧时大文学家皋陶题跋“天下第一井”五个大字。后有夏人在此留“滋润万物甘露水，不见苗山百岁翁”的有名诗句。

喷气泉井，是黄土高原“黄瓜凹”一条名不见经传的小山沟。走进沟内，只见沿沟壁的几千个气孔不时地喷射出高达30℃以上的蒸汽，缭绕迷漫，源源不断。当地人利用这里丰富的地热资源建起了独具风格的蒸汽床，治疗风湿和皮肤病，百疗百验。

白乳泉是东南部“塞上江南”的一个乳泉井，水甘白如乳。

岷峨山琼液井，琼液井又名“仙水”。位于岷峨山金顶之下的佛圣桥畔。井旁黄色大石上刻有帝喾时诗人题刻“琼液泉井”遒劲有力四个篆体大字。井旁立一九尺石碑，上刻“神水府国”四个大字为商汤王所题。传说黄帝时，九天玄女接仙姑娘娘来此泉沐浴。沐浴后帝女从天而降，送来琼浆玉液供仙姑娘娘享用，遂后世有了琼液浆的美名由来。尧帝时有诗人赋诗纪念，将其誉为“天下第一井乳”。白乳泉井面临黄、水、东和大禹庙隔河相望，而与卞和洞紧紧为邻，旁有望江楼周围山峦起伏，绿草如茵，古榆参天，柏林如海。

乳泉是西南西山一口乳泉井，深宽各六尺许，平时不暴涨也不干枯，唯独早、晚一个时辰许，井水由清变白如乳，但过时不久，又渐渐清澈透明。用乳泉井水浇种的禾称为“乳汁禾”，被奉为宫中佳品。酿的酒醇厚甘甜被誉为“井国琼浆”。

井方国的井泉，泉井与玉密不可分，息息有关的也为数不少。

呼东邻辽有“玉碧井”，玉碧井位于狼胥湖西南二十里的雪川河畔。尧时契说玉碧“人类第一水”。弃也题“天下第一泉井”，并有“神水瑶池倾泻来，万民争饮代不衰”的优美诗句。

包浩邑玉泉井位于包浩邑西约六里许的黄玉山上。山峰顶端稍下十米处有一大股泉水从石夹缝中的“龙口”中喷薄而出，在舜帝时曾名曰“喷泉液”。夏初帝启降旨封为“东方第一泉”，又亲自撰写了《御制天下第一井记》刻石立碑。

珍珠泉井在州贵郡安平县城西，这珍珠泉井，泉水澄碧，清可见底。人在这眼泉旁大声鼓掌，泉水会涌出一个个的白色气泡，好似一颗颗晶莹剔透的珍珠。更为奇特的是，在左边鼓掌则左边冒气泡，在右边鼓掌则在右边冒气泡。

盟南卧虎井位于坝口邑中南郡，夏代时已辟为华夏琼汤，商初在此建有观澜阁。刻有“观海”和“第一井”大字，金灿灿、黄澄澄，熠熠生辉。

水是血液，水是大自然，也更是动物、植物的命根子，井方国的井泉，泉井与水有联系的五颜六色。

千滴泉井又称“千泪泉井”，位于西疆车库与拜疆之间克孜尔千佛洞附近的一条幽谷之中。这里悬崖高耸。石壁如削，井中泉得名于有巢氏时一个神话传说。相传有一公主爱上一个乡野小后生，国王极力反对，让后生凿千佛洞，待凿到999个时便力竭身死。公主赶到抱尸痛哭悲愤而亡。

拟人化，寓人性、人情、七情六欲，这又是井方国泉井、井泉名讳的一大奇异现象。

在川四郡六广邑有处奇异的“含羞泉”。这井中的泉水像含羞草一样，受到触动就卷缩。这“含羞泉井”位于川四、西陕、肃甘郡三郡交界处龙门山的东北段，当地人叫“缩水液”。只要拣一块石头往河床上一砸，产生响动，顿时井中泉水就像一位害羞的姑娘遇到生人那样，掉头就躲藏起来。静静地待上一会儿，泉水又流出来，由细变粗，再振动，又再隐缩不见，往返如此。有古代卜官说“这一奇景是一种毛细管”现象，由于毛细管的引力作用，将地下水提升上来，管道愈小，水位上升愈高。当它受到外界的声响震动，产生一种声压，孔隙中的水就被压了回去。

在美丽的西陇山脉，有一奇特的温泉井，很受游人的欣赏。这个温泉具有周期性间歇喷发井水的特点，一般每隔半个时辰就喷射一次，每次历时五分钟，喷柱高达四十多米。由于它非常遵守时间规矩，一丝不苟，人们称之为“老实泉”。

阳山谷帘井在颛顼时有“阳山天下第一泉井”之称，这是夏王朝关龙逄所题。他曾有“谷帘遮掩尽琼浆，滋养生灵日日长。孕育生灵造世界，阴阳折射万霞光”的优美诗句。

变色泉井在川四县龙泉邑，泉口在百里峡江畔，哗哗的白泉水，注入河中，给百里峡风光增添了多多秀色。当地人说这口井泉为“万丈泉井”。神秘的是，当河水不清澈碧透时，泉水就浑浊不清，而河水浑浊时，泉水则清澈碧透，井水与河水的颜色始终“唱反调”。一直到下游很远的地方，还可看见河中清、浊分明的流水。

井方·邑都·望风楼

遵循春、夏、秋、冬季节，还有讲究时间、空间、音乐、曲调、声音，可以说井方的泉井、水井无不蕴含着丰厚的文化氛围。

九万九千九百九十九眼泉井琳琅满目，千奇百怪，应有尽有，千姿百态。这是井方国的天赐资源，独特的上天情钟。说到此，了指望情不自禁对酋长呼贝尔说："大王，我碰到了一件事考虑了很久，感到不向您汇报就是失职、渎职！"呼贝尔说："什么事？"了指望说："因我家乡居住在玉碧泉井南侧，上个月告假回乡探望老母，听到一户姓部的人家，原是外郡人家，因家庭变故投奔亲戚，来这里落户。他这家的一个女儿，年方八岁，来时一脸杂面星（满脸星星黑斑点）。父母亲担心长大了找不到婆家。谁知奇迹发生了，来玉碧井旁住不到三个月，女儿脸上杂面星一个也不见了！

还有一个真实的故事，司马王妇天一个女儿叫妇姘的，原在东部边境居住，自生下来后，长到十二三岁满身皮肤黑紫，其黑紫发光简直要流油。为此，司马王夫妇苦恼极了。母亲媛带她去外婆家走亲戚，在珍珠井泉边住不到二十天的一个晚上，这妇姘全身闷燥灼热，翻来覆去睡不着。折腾了一夜后，第二天姑母竟不敢认了，昔日的'大黑锅'一夜之间成了'雪白女'。"

井方·东南邑·房都宅

妇姘是井方东南方边境一个叫房廊宅的村落。她的父亲叫妇天，出身平民，入伍为军人，已有十年光景，从伍（士兵）从最低层干起，当戌长，队副，到射（百夫长），30岁时已干到亚旅（千夫长）的职任。妇天有志，勤奋好学，不到几年时间，武功高强，力大无穷，疆场猛将大名在军中不翼而飞。

有其父必有其女。因熏陶感染，当武人就在妇姘心灵中深深打下烙印。立志当一名武人是妇姘暗暗在心灵中早早定下的奋斗目标。五岁时，就开始随父亲习武、练武。冬练三九，夏练三伏，保精养气。妇姘年龄虽小，在父亲教导下，学文化、学武术、思想十分丰富。别看她人小，在习武时一丝不苟，按照父亲说的去做。父亲妇天说："孩童骨骼没有长好，可塑性大，弄不好驼背，胸部发生畸形。所以一定要注意正确的练武姿态。"

随父学武习武，妇姘全面系统什么都学。

妇姘："惊慌与敌交手，首先应在精神上压倒敌手。拳谱云发声使敌惊怪，发声一可夺敌精神，使敌惊慌，二可壮我威势，振我精神，助力发劲。"

妇天："猛烈进攻敌人时，须勇往直前，奋不顾身，快而有力。但出手须似直非直，一出即收，疾如闪电，不可露出虚空。"

妇姘："钩格二者，都是破敌之法。如敌以手击我胸部，我即以一手钩住，使其难以逃脱，而以另一手击其要害。如敌以腿踢我下阴，我即当用一手格开，使其腿不能前进，然后以他法还击之。故我出拳击腿击敌宜快，以免被其钩住或格开。"

妇天："棚打，敌以双拳击我，我以双拳开开，谓之棚。打的种类颇多，拳打脚踢或掌或肘，或头或肩，或臀或膝，然各有所长，各有所用。技击家称人身上有十三个拳头，即两足、两膝、两肩、两肘、两手、一头半颌，每处都可以当拳用，拳拳紧相连。"

井方·京邑·妇天府宅

有多少汗水，必将收获多少果实。这天，妇天对妇妌母亲说："她娘走，去后花园看看咱宝贝女儿功夫有长进没有？"谁知夫妇俩人刚推开后花园门，一眼就瞧见妇妌正在一招一式，汗流浃背在演练呢。妇天一见，大为高兴。"妌儿，为父今儿个闲暇无事，很想看看你的武功有长进没有？"只见妇妌双手持剑，面向父母彬彬有礼地拱手一躬，精神抖擞地练起父亲所教八卦剑来。小小年纪的她身捷步灵，疾步如飞，一把寒光闪闪的龙泉宝剑在她手中快似惊雷闪电。行云流水，出神入化的变行剑，当即使妇天夫妇眼花缭乱，目不暇接。这夫妇二人全神贯注，凝神屏息，旁若无人般欣赏着自己女儿这难得的精湛剑技。

"藏""隐"这是两个汉字，把真实的东西暗藏起来，或隐讳起来，不让外人看见知道。埋到地里头，这也叫"藏"，又曰"埋"。"隐"是隐居，一般指古代做官人或有学问、有身份、有名望之人，厌恶做官到深山老林、鲜为人知的地方，远离闹市，喧嚣之地的人叫"隐"。"藏""隐"这也比喻小小年纪的妇妌，自小习武，跟随父亲学武术、武艺，还有兵法，满腹经纶，学富五车，韬略超人，武功精湛，可鲜为人知。

妇天说："女儿从五六岁开始学艺，到现在也不过十四岁！小小孩童有什么传扬的？况又是个女孩家！"这当然，也有妇天身为将军，为人老成厚重，决不炫耀自己女儿的心理情绪。古往今来，一般说，此乃老练、成熟之人的正常作法。

可越怕越就是"鬼敲门"了。一天，妇天在府邸正与女儿妇妌讨论古兵书战策。突然，门响了三下，妇妌人小灵巧腿快，还没等父亲应声，就快步流星去开门了。原来，井方酋长来了。古代的君主帝王闲暇之余，也有到有德有功有名望大臣家，登门拜访，闲聊家常话的习惯。今天，酋长不告来妇天家正是此意。不想开门的是妇天小女儿妇妌，酋长一见，顿时惊呆了。

"天生丽质，雪白肌肤，面容秀丽，窈窕细腰，楚楚动人，小小杏眼，满含秋波。"酋长用手捏逗着小妇妌的酒窝脸蛋儿说。妇天一听说是酋长大人的声音，慌忙走了出来跪在地上，"微臣不知王上驾临，有失远迎，死罪！"酋长大笑了起来，"这是你的女儿？多大了？"妇天说："刚刚十四岁。"酋长说："真没想到天赐你一个天仙般妙龄女郎，长大了定有出息，寡人要操心,有机会帮你找一个好门婿……"

井方·邑都·朝堂

大国与小国,强国与弱国,富国与穷国,似乎有一个暗结,小攀大,弱拜强,穷附富。这就是小国、弱国、穷国的心理真实写照。古代社会如此,商王朝的井方国酋长也没有两样。此时,恰恰是全天下五十六方国争先恐后,参加商王朝"武丁中兴"庆祝、祭祀的重要时期。井方酋长岂能不抓着这千载难遇一次机会。可他陷入了极度的苦闷之中……

人家大商庆典这么大的国事,这么多年,又对我井方如此有恩惠,多少次的帮助,有求必应,现在遇到人家有这么大的喜事,我看倾其国资国财,也不过分!可庆典进贡时间已越来越近了,不送不行,绕不过去呀!有没有其他办法呀?酋长拍拍脑门,突然说:"有了,妇天有一小女,长得天姿国色,倾国倾城。商王一面雄才大略,另一面,天下难得'好色之徒',人所共知的。好!这一次进贡商王,不进别的,就献美女。"议事厅朝政会刚刚结束,酋长请妇天留下,有话说。

酋长:"今儿个朝中议事你都听了,什么事都重要,可没有向商王进贡这大事重要。时间紧迫,已不到三月了。寡人如坐针毡,真似热锅上的蚂蚁呀!妇将军,多年来,寡人待你如何?"

妇天:"这还用说,妇天由伍卒,一步步到今天的将军,能站朝班的三品大臣,知遇之恩难极!臣常常对家人说'王恩浩荡,我们要好好知恩报恩,无论什么时候,无论什么情况下,只要国家需要,只要王上一旨令下,没说的,毫不犹豫!"

酋长:"为商王进贡之事,寡人思虑了这半个月,也是没有办法的办法,向商王武丁求婚,让他作为你的女婿,你看行吗?"

妇天一听,陡然吃了一惊,可毕竟身为朝臣多年了,能理解酋长的初衷。可此事,即使同意,怕妌她母亲也不会同意的。不过,王上也全是为了国家利益着想,君命难违,臣回家做做工作看。

殷都·后宫·咸宁宫

妇妌被作为"献美"国礼送到殷都。一十四岁的妇妌眼含秋波,楚楚动人,与殷王宫原粉钗裙黛大不一样,别有一番异国情调。武丁一见大喜过望,连连对井方使者说"寡人当正式婚配,封她为贵妃娘娘!"这一天,朝政完毕,抽着空儿,武丁来到熙宁宫,只见妇妌一人独坐,自酌自饮,没有笑容,一句话也不说。乘她不防,从后边一把把她搂得紧紧的。突然妇妌猛一挣脱,身子只一缩,从武丁怀中脱了出来,陡然扭回头,"叭"一记耳光打在了武丁的脸上。

妇姘:“自恃国大,仗势欺人,逼抢献美,小女本不遂愿,为何强人所难?士可杀而不可辱。身为国主,请自放尊重些,小女从不爱你,休得胡作非为?”

一记耳光,又声色俱厉,不给面子,毫无感情!作为一国之君,武丁从未遇见,顿时脸上火辣辣的,似针刺刀剐般疼痛,立时就要发作。可武丁毕竟是晓达世事,通情达理的一国之君,绝不是为所欲为的酒色之徒。遂转念一想,这其中必有蹊跷,至少说此女不遂心愿,婚姻人之终身大事,岂能强人所难。不过一见此女,她越这样,似越发怜香惜玉。

殷都·后宫·咸宁宫

武丁从熙宁宫出来,闷闷不乐,慢慢腾腾,不知不觉,来到了坤安宫。妇好忙迎了上去。“王上累了吧!来,快歇歇,妾为你倒茶去。”武丁说:“不,先坐下歇歇,今天倒霉,去见妇姘,不但没得到好脸,又被打被骂了一顿!”接着武丁一五一十把情况说了一遍。妇好边听边思,一句话也没说,到最后,武丁又说:“听说她进宫来,已经六天没吃饭了。”妇好听了点点头,“看来,事情别有缘由,一时半会儿王上不可再去见她,待妾从中调解一二,看看情形再说。”

这天,妇姘正愁眉苦脸,独自一人坐在床上。突然门开了,妇姘一看,是个女的,比自己也大不了多少。只听她慢声细语,饱含关心的样子,“姘妹妹,五百年前咱俩是一家人,想不到在宫中相遇,是上天专赐缘分。我叫妇好,你十四岁,我十六岁,是你的姐姐。”妇好又说:“好妹妹,你知道咱这个‘妇’吗?这可是全天下唯一最高贵的姓,‘妇’的这个‘妇’女字旁,是说咱是女性,女右边似半个‘日’可又缺了一个‘口’,而中间有一‘横’妹妹知道这蕴孕着什么吗?‘女’能生子。咱既是‘女’又是‘母’,人类繁衍发展,没有咱这个‘妇’不行啊!”

妇姘本来思想上早准备好了。“你有你的千条计,我有我的老主意,我死一个不开口,看你能把我怎么着!”妇姘又想:“没想今儿个到来的这个人和善,不像个坏人,看来不是想设圈套让我跳的人。这个人又姓‘妇’与我同姓,这不多见。况且,这个人还有学问,仅仅解读这个‘妇’字,一套一套,很在理呢?”遂由反感、厌恶到顺眼、好感,感情马上拉近了几分。“我本是井方一将军女儿,酋长把我当成礼物,进贡品‘献美’给商王。我父是忠臣,迫于无奈,让我当‘美人’来到这里。小女根本不愿意。”

妇好说:“好妹妹,姐姐理解你,同情你此时此刻的心情,而在一定程度上也同意、支持你眼下的所想所思。这样吧,今天先说到这里,你这几天没吃东西啦,看在我是你姐的份上,先喝点茶,暖暖身子,养养精神。明天，咱姊妹俩再好好说说心里话，姐姐一定想办法救你出火坑！”说着，妇好从内侍手里接过来满满一碗茶，恭恭敬敬地双手递给妇姘。这茶水色白与以往不同，妇姘似有所触动，什么话也没说，“咕咚”把一碗茶很快喝了下去……

与妇姘第一次见面，经过一番曲折委婉的努力，有幸打开了妇姘的心扉，尤其是喝了她亲手递的人参茶。这是妇好巧于救人的一种手段。两人磨合开始有了默契，投机。今天妇好又来看望妇姘。一开始，妇好就开门见山，说：“不瞒你说，妹子，前天来没有暴露身份，今儿个给你挑明，姐不是旁人，是当今商王的正宫王后。”妇姘一听，先是一惊，紧随着也说：“前天看你那一身平民打扮，可深宫豪院，衣衫褴褛的一个平民女怎么能进得来？可没想到你竟是当朝王后？”妇好说：“咱俩的婚姻，有两个一样又有个不一样？”妇姘问：“怎讲？”妇好说：“两个一样，咱姊妹俩命中注定是一个夫君，又是同嫁当今商王。不一样呢？你是被强迫而来，我是他主动登门求婚而成。”妇姘又是一惊，说：“是这样的吗？”紧接着，妇好一五一十地把与武丁结为夫妻说了个详详细细。

妇姘一听后说：“原来他是慕名千里迢迢登门拜访，你俩才一见钟情，而后他登基履行诺言，接你当王后的？照你说武丁这个人还蛮有情有义呢？怎会与我对他的认识这么不一样呢？”妇好说：“事与事有差异，情况与情况不一样。你远在千万里之外的井方国，只是道听途说，与王上根本见不着面。向商王求婚，不，是‘献美’，这是国与国之间的利益交易，实际上是一起生意的买和卖。你一介小女，一看到这种献媚被强威慑之举，骨子里就反感厌恶，而本身又极不愿违心到无法言说程度，由此对王上不看好，这是很自然，情理中不难理解之事。”妇姘连忙说：“姐姐，您说得对，我就是这样想的。”

“姘妹妹，不是姐喜欢上了说他好，也更不是他是一国之君，我痴迷权位，仰慕荣华富贵而说他好，或者是当说客，诱骗妹妹误跳火坑说他好，姐挖着心窝子给你说句肺腑话，武丁这个人无论是从才气、人品，当然，还有长相，是男子中不可多得的一位，且不说他的身份和权力。妹若有意，慢慢观察一段时间，你就知道了。若实在不情愿这门亲事，姐帮你。”妇姘激动得热泪盈眶，一下子扑到妇好的怀中。妇好也紧紧地把妇姘拥抱得很紧很紧……

突然，妇好紧紧攥着妇姘的手一松。“妹妹，你学过武功？怎么骨骼如此坚硬？身上似有一股英武之气，直扑我面门而来？”

妇姘：“姐姐，搭手一摸，就知道妹是习武之人！不瞒你说，妹自五岁时起，随父学艺九年。”

妇好：“眼前只有姐妹俩，能不能让姐姐讨教一二？”

妇姘说:“承蒙姐姐厚爱,不得不奉命献丑。说好了,姐姐可不要见怪。”

妇好说:“哪里哪里!”

妇姘:“一胆二力三功夫。在技击中一定要胆大心稳为先。胆略则敢于取胜,猛攻巧进,进退自如,扬己之长克敌之短。”

妇好:“何为设坚?”

妇姘:“步稳如磐石,根固敌难摧。在技击中一定要有坚固稳重的步法尚可。如步法不固,则根本动摇,上重下轻,不须勾拨,即容易跌倒。这样极易为敌所乘。故技击家有‘害’未习武,先练桩。”

妇好听完技击“五要”佩服五体投地。“想不到闭塞的小小井方,竟能出现如此人物?王上何止得到一个天姿国色大嫔妃,大商王朝之大幸啊!”妇姘顿时脸羞得彤红彤红,低下头,右手只拗着衣裙,不声不响乱捏,一言不发。妇好见状,赶忙把妇姘揽在怀中,十分关切地说:“好好在王宫陪伴姐姐,咱俩你携我帮,为商天下建功立业。”

殷都·后宫·咸宁宫

有道是“心理不相向,效果难一样”。人世间的事就是这个样。过去,妇姘因被“献美”而来,对武丁反感厌恶。经妇好几次说项,又是开导,又是劝解,又是现身说法介绍、夸赞武丁,终于使妇姘改变了过去的一切不友好看法。这天,武丁又来到咸宁宫。内侍刚一引进宫门槛,妇姘一反常态,端着热腾腾的一杯茶双手递到了武丁的面前。武丁连忙用手接了过来“谢谢姘妹妹!”两人一左一右,随之坐下,只听妇姘娇滴滴地说:“贱妾愿意留在商朝,愿意侍奉王上终生,但举行婚礼须有一个条件,午朝门外比箭,您能依从吗?”武丁一听,大笑了起来,说“寡人由马上继天下,情钟武功胜过自己的眼睛和生命,正想领教妹妹的盖世武功呢!”武丁兴奋不已,又彬彬有礼地说:“改日午朝门校场上见……”

自从武丁一进来,妇姘瞅准机会,偷偷观察武丁的装束和姿势动作。武丁一离开宫门,妇姘岂能放过这千载难逢一瞬间。武丁刚刚迈出门槛,她就目不转睛看着背影。身高伟岸,步伐矫健,一步一个脚印,踏实有力。妇姘掩上门,看看武丁走了十多步远。遂快速扒在门缝中看,“你看那背影,上下前后,不胖不瘦,这不是天造神设吗?”武丁快走远了,妇姘在门缝里看不清了紧跑几步,走到窗户旁,伸手拉开窗帘赶紧看,一会儿就看不见了!妇姘目光直盯着武丁背影,舍不得放不下,痴迷神往,决心以身相许,对武丁妇姘已陷入陶醉之中……

第十章

军帐论兵

坝上邑·中军帐

商王朝天下方国多，各有疆域，护疆保土，开疆拓土，你争我夺，兵戈不息。此方偃旗，彼方鼓起，长年累月，战火汹汹。武丁勃然大怒：“好你个土方小酋，弹丸之地，不自量力，还想与我大商一论高下，玩火者必自焚，定叫你有来无回！”遂即委妇好率八万人马浩浩荡荡，奔向土方战场征程。大军紧走慢走了三天两夜，到坝上邑安营扎寨。

妇好说：“在这里与各路将校议议，拿出通盘作战方略，胸有成竹后再稳扎稳打，有条不紊行进不迟。”

侯告：“司马王大帅，据前方侦察敌情来报，土方一听说我大军来讨，立即溃退百二十里，胆怯似有罢兵之虞。”

仓侯虎：“此乃畏惧我朝堂兵马雄威，也并非不是好事，吾何不暂休一时，趁此机会抓紧练兵，使将士战斗力再提高一步。”

妇好：“各位将军，前方谍报日夜不停，毫不懈怠。时时刻刻侦准敌情，速报中军帐来。今天咱就军队训练展开一场讨论，决定后高标准严要求抓紧训练，务求士气高涨，纪律严明，战斗力过硬。各位将军知无不言，言无不尽，尽情尽意抒发自己见解，本帅无不采纳。为启发各位，本帅先抛砖引玉。”

妇好：“作为将帅，职业军人，应首先明白练兵的真正内涵。将士们如能时刻不忘，以杀敌灭贼为最终的目标，强化训练、提升本领、整治装备、明白纪律、弄懂法律条令、通晓道理、精战团结，这又何尝不是操练呢！”

禽：“大帅说‘练胆气’就是‘练心，要练成泰山崩于前而心不惊，猛虎行于前而色不变’的沉着和镇定异常的非凡气度。‘静如处子’，始能‘动如脱兔’。这就是兵法学上的静，静要有非凡的心理定力，‘任凭风浪起’我自‘岿然不动’。而于暗中蓄积能量，运筹谋划，一旦条件成熟，便放手一试，无不成功。”

沚只：“体恤士卒这是为将者的感情，主将应该经常体恤士兵的饥寒温饱，疲劳安逸，强壮瘦弱，勇敢怯懦，才干以及本领。”

侯告：“赏罚公正，这是治军之根本。”

仓侯虎：“训练士卒，爱护士卒与主将同生死而不推辞。士卒只有一颗亲近主将，愿为效死之心，而不具有达到这一目的所需要的本领，那就等于幼犬与猛虎、雏鸡与狐狸搏斗，虽有不怕死拼的决心，随之而来的却是死亡。驱使这样的士卒作战，无异于把士卒当成鱼肉往敌人的刀斧上送。主将用高额的悬赏，并用严厉的刑法为辅助手段，先正名分，演习各种威严的仪式，将士上下秩序井然，然后教给各种号令，在校场上反复操练，练习武艺，并鼓励经常演练。”

妇好与将校们在议论将士训练，正讨论热火朝天时突然有侍卫妙媛来报："操练场上正有一场自发训练比武呢，震撼精彩，要不要前去一观？"妇好说："各位将军，咱们正在说训练，偏有将士在比武，岂非天意，走，议论暂停，一饱眼福。"

原来这比武的是一老一少，长者为父，是戌长，叫汪向，四十多岁，已入伍近二十年了，精通伏羲八卦掌，蚩尤内家功，外家功尽蓄一身。前些时，他回家探亲，把十六岁儿子也带来参军。今天，正在操场上教儿子汪哥梅花站桩功呢。不想正教着，过来一个年约三十四五岁叫马虎的，是在师亚旅千夫长手下聘请的一武术教练。这马虎长得身高体壮，臂力过人，自幼学得一些拳脚功夫，尤其百夫长聘他为军队武术教师后更自命不凡，此人又天性处处逞强好胜，不愿甘居别人之下。见四周围满了人，不时听见声声喝彩。马虎好奇地挤进人群。他不知道这是伏羲八卦掌的招式，遂放声狂笑正在练功的年轻小兵。见他出言不逊，欲上前评理，被汪向一声喝住。汪向遂向马虎拱手道："请壮士多多赐教。"马虎轻蔑地瞥了汪向一眼，傲慢地说："好，我让你们见识见识。"他见场子边放有一块石条，少说也有八九百，千斤重量。他运了一口丹田气，双臂抱住石条，只听"吼"的一声，猛地将千斤石条一举，过了头颅，随即"轰隆"一声扔到了地上。

汪向看了一脸得意扬扬的马虎，说道："壮士力气的确不小，但不知能否将老汉我推动？"马虎上下打量着眼前这个干瘦老头。汪向说："若你将我推动，我拜你为师。"于是，他运作浑身力气猛地向汪向推去，可一连推了三次，汪向竟然一动也不动地站在原地。这下可气坏了马虎，他大吼一声，正要用力再推，就见汪向抬手一掌，便将马虎弹出一丈开外，摔倒在地。汪向忙上前将马虎扶起，赔礼道："一时失手，请壮士多多包涵。"马虎一听"八卦王"三个字，不禁心头一惊，原来他就是名震武林的"八卦王"，马虎哪里还敢怠慢，跪在地下，双手作揖，"请师父收下我这个徒弟……"

妇好与众将一看这个场面，大喜过望。当即，妇好握着汪向的双手说："佩服、佩服！你是我军中豪杰，从即刻起让亚旅（千夫长）委你全权演训全军将士！"汪向激动地说："谢谢大帅栽培，赴汤蹈火，在所不辞。"

妇好彰扬"凶器"走的第二条道是领略兵书战策，其威力和内涵骇人听闻。中军帐是简称，全称应当是古代某一国出兵征战，作为主帅，即元帅也即后世的总司令，左、中、右、上、中、下三军的主帅的办公处称为"帐"，也有称之为"营""门"的，"辕门大营""中军大本营""辕门大帐"的，一贯叫法叫"中军大帐"，简称"中军帐"。上次各路将校讨论了兵马休整、训练的问题，今天他们仍继续议论大事，虽然这一次仍是论兵，可议论的是兵书战策。

妇好："战争是一个诡异、神秘的东西，一方面它是灭绝人性的，而另一面，它魅力美丽，内涵丰富，底蕴深邃。"

侯告："我华夏民族宝贵的思想文化遗产，源远流长。优秀的民族文化包罗万象，博大精深。就其兵书战策来说，有《黄帝兵法》《蚩尤兵法》《玄女兵法》《颛顼兵法》《帝喾兵法》《帝尧兵法》《大禹兵法》和《汤兵法》，这些无不凝聚着取之不尽的智慧之光，蕴藏着用之不竭的思想之宝。"

仓侯虎："古代兵书纷繁复杂，浩如烟海，门类齐全，应有尽有。如果将其分门别类的话，有兵家、兵法、兵略、阵法、训练、城守兵制、兵器、兵垒、军事后勤、军事地理、军事历史、各将传略、综合性、军事丛书等。"

田高："战争与经济紧紧相连，密不可分。战争是力量竞赛，经济是战争赖以进行的保障。军无辎重则亡，无粮食必败。又有兵者提出'国富者兵强，兵强者战胜，战胜者地广'。又有兵者说，劝农桑，农桑劝则国富。不法地不足以成其富，兵不法谋不足以成其强。只有国家富裕才能建设一支强大的军队，只有拥有一支强大的军队，才能战胜敌人，只有战胜敌人，才能守土保民，拓地开疆。"

侯告："作战指导是历代兵书战策的精髓所在。大体有作战中、作战前的谋划和部署，作战中的应变措施，战争结束时的善后处理等。战前的谋划是要求战争指导者须在充分估量和分析敌我双方力量对比，然后做出周密的部署和应变的措施，掌握夺权战争胜利的主动权。"

禽："夏禹时万国来附，为最佳效果。相当年蚩尤涿鹿大战虽然失败，这有诸多客观历史大背景，可他战场上的战将之勇，言犹在耳。他三头六臂六般兵器咆哮般厮杀，一百二十回合，打折黄帝麾下第一猛将风后两根肋骨，落荒而逃。第二天，黄帝五千人马风驰电掣般杀来，只一听，'有蚩尤当先迎击'，五千人马顿作鸟兽散，一下子溃退六十里。"

妇好："紧紧围绕着兵书战策，各位将军论兵，整整议论了一整天，领略深邃，深入浅出。确如各位将军所言'兵者，朝治之大事，当治国者'不得不察。兵事凶器，不可轻用，不可不用。荷花有意，流水无情。不战，必战，备战，慎战。以战止战，不战必战，先战而后不战，战为了不战。"

妇好扩大"凶器"能量的又一深奥秘籍，是演绎中华武术与兵书战策。这是妇好在中途暂时休兵，议论最多的课题之一，议论到这个问题时，各路将校，分外地情有独钟，如痴如醉，争相发言。

《伏羲八卦》中，把天地及其间万千现象概括为相互对立的两类，分为阴、阳。"古之圣人，观变于阴阳，而空卦。"由此产生的"卦"，被作为一种抽象图形，用以象征各种天人现象和万事万物，即"八卦以象告"。八卦基本有八掌，分别被比附为乾卦狮子掌，取象为师；坤卦返身掌，取象为麟;坎卦顺势掌,取象为蛇;离卦卧掌,取象为鹞;震卦单换掌,取象为龙;艮卦背身掌,取象为熊;巽卦风轮掌,取象为凤;兑卦抱掌,取象为猴。

五行学说是古代贤哲把构成大千世界形形色色的东西,归纳为金、木、水、火、土五种基本物质。它们之间有一条相生相克、循环不已的规律,相生、相克即相互滋生、牵制。五行学说同阴阳学说一样,影响着中国的传统武术的诸多方面。五行学说同武术关系最密切的是形意拳。形意拳说是:五行生克制化为指导思想,结合拳势,结合人体,以意练人体内外五行为主。五行同武术关系有三种表现。首先,以五行的形态、性能、方位为基础,将某些拳式配组为五行系统,作为构成武术中各种拳式的基本元素。其二,以五行结合人体。如常用有五行配五脏,即肝属木,心属火,脾属土,肺属金,肾属水等。其三,以五行相克原理,解释拳式的攻防作用。如臂拳能克崩拳,崩拳能克横拳,横拳能克钻拳,钻拳能克炮拳,炮拳能克臂拳。

"太极"是古代哲学术语,是说派生万物的本源。太极一词出自《伏羲·八卦·辞上》,"卦有太极,是生两仪",武术家认为太极虽有,但两仪未分,故此"有"而无形。又认为有意无形的内动外静之态就是太极,而内意的运转,能领气形,能导形动,产生出千姿百态的拳式,太极在我中华武术中的体现最突出的莫过于太极拳了。

古人曰:太极者,无极而生,动静之机,阴阳之母也。动之则分,静之则合。此乃太极拳的理论基础,技击法则。太极图的图面以黑为阴,以白为阳,黑白相依,相抱不离。白鱼黑眼谓"阳中有阴";黑鱼白眼谓"阴中有阳"。由下而上看这幅图,白黑两色呈白色逐渐增多,黑色则逐渐减少。

而且,此增一,彼则减一;彼增一,此则减一。古代哲学称,阴阳两者相互不离,相互消长,相互转化,产生了万物,万物中包含此理。在太极拳中,表现为动静,刚柔虚实、开合等对立统一状态。

太极拳图外呈环状,此环置于平面为圆形,运转于空间则成球体,呈环形无端之象。在太极拳中,体现内功作圆心,招招不离弧形,势势皆呈圆像,使整套动作圆能连贯,一气呵成。双鱼环依之象,恰如练习太极推手时,两人双搭手之形。练习中双方臂膀组成环状不断变化,彼进我退,相互消长,交替变化的道理。

伏羲说:人腹部中和之气是为了太极。腹是指位于脐下三寸的丹田,丹田为仙家修炼内丹的部位。生理学言之,该处接骶神经,丛及腹腔神经丛,为人体重心所在,是真正汇集真气所在,通称为"气海"。习练太极拳时要求,气沉丹田,以保证重心和动作的机动灵活,所以又有说"命意源头在腰隙,刻刻留心在腰间",腹部一动,两手两足以致全身皆动。

中华武术流派很多,异彩纷呈,争奇斗艳。有闻名遐迩的竹林武术,有丰富多彩的峨眉武术,有以静制动的内家拳术,有广为流传的太极拳术,有形神兼备的形意拳术,有行云流水的八卦拳术,有惟妙惟肖的象形拳术,有阳刚之美的南拳之术,有放长击远的长拳之术。

自古以来,中国就是一个多民族的国家,千百年来,民族武术是中华文化宝库中的一朵奇葩。有古老的黄家武术,有大山孕育而出的土家族武术,有刀术见长的景颇族武术,有鲜为人知的德昂族武术,有与艺术相映成趣的彝族武术,有似花山壁画般的壮族武术,有少数民族好角力武术等。

气功也是一种武术。气功,古称"行气""导引""吐纳""坐禅""站桩"等。由气功又派生出内功、外功、硬功、轻功等。说武技高强的人,静止时,如深深扎根于地下的大树,坚如磐石,稳如泰山。而武术家们一旦动起来,却又轻灵得像一片羽毛,跑则疾如旋风,跃则飘如猿猴。

有舜帝时一个故事。轻功大师张迈,一次率众多弟子在武夷山水湖里一座山坳里。这座山壁立百丈,从来没有人敢上去过。只见张迈用手提起衣服,一纵身,就登上了峭壁,步履从容如履平地一般。弟子们大惊失色时,他已在山巅上笑着向山下招手呢。

点穴术也是武术中一项特别的武功,"四两拨千斤"是点穴术的特点。点穴术是武术大师在技击中施展点穴手法,使被点中者立即失去自己的能力或短时间内不能动弹的一种点穴法;也是武术家或气功师施展点穴手法,给人治疗疾病的一种特殊方法。

按照古代医学针灸取穴说,人身之上,自头顶至脚跟,五寸一大穴,五分一小穴,按穴道相连之系统共分十二条正经,包括手三阴经(手太阴肺经、手少阴心经、手阙阴心包经)、手三阳经(手阳明大肠经、手太阳小肠经、手少阳三焦经)、足三阳经(足阳明胃经、足太阳膀胱经、足少阳胆经)、足三阴经(足太阴脾经、足少阴肾经、足厥阴肝经)。有古人说"人之身有八脉,即任脉、督脉、冲脉、带脉、阴跷脉、阳跷脉、阴维脉和阳维脉。"这督、任二脉和十二经并列为十四经。

据最早记载人体穴位数量的《内经》载有365个穴位。而武术中的点穴术,则是从这众多穴位中取出36个致死位作为攻击点。如有古书记载,凡人身体有一百零八穴(指大穴)内七十二穴不致死。其三十六大穴,俱致死之处,受伤者,需用药调治之。

在武术技击中将人体力量或体内内气通过点穴者手指部(也用手掌、肘拐、膝盖或脚尖的,但属少数),快速猛烈地点击对手的穴位,刺激感由此进入经络后,呈双向性的线状或带状传导,影响(阻止或紊乱)人体经络中的气血运行转注的动力——"经气"由此,而造成气络不通,气运行受阻滞,气滞则血滞,使局部气血循环中断,而引起肢体麻木,或有触电感,甚至不能动弹,或引起头晕、昏迷等症。

点穴术,一般由师徒间口授,在救治中手法原理等各不相同。一般说来,穴被点中后,出现局部气血阻滞,经络不通,气血生理功能被破坏,疼痛难耐时,可在中医辨证施治的原理下,运用活血行气、化瘀止痛等法则进行医治。并根据具体病情,遵循《黄帝内经》的"虚则补之,实则泻之"的原理来治疗。也可请气功师、武术师运用医疗性的点穴法,在其他穴位上施轻重适宜手法,或发放外气来医治,以疏通被阻塞的经络,调和气血,使病痊愈。如果穴位经络闭塞时间长久,气血离开它本来应该到达的部位太远,势必影响其每天固定的时辰运行。这样,难免对身体各个部位有所损害。所以,在同一系列按摩手法解开被封闭之穴道后,还必须服用一些药物,使人体气血调和,按时到达应到部位,不致有损伤之患。

点穴手法这门功夫必须经过多年刻苦修炼才能练成。先必须修炼一段时间的内功。练内功要练到大同无运转,内气充盈,才能施放于外。外功要练指力,练习拿沙坛、拔石桩等功法,使指力变得坚硬。常练功法有:一指禅功、竹林指弹功、武当蜻蜓点水功、铁指功等。这些功法的主要特点是"拳禅合一""内练一口气,外练筋骨皮"。通过艰苦的练习而大功告成后,可以使武术在治安、卫国事业中发挥巨大的威力。

在夏代初,大禹治水,论功行赏时,凡在治水过程中建有功勋者,一个个封赏晋爵。也不知是什么缘故,唯独三苗不封。三苗国上下义愤填膺,按捺不住一腔不平之气。酋长遂鼓动全方国兵力十多万人马,反了夏朝堂,与夏朝堂军在江水中游仓房邑一带决战。三苗军中有一巾帼勇士晁三娘在战场上充分展示了她的点穴功精彩形象。

这晁三娘年方二十许,楚楚动人,而马上功夫厉害又工于点穴技击。

晁三娘原是江湖卖艺的平民，可她家国情怀血性迸涌，一听说方国酋长兴兵抵抗夏朝堂，遂应征入伍成为一名战将。两军战场厮杀，一来一往，轮番搏杀，尸积堆山。

晁三娘在战场上异常骁勇，勃勃英姿，令敌人望而生畏。在一次巷战中，只见她独舞两刀，忽于马上腾空跃升屋脊。官兵围三匝，箭矢之若雨降，三娘扬袖顿作舞状，终莫能伤分毫。未及时，三娘大吼一声，凌空而降，双手左右开弓，不偏不倚点中军中三员悍将，一为太阳穴，一为中庭穴，一为丹田穴，瞬息之间，一个个坠马倒地而亡，全部过程一闪而过，敌我双方将士为之惊骇。

妇好会同诸多将军在休兵间隙，议论了战争、军事、训练、兵书、战策、兵法战阵，还有武术、武功等诸多命题之后，今天又要说兵器。它很重要，有道是“批判的武器代替不了武器的批判”。千百多年来，人们一直使用的是拳打、脚踢、摔绊。再后是棍棒，又发展是石块、石头，而到我们这一代，又有日新月异、突飞猛进地质的飞跃，使用的是青铜兵器，开天辟地第一回，旷古奇迹。

“十八般兵器”也叫“十八般武艺”由来已久，是人文始祖蚩尤黄帝时创造“蚩尤造五兵”，千百年来，妇孺皆知。据可靠资料，已达“一百多般”武艺了，武艺也即兵器，可习惯称为“十八般”了。

“十八般武艺”有刀、枪、剑、戟、镋、棍、叉、耙、鞭、锏、锤、斧、钩、镰、扒、代、抉、弓矢；还有枪、戟、棍、钺、叉、镋、钩、槊、环、刀、剑、拐、斧、鞭、锏、锤、棒、杵(素称九长九短)。

“十八般兵器”一般来源两个方面：一是古代战场上使用的兵器，如刀、枪、剑、戟、弓矢等；另一方面是由生产工具或生活用品演变而来的，如叉、铲、锤、斧、棍、棒等。今天，对“十八般兵器”的大致分为短器械、长器械、双器械、软器械等四类。

短器械主要有刀、剑、匕首、峨眉刺等。长器械主要有棍、枪、春秋大刀、戟等。双器械主要有双刀、双剑、双钩、双头双枪、双鞭、双锏等。软器械主要有三节棍、九节鞭、绳枋流星锤等。此外，还有长穗剑、鞭杆、大枪、三尖叉等，对练中还常用拐、藤牌、梢子等。由木棍、石头、石器到今天的青铜兵器是划时代的变革。

剑是百兵之君，这是过去所从没有过的。剑因青铜而出现，被作为权力和地位的象征，商王把其作为“尚方剑”，具有“先斩后奏”的生杀大权。巧用妙使，借力发力、打力，这是作为一代大兵家妇好的超人之处。青铜使她精神为之一振，眼睛为之一亮。这是天赐机遇，见事即行动快，紧紧围绕着军事大展用武之机，我要制造出多种多样的、行之有效的利器。

剑又因为它锋利无比，金光闪闪，被僧道作为法器，说它能“降妖”

"杀魔","于千里之外取人首级",多么神奇神威。剑被作为礼仪中显示地位等级的标志。古籍中记载有严格的佩剑制度,如佩剑人的年龄不同、地位不同,装饰的金属或玉石等也有所不同,剑又被作为一种风雅佩饰。

剑的结构,一般由剑身、剑柄两部分组成。剑柄由剑格(护手)握柄,剑镡(剑墩、又称剑道)组成。此外尚有剑鞘、剑穗等附属物。剑的长度,古今差异很大。短剑约十二寸,类似匕首,可近身搏斗,亦可投掷遥击。长剑达四十二寸,可用双手握柄。

剑术的使用形式有个人、双人两种,又分单剑、双手剑、双剑等,按剑势风格又可分为势剑、行剑、绵剑和醉剑等。常见的剑术套路有太极剑、太乙剑、开当剑、昆仑剑、昆吾剑、峨眉剑、三寸剑、三合剑、七星剑、八仙剑、八卦剑、十三剑、通北背剑、绨袍剑、传阳剑、金刚剑、青龙剑、青华剑、青虹剑、尽虹剑、龙形剑、龙凤剑、蟠龙剑、螳螂剑等。剑之后是刀,是比剑杀人威力大得多的一种凶器,人见人怕,可偏偏妇好见它之似一个威风八面的名字令人百思不得其解。

百兵之胆是刀。战场上使刀的习俗已历多少代了,古时交战短兵相接,以用刀者为多。舞起刀来,刀风呼呼,寒光逼人,只闻风声,不见人影,勇猛威武,雄健有力。这种"猛虎般"的气势,是由刀的构造和练法决定的。单刀由刀尖、刀身、刀刃、刀背、护手(刀盘)、刀把等组成。刀尖、刀刃为最锋利部位,主攻功能,刀背宽厚坚固,主防职能。

从技法上看,单刀多劈、砍、刺、格、扎、撩等动作,幅度较大。古时刀又较重,想压劈砍时刀刀见效。

大刀,被称为"百兵之帅",多以双手执握舞动。主要刀法有渐、劈、抹、云、撩、挂、错、带等。所谓"大刀看刃"就是各种刀法在刀刃上运用清晰。大刀在战场上作为点将的马上兵器,威力很大。如青龙偃月刀,刀势很大,其三十六刀法,兵仗遇之,无不屈首。刀虽笨重,可致人伤、死,既快捷又极小,又复如烟浮,俯拾皆是一种凶器。

"百兵之首"是棍。棍,古代称棍为"挺"或"倍"。棍为无刃长兵器,素有"百兵之首"之称。古代棍的流派甚多,有紫微棍、张家棍、青田棍、腾蛇棍、贺屠钩杆、牛家棒、孙家棒、巴子棍、大棍、大梢子棍、三节棍、齐眉棍、手梢子棍等。大棍长八尺有余,舞动时要有很大的腰腿之劲和臂力,实战时往往以其长、大、重先制于人。

齐眉棍立棍于地,棍高以眉为度,舞动时可大蹦大跳,劈、扫、舞,灵活多变,棍声呼啸,气势极为勇猛,很有实战功效。三节棍是三节短木棍,中间有铁环相连接,携带方便,舞动时可长可短,可伸可缩,出入难防,棍法灵活多变。

"百兵之王"是枪。枪在战场上又称"矛",为刺扎的兵器,杀伤力很大。其长而锋利，使用灵便，取胜之法，精微独到，其他兵器难以匹敌，故有“百兵之王”之称。黄帝与蚩尤大战中，有一女将杨妙仙的杨家梨花枪法精妙非常，她曾自诩二十梨花枪，天下勇将莫敢当。

枪法在战场上使用较多的罗家枪、杨家枪、马家枪、沙家枪、六合枪、八母枪、蚩大枪、共工枪等，各有精研，各有所长。主要的枪法以拦、拿、扎为主，此外还有点崩、挑、拨、缠、舞华等法。大枪，马上战将使用，枪法有扎、摆、挑、崩、滚、砸、抖、缠、架、挫、挡等。

叉又是一种奇怪凶器，与枪几乎是天壤之别，圆滚滚的。打人一打一个死，人人远远躲之犹恐不及，可妇好却说它好得很。

流星锤是一种以绳索一端系住锤体，另一端握于手，用力和目标抛击的暗藏兵器，属软兵器类，又名“飞追飞锤”“流星追”。流星锤是由远古狩猎工具“流星索”发展而来，后作为兵器用于战场上。尧、舜、大禹时攻战图上就有双手施放流星，以袭击敌将的形象。有古战场歌谣流星，流星专打鼻子，不打眼睛。

除流星锤之外，锤种类很多，古代战场上马上战将使双锤的浩如烟海。黄帝蚩尤大战时，蚩尤八十一个兄弟中有四个就是使金、银、铜、铁锤，在战场上威风凛凛，锐不可当。三苗与大禹大战时，有一员猛将叫浩天的，使两柄铜锤各重九百斤，可称之为古今战场上第一大力士了。妲歌流星锤还没说完，又只手轻轻捏飞出百米之外，瞬息间专夺人眼球，而又有一种特别凶残的一种凶器，流星锤会飞，飞起来比飓风还快，只要它一出手，百发百中，无一人能躲逃得过，人说它杀人魔王，可妇好却对它有特别感情。

燕涿邑·战场

批判的武器是嘴，是伶牙俐齿。口似利剑，口若悬河，雄辩滔滔，白豆腐也能说得汩汩流血，着实厉害。可毕竟代替不了“武器的批判”。我大商诞生了青铜兵器，是战争史上的一场革命，横空出世。一位将军随机叙述道：上一次北方战场上，司马王妇好大帅，一手挥开山大斧，一手舞戌在战场上，瞬息之间，敌方三十员战将手中的石刀、木棒、大杆槊“刷”的一声全部折断，这真不得了啊！

蚩欢：“何止如此？另一战场上厮杀，你没参战，没见过敌方惯使的可不是木棒，说是什么新式武器硬得很，少说也有六十几员围裹上来，一时间把妇好大帅围在正中间，我等一时较远，无不为她捏了一把汗。突然奇迹发生了，只见我们大帅上舞下劈，左挡右扫，未过一刻工夫，敌酋所有兵器齐齐断落，全成了废物，双方千军万马一场大战，就因这铜斧铜戌一挥一扫，北军大败，顿作鸟兽散，真扣人心弦！”

第十一章

礼器万象

武丁时代，青铜以划时代开创了新纪元。正是由于青铜器的出现，商王朝的军事洞开了湛蓝的一片天。又由于军事的强大，提升了商王朝的综合国力，经济、政治、科技，尤其是礼仪文化迈上了一个前所未有的新高地。

众所周知，在远古时代，生产力低下，人们处于混沌愚昧状态，只一味地寄希望于神、上天的神、天地人间的神，还把已逝去的先祖先宗也视为神。信仰崇拜他们，把精神寄托在他们身上，求幸福、保佑安全，免除天灾人祸，追求风调雨顺、五谷丰登，还有身体健康、人丁兴旺等无不尽期盼之中。诸如这一切的一切唯有求“神”、拜“神”，希望于“神”，依赖于“神”。“神”的时代，“神”权社会，其内涵就在此。

神有威严，他褒正除邪，惩恶扬善，嫉恶如仇，恩怨分明，铁面无私，叫你卯时死，不许寅时亡，歹人畏神、怕神似瘟神如魔鬼、谈虎色变，惶惶不可终日。

天神、地神，太阳、月亮也是神，风、雨、雷、电是神，山、河、五岳是神，天是神，地是神，大树、石头是神。峰峦、冈、丘、深谷、平川是神，龙、虎、麒麟、灵龟是神，人们的父母、祖先也是神。

神是主宰支配我们人类命运一切的，他们至高无上，生死大权在握，威风八面，一喜则人类安，一怒则天下危。谁敢不尊说个不字，顷刻间让你粉身碎骨、家破人亡，不，是国破家亡啊！

效忠拥护，甘愿俯首听命，尊上天旨意，听神一切安排，万众一心，众志成城，会集凝聚力，天下向心力，维护大商神权社会，尊奉最高神主，乃大势所趋，势在必行。

说神有神，说神神到。且别说一国、一邑、一宗、一族之间有神，跨国、跨域、跨民族之间也有神，神统驭天下东西南北中，四域八荒，毫无虚言。妇妌是商东北方向井方国人。她三岁时，一鹤发童颜、满面红光的老人，来到她家，指着小妇妌对她父母说：“此小女必福大贵，不在井方，当在异域邻邦。你们这房舍不利，应坐北朝南，小女卧床必南北安放，切勿东西方摆。”说完遂起身告辞。待妇妌爹娘赶出门挽留时，老人瞬息间没了踪影。

殷都·祭坛大广场

时势造英雄，时势滋生理念。思想意识、理念用语言文字表现出来，从而形成文化。

人间当有礼，礼尚往来，和煦美满，欢乐吉祥。礼不往来，非礼衰也，来而不往，非礼滞也。世有礼则安，无礼则危，故礼者，不可不习也，神鬼、天、地不可不崇、不敬也。

为人子者，为人臣者，正义正气，对父母行孝，对国家进忠，建功立业，治家修身正己，报国乃本也。

君之适长殇，车三乘。公之庶长殇，车一乘。大夫之适长殇，车一乘。公之丧，诸达官之长杖。

凡四海之内九州，州方千里，州建百里之国三十、七十里之国，六十、五十里之国百有二十，凡二百一十国，七十里之国二十有一，五十里之国六十有三，凡九十三国。名山大泽不以分，其余以禄士，以为间田。凡九州，七百七十三国子之元士，诸侯之附庸不与。

天子百里之内以共官，千里之内为御。千里之外，设方伯。五国以为属，属有长。

理念、文字、语言、说礼论仪，岂能只说说而已。礼仪一经形成观念，成为意识，约定俗成，被人们认可、接受，成为做人信条，它比泰山还重，它比天还高，若入汇河湖海，必将“投鞭断流”。有一处“绝地”的传说。这“绝地”有悖礼仪，由不孝不义引起。说殷洛邑一个叫山沟坎的村地一家六口人，父亲六十多岁，母亲早死，长子有妻，有一孙儿五岁，次子刚刚成家。一家人原本其乐融融，可未曾想到老父已年迈，仍春心不退，精力旺盛，色欲心强。寻花问柳，偷偷摸摸时有发生。一次，次子半晌时回家拿镢头刨地。不想推开门，发现老父与一花容月貌年轻女子，正在床上胡混。“你个老不正经的，这么大岁数了还干这种事。”边骂边打，不仅把那女子痛打了一顿，又把老父三拳两脚打得躺在地上奄奄一息。一会儿，长子从外边回来，一问明真相后，大骂弟弟是个不孝之子。遂不由分说，一拳向兄弟打来。弟弟也在气头上，飞快地去厨房拿个菜刀，只一刀下去，把哥哥砍了个身首两离。不久，弟弟因故害人命被秋天问斩。有道是好事鲜人知，丑事传千里。时人说，这是违反道德，抵触礼仪所造成。不少好事的人前来看热闹，找新鲜儿。有些人站在山沟坎老远就说，你看村西北方那座山崖长的怪石嶙峋，注定了这里的人不行正道。就这样，一传十，十传百，一代传一代，山沟坎男孩娶不了妻，闺女没人娶。不到百年，山沟路断人稀，断子绝孙，最后绝迹了。山沟坎成为死地、绝地。

商王朝尤其是“武丁中兴”时，国家的礼器，时人高度戏称说一个“大千世界”、一座“艺术殿堂”、一条万米之长的“文化长廊”。

就是由于石头的坚硬，只直不弯，君子风范，又由于它俏色，“七十二变”的高贵身姿，所以先人“慧眼识珠”，首选石头作为礼器，抬上祭祀大雅之堂，令其他万物，难望项背，望洋兴叹。

最先登上历史大舞台的礼器用五颜六色、千姿百态这些优美语言来形容也不为过。计有石象、石邸、石臼、石杵、石镢、石矍、石锤、石枭、石怪兽、石怪鸟、石牛、石虎、石磬一、二、三，还有石铲、石贝等。

民以食为天，制造石礼器，首当其冲。祭祀上天神灵，敬拜先祖先贤。石臼、石杵是捣碎粮食后使用的器具，黍谷子、稻子、来（麦子）、麦（大麦）等无不需要它们，还有石镢、石矍、回、石杵等这些农工具，应当最先为其祭祀。

石虎、石龟、石枭、石怪兽、石怪鸟，这是动物，打造这样的礼器，既有观赏价值，又有护院镇宅作用，而更重要的逢年过节，也让上天神灵宰杀，改善改善生活，可谓心诚之至。石斧、石铲、石贝，既是农业劳动工具，又是打仗所用兵器，还有钱币流通的贝币壳。

文化精神享受，还与之配合。石磬号称打击乐器，敲打起来，娓娓动听，神灵无不高兴地说：仙界一定向人间播降雨露，让他们享受不尽福祉。石器神奇，曾有石有七色的传说。尧帝时，在宛阳邑金斗山东南十里处，有一巨石高约三百米，长约百米许，整块巨石浑然一体，远远望去黄澄澄铮亮发光。这巨石有一奇特之处，能随着一天中阳光照射角度的变化，石面上呈现出黑、白、红、褐、绿、银灰、金黄七种颜色。这"斑石横空"已成为"七色石景甲天下"的独特一景，被誉为"中华第一石"。

继石头礼器之后，骨质礼器又粉墨登场了。相比于石头礼器而言，骨质礼器质地硬朗、耐用、永久，保存价值大，这又是历史的一大进步。

骨花、骨牛头、骨虎、骨哨、骨鸟、骨笄等骨制工具一、二、三、四号，五彩缤纷，琳琅满目。骨质礼器直接用于农业，祈求多打粮食，五谷丰登。骨牛头、骨虎鹘能镇宅看家护院。骨花、骨笄是专门祭祀天地女神的礼器，以侍奉梳妆之用，敬拜神灵，可谓用心极矣。另外，生半花、生半镰礼器，金银特制礼器更是价值连城。

殷都·朝堂·东侧·陶器储库

如果说后制礼器是旧石器，也包括新石器最初礼器的话，那么骨器、贝器、蚌器、金银器及泥器是加工更复杂、更高档的礼器。这一切全是商代人们对上天神灵感恩戴德的结果。

商代制陶业一经出现就以新生事物生命力无比旺盛的姿态，把过去已有延续数十代，乃至上百代的石器、骨器等远远抛在脑后。庞大且丰富又传统的陶礼器大体分为黑陶、红陶和白陶三大门类。

陶制礼器之所以复杂高贵，就在于它的付出是难以想象的。它必须有正规且标准化的作坊，还必须有事先设置好的模子——陶范，同时，它还必须有一大批训练有素的工匠，夜以继日、一丝不苟地劳苦工作。

在陶礼器的制作中，因为它不仅是广大平民百姓的生活用品，也是奉献神灵的贡品，所以陶瓷比比皆是，所制作的器皿都十分精美实用，格外受人类和神界的欢迎。

黑陶类是平民百姓的生活用品,同样,“人要用,神必先用”。有饮酒用的罍、觚、瓿、爵、簋等,煮食物用的鬲,汲水用的罐,盛粮用的瓮仓等。黑陶礼器由于在陶制系列中为主导制品,因此它的品种型号最多。

红陶制器可以说是陶器中的上品和精品,由此,因它稀少和贵,所以就更凤毛麟角了。红陶制品计有可盛酒盛米的红陶罐,又有盛酒用的陶罍、盛粮食用的陶仓,也还有作陶棺装尸骨的专用陶器。

众所周知,商代是一个神权统治的时代,无论是朝堂还是民间,是充满神灵、神祇的社会。“上至九十九,下到才会走”无处不说神,无人不信神。祭祀、占卜是传播彰扬神旨意的基本形式,人们信神、尊神,服从于、服务于神是其最高理念和信条。何止一般百姓,就是朝堂命官,甚至商王,都无不唯“神授”是从。理解的要执行,不理解的也要执行,在执行中加深理解。“神授天下”、代神“说话”、下“旨意”一般是卜官。

天神:“不到三百年间,商朝祭祀礼器就来了个由石器到骨器、蚌器乃至金、银器翻天覆地的变化,感人至深啊!”

地神:“不比不知道,一比吓一跳,看看夏王朝,四百多年的天下,石头、石器一直到亡国灭种,没有变过一次。商代从汤到武丁,仅是近三百年,像刚才天神大哥说的,就变了五六次,变化如此之快万难想到啊!”

天神:“商人如何能这么真心实意、认认真真地祭祀我们,这是太崇拜我们啊! 世界上,不,是我们仙界神社会一定要倍加呵护关照商朝天下!”

地神:“有道是‘你敬我一尺,我敬你一丈’,除让这个商朝风调雨顺、国泰民安,还让这个王朝国祚比夏朝延寿长二百年,此后,谁也不准超过他的六百年。当然,这是神界的安排,是不会随意向人间显露的。”

自然万物都有其两面性,物尽其用,物尽并用,物为兼用,这是说功能,这又是效率。商代制礼器也无不是这样。礼仪礼器以人为本,它首先是由人来研制设计制作,由此,人应当是礼制的支撑和载体,这是毫无疑问的。人生来就是要建功立业,要改变世界,增光添彩世界。

习以为常,习惯成自然,下意识,我吃啥也要让神吃啥。我喝酒也要让天地喝酒,敬拜他们! 不能有半点的虚假。说到此,女卜官一天晚上做了一个梦,梦中仙姑娘娘对她说:“你是卜官,代表我向人世间传播旨意。你对他们说,神也有人格、思想和感情。崇正义,斥邪恶,褒善良,灭奸诈。神世界也要生活、生存,可欲望不高,不必过分费神操劳。”事实上也是这样,石斧、石铲,还有凿、箕、锛、镢等既是人间农事工具,祭祀时也当作礼器,敬奉给上神。石磬、石鼓是乐器。商人说,文化精神食粮不能单我们享受,更要献给上神,让他们先享用。献礼,向天地学礼啊! 有学礼一个故事,这是妇好一次讲给将士们听的。

帝喾时候,西岳华山有一个村庄叫指南村,村里有一个犟老头叫直从。有一次，直大爷在田间锄草，一个年约二十的小伙子走过来，大声对直大爷喊“老头儿，歪脖哑从哪儿走？”直大爷一听心里就冒了火，遂问道：“你要去哪里？”小伙子就大吼起来：“哎呀，我要到歪脖哑！”大爷把“歪脖哑”听成“火神塔”，就告诉小伙子往西走去。

一会儿，太阳快落山了，小伙子又回来了，气喘吁吁地说：“你怎么指路让我去了‘火神塔’？”老直头摸摸头皮说只怪年老了，耳朵不好使，没听明白。

小伙子吃了亏，忽然醒悟，他对直大爷说：“老大爷，是我态度不好！”直大爷见小伙子认错态度真诚，忙说：“歪脖哑往东，翻过山去就到了。”小伙子连忙站了起来，向直大爷施个礼。直大爷急忙阻止，说：“何必施此大礼？”小伙子说：“哎！只为问路不施礼，后生我多走了三十里啊！”

自然界，凡事物的闻世，即是存在。这也叫物质，物质不灭定律起决定性作用，这就意味着事物的一经出现，由小到大，由低到高，由弱到强。玉礼器和青铜礼器，自从在地平线上冉冉升起之后，似两座比翼双飞的山峰，巍巍然矗立在商王朝的时空苍穹，这标志着一个朝代新的纪元开始了。

青铜、玉礼器的出现，是相对于石器、骨器、泥器，蚪器、贝器、陶器而言，由低到高，由旧到新，由表到质一次大跨度、高起点、跳跃式的大革命。“批判的武器，与武器的批判”判若神明，迥然不同，其内涵不言自明。青铜现身世间，使商王朝社会生产力得到了划时代变化，生产力的大幅提升，牵一发而动全身，军队实力，国家尊严，却空前提高，如日中天。青铜礼器万象，前无古例，后无来世。

按照礼制，商朝王公大臣，饮食用具有严格规定，国王用九鼎八簋，王公用七鼎六簋，诸侯用五鼎四簋，士大夫用三鼎两簋，平民百姓只能用一钵一罐。商王与贵族为了互相攀比，将鼎铸得越来越大，大到上千斤。这时它已不再是食器，而成为一种象征国家权力与威严的礼器，还有祭祀神灵的高贵祭器。

足鼎，铜人头饰方鼎，鸟足圆鼎，无不是这一类象征权力的器物，它们有的是鸟足，鼎腿呈玄鸟状，造型极为新颖美观。有的是兽面花纹，有两耳，下面架上火煮食物，同时又是一种礼器，摆在室内供人欣赏。它还是一种祭器，每逢祭祀大典时，黄澄澄、金灿灿，壮观、大气，抢人眼帘。

蕉叶纹鼎，饕餮纹鼎，这是商人日常生活中用的圆鼎。鼎内部都是空心的，这两鼎身面花纹很少，重量都在二三十斤，很有实用价值，是商朝王公或军旅将士们行军煮饭的锅，而且又适用于祭祀和殡葬。

商代人崇拜玄鸟为图腾，商祖契为玄鸟所生，又有日神与河神的女儿结合生先祖的传说。由此，商人自称太阳之子。先祖契帮大禹治水有功被封于商,契即大神饕餮,为食量力,力量大的象征,商代青铜器皿上就铸有玄鸟和饕餮的龙图案。司母戊鼎耳上的虎食人图案就是体现这一伟大气象。

鼎是古代用于煮东西的炊具,三足两耳。鼎又因是权力、国家尊严的象征。因此,千百年以来,由鼎而产生的词语很多,鼎力、鼎立、鼎足、鼎沸、鼎革、鼎食、鼎峙、鼎盛、鼎新、九鼎、国鼎等,举不胜举。鼎之后,商代礼器又一组大系列是簋。簋也是盛食物的器皿,在商代,青铜簋器是王公贵族盛食物用的盆,可盛肉食或食物。有的带把手,有的是高底座。还有玉簋。簋又有龙钮簋盖、回形纹铜簋、素纹铜簋、饕餮纹玉簋、饕餮纹玉簋等。这十多种簋既是民间食用器具,又是祭祀礼器。有颛顼帝时祭祀一个传说。那时祭祀都已有严格的规定,约定俗成,不能违背。

颛顼帝说,祭祀只要心诚,贡品可以多种多样,什么都行。有个漳化邑叫洪葛的人,以采五花果为生。他每天早出晚归,采的都是鲜红熟透的五花果。时间久了,很多人慕名前来买他的五花果。

这天,洪葛仍和往常一样进山采果。突然遇到一个道士模样的人,遂迷迷糊糊地跟着走进了武夷山。这位道士说:“我是赤松子(传说中的仙人),听说,你勤奋采五花果,很想分到点尝尝鲜。再往里走,有一棵五花果树,你可到那里去采果,希望你有收获时,请留一点给我。”

洪葛回到家后,细细思量了一番,说:“我已经碰到了仙人。”什么也不顾,他赶紧用五花果作祭品举行祭祀。后来,洪葛每次派人进山采果,一次也不落空,都能摘到新鲜的五花果。

殷都·祭品储库

商代贵族日常生活用的酒器有尊、觥、瓿、卣、爵等。这些酒器代表了贵族的身份和地位,当然也是一种礼器和祭器。尊作为一种酒器,同时又是一种装饰品,放置在宫殿内,以表自己的权势与富有。流落到外邦的有号鸟尊、提梁鸟尊、犀尊、虎尊、双羊尊和猪尊等。瓿是商代酒器的一种,主要用来盛酒,逐渐也变成一种礼器,贵族的墓中常葬有瓿。瓿有高体瓿、饕餮纹瓿、觯叶瓿、亚其铜瓿、盂形瓿、方瓿、兽面纹瓿等。

卣,是一种青铜壶,有的有提梁,有的无提梁。这种卣内可盛放肉食,也能盛酒。由于密封严密可以保持食物的原色,这种原色可以保持新鲜三千多年。卣有鸟纹无梁卣、龙纹提梁卣、梁连盖三串提梁卣、虎食人卣、绳状提梁卣、兽面纹提梁卣等。

无论是瓿或卣,同是古代盛酒的礼器,这种礼器是专门用来招待人喝酒的。在夏代,关于喝酒的人和事很多,可有一个人别出心裁,与众不同。他就是诗人单才,他在岳父马杜家住,每晚读书要喝一斗,还不用下酒菜。

岳父马杜感觉好不奇怪，遂让人暗中观察他怎样喝酒。且说这一天晚上，单才读《三坟》《五典》，当读到祝融与共工氏大战时，共工氏一戈打来，没打中祝融，他“唰”的一声站起来，拍了一下大腿，喝了一大杯。又过了一会儿，单才读到“尧放勋帝代二苗”时，又拍了一下大腿，喝了一大杯。

第二天，家人把这情况汇报了马杜，马杜夸赞女婿大气豪爽，读书又专心致志，聚精会神。“单才喝酒真是与众不同啊！”

觥类青铜器皿是商代生活用品，器皿上面都有盖子，有人推测是用于盛酒，但从其形状及用途来推断应该是痰盂或便器，商代人叫它兽头盂。

爵的种类在商代多种多样，有双角的，有一只角的，有无角的，有的制有兽头形，有的制成戚齿形。爵的样式代表了主人身份和地位的不同。只有身份高贵的人才能使用制造精美、花纹、复杂的酒爵，因此人们把古代的官位也称作爵位。

爵是官位，商初时有“吾是商王”一个传说。早年，殷洛邑有个姓高的人叫高阁，是个滑头，势利眼儿，整天做梦也想着踩着他人肩膀向上爬的“官儿迷”，远近不少的人都吃过他的苦头，可谁也拿他没法。

一天晚上，程斜虎打着灯笼从他门前走过，高阁见程斜虎的灯笼上写着“吾是商王”四个大字，真笑得前仰后歪。“嘿嘿，程斜虎啊，今天也该你倒霉，写的反语叫我看见了！给郡守大人一说，哼！还不封我个官儿做做！”高阁越想越高兴，任何事不顾，风也似的跑到郡衙报了案。果然，不大一会儿，四个衙役就把程斜虎捆着进了大堂。

郡守笑了几声，说：“程斜虎，我看你是望乡台上打转转——活过月了吧！竟敢光天化日之下自称商王！来人，先打他五十大板！”程斜虎说：“且慢些儿，可有什么证据？”高阁听了这话，就一把夺过程斜虎的灯笼说：“你看这四个大字是啥子！”郡守见灯笼上写着四个字“吾是商王”，就说：“程斜虎，人证物证俱在，你还有啥话说的？”

程斜虎不慌不忙、慢声慢气地说：“怕是大人吃的酒肉多了，烧花了眼吧！你是眼皮子底下吊秤砣——只见大不见小！”郡守说：“你这是咋说？”程斜虎说：“你再仔细瞧瞧！”郡守凑近灯笼看了一会儿，原来呀，“我是商王”后边还有“一小民”三个小字。那字比蝇头还小。郡守这才知道，下不了台，可又不能认输。遂说：“你这个故弄玄虚，无事生非，按理也该治罪，你为啥把‘吾是商王’写恁大，‘一小民’写恁小？”程斜虎说：“不是我写得小，是眼长得大，只看见‘商王’看不见‘小民’！您想想，我这个‘小民’咋能比得上‘商王’呢？”

可不是，“小民”咋能比“商王”呢！郡守干张大嘴说不出话来，一肚子憋气无处发泄，对身边的高阁咬牙切齿地说：“来人，把这个‘盼高’‘官迷’按倒狠扇十个嘴巴子。今后谁再诬陷，搬弄是非，决不宽恕，就是这个下场!”

觯也是一种壶,可以盛酒水等物,有回形纹觯、龙形觯、饕餮纹觯、兽面纹觯、陶觯等。

瓿,也是一种礼器,祭器,是存放食物的器皿,有羊首瓿、陶甗、饕餮瓿等。罍是盛酒类、油类和水类的容器,其有两耳可以系上绳子提起来或抬起来。有素面纹甗、勾云纹甗、兽形纹甗,是三个连在一起的一个蒸笼,是全人类也绝无仅有的宝物。商人在祭祀时,当场将敌方首领人头割下,投入祭台上中进行蒸煮。

金器在商代就已出现,成为王公贵族的珍贵饰物。由于王公贵族极其珍爱,所以被葬入坟墓中的极少。金器有金笄、金臂钏、金耳环、金琮、金环、金钏等,这些都是价值连城的饰器、饰物。关于金器有“金斗要账”的传说。大概是少昊时代,有个庄上住一个姓米的庄稼人。一天,他五更起去拾粪,刚出门碰见门外一拉银子的大车经过。只听赶车人说:“康家宅子米家庙,九缸银子十八窖。这到底该卸在啥地方呢?”这姓米的一听忙说:“就卸在门外吧。”赶车的听了这话,把东西果真卸在门外了。姓米的一见卸完了,遂问:“以后这还给谁呢?”赶车的说:“还给金斗吧。”姓米的得了这一车银子发了横财,从此家境兴旺起来了,日子过得舒舒坦坦的,外人争相传扬“米掌柜”。

米掌柜过上了好日子,他知道自己这是沾了金斗的光。吃饭在想,睡觉在想,做梦也在想,打听金斗的下落。话说这一天天快黑时,突然门外路过两个要饭的,女人扛着一个大肚子。这两口子想找个地方住下,正犯愁呢,碰见米掌柜从院里出来。男的赔着笑脸迎了上去说:“掌柜的,行行好,能找个住的地方吗?”米掌柜也穷过,知道穷人是啥滋味,对要饭的也格外同情。他指着一个牛棚说:“去吧,你们就住那里吧。”俩要饭的谢了恩就进去了。谁知道这一夜,刮着风又下起雪来了。刚好那女子也生了个男孩。第二天,米掌柜出来转悠,突然想起俩要饭的事,就朝牛棚走去。男的一见米掌柜来了,赔着笑脸说:“掌柜的,又给您添麻烦了,俺女人也不凑趣,夜里生了个孩儿来。”米掌柜笑嘻嘻地说:“恭喜,这是个大好事!”米掌柜回家就拿了一斗小米送给了要饭的。要饭的没东西盛米,米掌柜就连斗放下。米掌柜问:“给娃起名没有?你打算给他起个啥名?”那要饭男的看着一斗黄澄澄的小米,想了想说:“就叫金斗吧!”

米掌柜一听,茅塞顿开,恍然大悟。于是,他赶紧回家把自己的宅子分了一半,叫俩要饭的搬过去住。俩要饭的感到惊异,很纳闷,米掌柜就一五一十地把两年前得银子的事儿说了一遍。要饭的说啥也不要,米掌柜一定要给。米掌柜又把田地也分给了金斗一半。从此,两家都成了舒坦户,外人都说米掌柜有良心。这件事是在远古发生的,据说后世姓金的都是金斗的后代，金斗和米掌柜家背后的一座山遂从此改名金斗山。

殷都·祭坛广场

任何事，无论何种现象的产生、动意、酝酿，更包括出现形成并成为气候，无不是唯时代是从，也可以说是紧紧围绕着现实时代相貌特征而生。青铜兵器的闻世印证了这一点。军事战争是人类发展的催生婆，是驱动历史潮流滚滚向前的启动器，这是毫无疑问的。

商代战争中所使用的兵器主要是戈、矛、刀、钺、弓箭，在战车轴上装有车马戈，使敌人无法靠近车身。有铜箭镞、铜、矛、铜钺、铜刀、铜剑、铜戈、铜斧、铜鞭、铜槊、铜殳、铜锤等，还有鸟形刀。

青铜兵器琳琅满目，眼花缭乱，五彩缤纷，无不经历研制、设计、绘图、烧制、锻打、淬火等极其复杂的工序。工欲善其事，必先利其器，此极不易、极艰难之事。有帝喾时浑蒲造刀一神秘传说。帝喾麾下有一员能征善战大将，叫浑蒲，他有一造刀的独门绝技。造出来的刀削铁如泥，若把鸡毛或头发放在刀口上，吹口气，就会把鸡毛或头发齐刷刷割开。若再用它杀人，刀刃上从来不留任何血迹。据说尧与三苗争战，老打胜仗，就是军中用了这种刀。

浑蒲造刀选用的材料非比寻常，造刀用的铁，绞合用的铜，烧火用的炭，淬火用的水，都是精心挑选的，绝对不能有半点掺假。那年尧帝领兵马出师江汉，让浑蒲率领一支人马，驻扎在云邓道口造刀。这云邓道口紧靠汉丹两水，可他却一点不用，却要舍近求远，派兵东去千里迢迢的鱼塘江中去取水。

运水的兵丁哪敢怠慢，盛得满满的几十口大缸，装在船上，沿江西上逆流，艰难行走。一路上险滩流急，风大浪高，寸步难行。众兵丁吃尽了苦头。“水会有什么两样，让我们出这么多冤枉力气，多划不来呀！”有道是思想支配行动，由于心不在焉，大意起来。正行之间，忽然间船猛一打颠，缸一歪，里边的水洒出了一大半。

一船兵丁又急又气又恼，一个个束手无策，叫苦连天。如果折转回去重装鱼塘水，势必要误了日期。不返回吧，剩下的水，又不能交差，怎么办呢？有人想了个馊主意，就地装满湍江水，来一个偷梁换柱。神不知，鬼不觉，还怕大师浑蒲他看出破绽不成！

水运到了云邓道口，浑蒲一看就摇头，水里掺了假，淬火不能用。水兵门一听，傻了眼，心里慌张，可嘴巴比铁还硬，异口同声地不认账。说：“不会错，全是不折不扣的鱼塘水。”

浑蒲也不说话，顺手拿起把大铁钳，朝缸里只轻轻一划，就像快刀切豆腐，中间划出一道深深的沟，露出了缸底。浑蒲说道：“七分湍江水，三分鱼塘水，这不是一清二楚吗？休想在我眼里藏沙子！”

这下，运水的兵丁个个都惊呆了，眼珠子直瞪得快突出来。可还是鸭子死了嘴巴硬，一口咬定说：“全是鱼塘水。”浑蒲马上当场用同一炉铜铁水，打了两把刀，接着又分别在不同的江水里淬火。果然，用鱼塘江水淬火的刀闪光发亮，用湍江水淬火的刀发黑。

浑蒲将军又让人拿来一个铁弹子。他先举起用湍江水淬火的刀朝下一劈，这铁弹子分毫没伤，刀口倒是缺了好大一块。他又举起用鱼塘水淬火的刀朝下一劈，只听“咔嚓”一声，这铁弹子成了两半，刀口依然如新。

这一下，全部在场的水兵二话不说，只得低头认罪，从此，再也不敢有一丝一毫的马虎了。浑蒲后来又造出了无数的宝刀，相传还走出了方国，目前，天下五十个方国无不使用他造的刀。

青铜兵器与青铜礼器之所以是一场革命，它不仅带来商王朝军事战争的伟大变化，它又促进了商代社会经济等一系列全方位、多元化、多层次的变化。妇好节节胜利，至少在使用青铜兵器上是占有相当优势的。

第十二章

最高卜官

殷都·先贤街·卜官堂

卜,是占卜,我国上古时代的一种迷信活动。古代人烧乌龟的甲壳,把烧后的裂纹,当作吉凶的预兆。后泛指一切类似的迷信活动,如用铜钱、牙牌打卦、起课等。课,也是占卜的一种,起课即开始占课。占卜,又引起了巫、巫术。巫官,古代所谓能以舞降神的人,主管奉祀天帝鬼神,为人祈祷禳灾,并兼事占卜,星历之术。妇好是3000多年的最高职业卜官。

占卜、巫术是一种文化,人们相信、信仰乃至痴迷它,恐怕乃是个中缘故。诚然,占卜、巫术等既然是一种文化,有可吸收积极的一面,比如敬拜祖先,祭祀历史上的民族英雄,如关圣人、孔子又有商人敬拜科狄、契汤等无不浩然正气。实际上是他们从先人那里继承美德,治国安邦。作为后人,正确地看待古代占卜、巫术文化,有批判、有品评地吸纳,恐怕是正确的态度。

商王朝占卜、巫术,及祭祀文化都丰富,且成体系。全国上至朝堂,下到郡州、府、邑,乃至广泛的民间无处不卜、无事不卜、无人不卜。现有殷都朝堂对占卜、巫术文化一系列的解读。

男卜官:"占卜、巫术秘籍来自天干地支、阴阳五行。丰富系统深邃是天下任何其他文化门类断断难以比拟的。"

女卜官:"何为天干地支?甲、乙、丙、丁、戊、己、庚、辛、壬、癸为天干,子、丑、寅、卯、辰、巳、午、未、申、酉、戌、亥为地支。"

男卜官:"何为天干地支方位?甲乙东方木、丙丁南方火、戊己中央土、庚辛西方金、壬癸北方水。亥子丑北方水、寅卯辰东方木、巳午未南方火、申酉戌西方金、辰戌丑未中央土。"

女卜官:"天干地支何以能结合?甲己合土、乙庚合金、丙辛合水、丁壬合木、戊癸合火。子丑合土、寅亥合木、辰酉合金、巳申合水、卯戌合火、午未为阴阳主合。"

男卜官:"何为阴阳?阴阳是我国最早的文化概念,又被引申。凡用来指称两种相互对立的气或气的两种状态即称阴阳。"

女卜官:"再后来,随着人的思维能力和认识理念的提高,又进步上升了,凡表示宇宙一切相互对立的事物,矛盾统一的动态平衡势力或属性,尽可称为阴阳。如动的、热的,在上的、明亮的、亢进的、强壮的等等,均为阳。"

男卜官:"凡静的、寒的、在下的、向内的、晦暗的、减退的、虚弱的等等,均为阴。阴阳其概括和象征范围极为广泛,举凡自然界和人类社会中一切彼此相互对立,矛盾统一的事像物理,如天地、日月、昼夜、黑白、明暗、冷暖、胜负动静、上下、左右、东西、南北、内外、快慢、刚柔、宽严虚实、奇偶、方圆、大小、远近、出入、进退、往来、得失、存亡、损益(增减)、生死、吉凶、祸福、泰否、优劣、君臣、官民、父母、夫妻、男女等等,无不包含其中,都可以表示阴阳。"

女卜官:"上古三皇之一的女娲帝说'天地之间,无处无往无时不阴阳,一静一动,一语一默,皆是阴阳之大理。'阴阳是天理大道,道是自然法则和规律,古代我们先人不仅看到天地万物相互对应,不可或缺的大现象,而且把其视为天地万物产生和发展的普遍规律,实在是一个了不起的伟大贡献,这实际是发现天地间一大秘籍。"

男卜官:"何为五行?古人认为,天地万物都是金、木、水、火、土五种基本物质组成的,这五种基本物质不断地运动变化,从而构成了丰富多彩的物质世界。所谓'五行'指的就是金、木、水、火、土。"

女卜官:"早初的'五行'思想是朴素而又唯物的。五行,一曰水、二曰火、三曰木、四曰金、五曰土。水曰润下,火曰炎上,木曰曲直(可以弯曲或伸直),金曰从革(金属熔化后可以根据人的要求变化形状),土爰(曰)稼穑(生长庄稼)。润下作咸,炎火作苦,曲直作酸,从革作辛,稼穑作甘。"

男卜官:"何为'两仪'?两仪,综合历朝历代易学家的著作,计有七说:一说为阴阳,二说为天地,三说为奇遇,四说为刚柔,五说为玄黄,六说为乾坤,七说为春秋。但通常的说法指阴阳。"

女卜官:"何为'五行相生相克'?所谓五行相生,就是五行中的一种物质对另一种物质具有生发促进的作用,如木能生火、火能生土。所谓五行相克,就是五行中的一种物质对另一种物质具有制约的作用。如水能克火、火能克金等。相生:木生火,火生土,土生金,金生水,水生木。相克:木克土,土克水,水克火,火克金,金克木。这是规律,有两句口诀:顺次相生,隔一相克。"

男卜官:"何为'四象'?'四象',指少阳、老阳、少阴、老阴。此四者,在筮数上体现为七、九、八、六,在时令上又象征春、夏、秋、冬。'四象'还有三说,一说为金、木、水、火,一说为东、西、南、北,一说为阴、阳、刚、柔。"

女卜官:"什么是刚柔?刚柔通常指八卦中的阳爻、阴爻。'刚柔,即阴阳也。论其气,即谓之阴阳,语其体,即谓之刚柔也'。"

男卜官:"我商代占卜已经成为一个大时代文化,全商天下已成为一个大系统、大体系。司马王妇好是我朝堂的最高占卜官,精通巫术,学富五车,才华横溢,全国万千贞人、尸人、男女卜官都是她的学生。"

妇好:"阴阳五行,金、木、水、火、土是天地间、自然界也包括人类社会的大道理、大秘籍,相生相克,水使我敬畏不已,爱戴不尽。有道是山往高处长,可天地间唯有水往低处流。它从不与火、与陆地、与山峰,论高低,争短长。”

殷都·祭祀广场

妇好是朝堂最高占卜官，对占卜文化造诣深厚，全商天下无出其右者。妇好注重培养人才，尤其是年轻一代人才，讲解、授课是她经常性的职任，有时也与姓善叫深的一位朝堂男卜官，用一问一答的形式授课。

善深：“好祖大师，什么叫变占法？如何进行理解？”

妇好：“变占法也即是变卦法。但这种方法先人并没有说清楚实际上是占着做着，做着变着。我们商人也无不是这种做法，比如‘揲蓍’将一卦推演成之后，根据六爻的爻性（或老阳、或老阴、或少阳、或少阴）确定可变之爻。有无可变之爻，无非有七种情况。（一）大爻都不变；（二）有一个可变之爻；（三）有两个可变之爻；（四）有三个可变之爻；（五）有四个可变之爻；（六）有五个可变之爻；（七）六个爻全都可变。每当遇到这七种情况，该如何依据卦爻辞去占断吉凶呢？我先贤商人已有成熟做法。”

善深：“那占卜是怎么操作的，其内容和方法是什么？”

妇好：“在古代，天底下各方各国都有一套巫术占卜系统，有盛行飞禽的，有利用动物脏腑的，还有利用天象、星象的，又有以树叶声和水声占卜的。比如我们商人盛行龟卜了几百年，其生命很强，我们认为很适用、很灵验。”

善深：“大师，请问什么叫龟卜？是怎么个龟卜法？”

妇好：“龟卜，就是钻凿动物甲骨，用火烧灼，观察其裂纹以判断吉凶的一种占卜。观兆之法大致有三：一是观察兆象的位置，定所问之事；二是观察兆象的形状，定事件的吉凶；三是观察兆象的走向，以判定事态之始末。为什么采用龟卜法？古人说：龟是寿命最长的灵气动物，故有‘龟灵’之说，龟甲遂成了一种占卜工具，故称龟占法。”

善深：“大师，你上边说有蓍占，何为蓍占法？”

妇好：“蓍占的工具是蓍草，蓍草是一种多年生草本植物，俗称锯齿草。其法是用蓍草分组，据分组后余数的奇偶得爻画，积爻成卦。再参考卦辞爻辞判定吉凶，蓍占是建立在古人对无人关系和阴阳关系的数学解释上的一种占卜术。何用蓍草？古人认为蓍草是寿命最长的植物，故有‘蓍神’之说，这样，蓍草就成了一种占卜法。”

善深：“大师，占卜、巫术与八卦紧紧相连，密不可分，到底什么叫卦？”

妇好：“卦又叫八卦，是我人类祖先伏羲创制的，它象征宇宙万物运动的变化，表达天义人理的一整套符号。它以阳爻—和阴爻－－两种基本

符号相配合而构成。卦有三爻卦和大爻卦两种，三爻构成的卦共八个，通称八卦。六爻(实即两个经卦)构成的卦，共六十四个，通称六十四卦，又有别卦之称。卦有卦形(象)、卦名、卦辞和爻辞。古人用以占卜吉凶，古人曰'卦者'，挂也。高悬物象，以示于人，故谓之卦。这是以声训义，说明卦和挂的含义的联系。可见卦是一种古代占筮用的最原始的表意符号。"

善深："大师已教授过我们什么叫卦，还有卦象是什么？"

妇好："卦象又叫卦体。古人把其内容分为符号与文字两部分，其符号部分就是六十四卦象'—'与'－－'。这样用'—'表示阳爻，用'－－'表示阴爻，由三个阳爻或三个阴爻，或一个阳爻与两个阴爻，或两个阳爻与一个阴爻的不同排列，构成八经卦(又称八卦)。再由八经卦的互相配合，组成六十四卦。而这种用'—'与'－－'两种符号的不同排列而组合成的卦画，就叫卦象。"

在远古到商代，占卜·占筮是朝堂官方的一项严肃制度。有人甚至说："'治国安邦'的一大重要组成部分，因为它与祭礼一样，最高的卜官'代天行事''神授天下'。"每每遇到外敌侵略、叛乱贼子造反的军国大事，无不卜筮，判断吉凶。率先垂范，榜样、效法、感染、上行下效，卜筮日渐运用广泛，以至普及到下层民众之中的丧葬病忧、纳妾娶妻、生子等等生活领域。至于占卜、巫术的价值与魅力，尧帝时有卜官说："痛者或以愈，且死或以生，患或以免，事或以成，嫁子娶妇或以养生。"其灵验之高可想而知，卜官职命之上，由此可见，妇好卜官，天下平民奴隶敬拜她为神灵，可妇好做出了一件令朝堂意想不到的举动……

妇好要出王宫，走江湖，逛市井，到广大的乡野民间去。她自言自语道："商王我的夫君，对我太厚爱、重用了，统率千军万马的有元戌大印专赐予我，祭祀最高神主，还有统领六宫，更有朝堂最高卜官，全都给了我，我诚惶诚恐！如此大恩大德，几辈子能还得清？"

卜官，又是大国家职业最高职卜官，这是代神说话，使命、责任大似天，不，比天还要高！反思之后，妇好似有了所悟。在说服了武丁之后，妇好以道士、女扮男装之后，妇好手拿拂尘，趁一天黑夜，由窦芳扮作书童随从，奴仆二人出了后宫小角门。

妇好自离开王宫、辞别武丁来到先祖汤发祥地，商人归商邑，在都市开了一家小卦摊。时常在卦摊转悠的，是一卖豆芽的浪三，人称憨三。憨三其实不憨，又勤快，有力气，又聪明，可有一样，直肠子，有什么说什么，从不藏着掖着，说话嘴狠，不饶人，刀子嘴豆腐心。憨三有一六十多岁老母在家，母子相依为命，憨三孝母之甚，远近有名，母子俩以卖豆芽为生，母亲做，儿子卖。且这归商邑东西南北交通发达，来来往往人多，虽为小本经营，生意倒也红红火火。

这天憨三对妇好说："先生，看你也是个文文雅雅的人，你就不能脑子开开窍，灵活点儿。都几天啦，生意还没开张呢。"

妇好说："唉，不成不成，文雅之人岂可卖豆芽，不相称也。"

憨三："算了吧，你别'圣'了，再'圣'就真的'剩'了。您读了这么多的诗书有什么用，挣不来钱，还不如我这个卖豆芽的。"

妇好："不慌不慌，几日虽未开张，不日必顾客盈门，车水马龙。"

"拉倒吧，别吹了！"憨三嘲笑说："人家都看你年轻，不相信您有真本事，故意不来。今天活儿少，看你口气不小，反倒要试试，也好让你发市发市，给我算上一卦如何？"

妇好："怎么不行？既然没事，就给你算上一卦。你是看相，还是测字，还是算卦呀？"

妇好仔仔细细地看了憨三的眼和脸，先是一喜，遂又不由得眉头紧皱。

妇好认认真真地说："目秀而长，必近君王。眼似鲫鱼，必定家肥，可先生印堂大红，当得大财，但……"

"但什么？"憨三心里说别吹呼，少用这些漂亮话来蒙人。

妇好又接着说："可先生的印堂也就是面相红中微微透黑，今日当有火光之灾。"

"啥呀！"憨三大声吵了起来，随即引来了一大群人"瞧你这先生，好不懂人情道理，我看你几天没有开张，可怜你才让你算上一卦。是想让你挣两个钱，可如今你反倒诅咒我，好端端的，说我有火光之灾，安的什么心？"

人群中七嘴八舌，议论纷纷。

妇好不急不忙地说："本人算命，绝非儿戏，是否应验，稍后可知。"

憨三顿时红了脸，"应验倒也罢了，否则我绝与你不罢休，砸了你的牌子，叫你声名狼藉！"

妇好："悉听尊便。不过，午时时分，务必与你老母亲搬出家宅，先生可要记下了！"

憨三回到家中，仍是气恨难消，老母问起缘由。憨三把来龙去脉如此这般地说了一个遍。老母叹口气说："既然先生如此说，是不是我们应该暂搬出为好。"

憨三："别听那先生胡说，等到午时，若要没事，我一定去砸了他的牌子，把他赶出归商邑！"

老母说："出门在外，不容易啊，都是为了糊口，不管应不应，都算了吧。得饶人处要饶人嘛。"憨三一听，母亲说得有理，心里倒平静了许多。

午时三刻就要到了，憨三母子俩，正在吃饭，忽然听到外面鸡叫狗咬，乱作一团。俩人出门一看，不知是哪里跑来一只生猫，正在追逐几只半大不小的鸡子乱跑来跑去。憨三一看，气不打一处来，随手操起一把扫帚向这只猫扔了过去。哪知这只生猫犀利得很，只一闪，躲了过去，又向鸡扑过去。顿时鸡又吓得四处乱飞。憨三饭碗一搁，跑出院子去护鸡。

正在此时，只听得晴空一声巨响，圆滚滚一个大火球从天而降，不偏不倚，只落在憨三的房顶，"轰隆"一声，一座房子顿时崩塌，刹那之间变成一片废墟。

憨三和母亲一下子全被眼前这情景给惊呆了。温暖的家不见了，老母亲顿时号啕大哭起来。哭了一阵，母亲突然想起了什么，遂停止了哭泣。

母亲对憨三说："那个算命先生是个神仙，他不是对你说你要发大财吗？你再去找找他看。"

憨三又一次来到妇好的卦摊面前。妇好正坐在桌后，看憨三来了，立即站起来。

妇好："客人，你不用说了，牌子我自己摘！"

憨三连忙抱住他的胳膊，说："先生，您真神了，我家确实遭了火光之灾。"

憨三把午时发生的事从头至尾说了一遍。憨三说："前些时我一时糊涂，对先生多有得罪，大人不计小人过，望先生开恩，给我母子一个生存法子，让我母子活下去，求求您了先生……"

妇好哈哈一笑说："房子没有就没有了吧！"

憨三："是小人我有眼无珠，冒犯了先生，还望先生指条生路。"

妇好："生就在脚下。现在你回去，在你的住房东一间旧址挖地三尺，自有结果。"

憨三："先生，能否……"

妇好："不要问了，秘籍不可泄露，到时便知。"憨三回去和母亲一说，母亲顿时一惊。母子俩半信半疑，也只好照算命先生说的做。俩人把自己家的地基挖了遍，果然发现了一个大密封瓦罐，打开一看，里面装满了一罐金灿灿的金元宝。

憨三大喜道："这位先生不是人，是神仙，是神仙啊！"

母亲："儿啊，你说得对，他一定是个神仙，他是我们的救命恩人呀，你得好好地谢谢他！"

憨三手捧一个大金元宝，放在妇好的桌子上。憨三说："恩人，大恩人，您收下吧，这是一点谢礼，小小心意，不成敬意。"

妇好笑笑说:“你看相,我收钱,这没什么。不过,多余的钱我不能要,老规矩,五文钱。”

南洛邑·汝川镇·街头

妇好在金斗山,学占卜,习巫术是极下功夫的。在汝川镇没算卦三个月,“哎呀!来了个神仙”之名不翼而飞。一天,南洛邑守请妇好进衙署为其占卜。

妇好说:“不日,此地当有符瑞铜鼓三通出土时,直线西南应对处一叫‘阳’的郡邑,绕城邑区四周九十九眼井水必定沸腾不已。”果然,当“武修”郡邑奴隶在农活时从田地中掘出三通铜鼓献到邑署,“阳郡邑,所有的井水开始翻滚,九天后才缓缓停止,有细心人一数,不多不少,九十九眼井。”

妇好又辗转到南洛邑西方一个叫峡三门的郡邑,不远不近,一天走到一个叫“钟”的地方,说“钟”乃“中”,新邑守不日赴任的祥瑞征兆。果然,该邑有一钟鼓楼,楼内有座古钟,为颛顼帝时所造。不到十天老邑守病故,新邑守敲锣打鼓,前来赴任。当地人惊奇不已,说“真是神了!”

一次,妇好奴仆二人在一户人家寄宿。见这家有一年方十二三岁女儿,人长得非常漂亮,可左眼底下有一黑痣,如黄豆粒那么大,异常败兴。父母为此苦恼,担心长大后找不到婆家,整日里坐卧不宁。妇好对家主人说:“取出黄豆三升,洒在住宅四周即可。”家主人早晨起来,见上万个黄衣人围在房子四周,里三层外三层铜箍般似的。家主人大惊失色,陡然跑回了屋内,不敢出来。妇好说:“不碍事,叫女儿出来,向黄衣人跪下,顶礼膜拜三次。”家主人不声不响依从了妇好,女儿向黄衣人跪拜虔诚。于是妇好画了一个符,投入到了井里,很快,那些黄衣人一个个争先恐后都跳进了井里。第二天一早,女儿起床,下意识用手在脸上黑痣处一摸,黑痣早消失得无影无踪。

妇好料事如神。在汝州镇大家都在传这么一个故事。

葛超是百里之内有名的大贼王,人称葛员外。他的长子叫葛韬,次子叫葛宣。次子想谋害家父,独霸财产,于是他请妇好占卜。妇好说:“眼下你家中恐有血光之灾,切记十日内不可往东去。”一天后,葛超也请妇好指点迷津。妇好也如实告知。三日后,天空中飘来一片黑中带黄的云彩。葛韬知晓天文一二,对左右人说“天象变化,这么大,可能洞洪老家那边有刺客了,不知道什么人又要遇到横祸了?”有人便把葛韬“多嘴”这话报告给了葛宣。当天晚上,葛韬和属下在东厢房招待几个客人,席间欢欢喜喜,好不热闹。当他们正吃得高兴,葛韬突然长叹一声,说:“人生分别容易见时难啊,你们各饮一杯,趁着大家相聚这,应当尽兴才是。”说到此,他已经是声泪俱下，泣不成声，在场各位无不惊骇无比。到了半夜，大家都散去了，只有葛韬一人还在那里自斟自饮，自言自语呢！

祸事果然发生了。天亮时，葛韬的仆人见天已大亮了仍未起床，便将房门撬开。只见他肚子早被剖开，肠子流了一地，手脚都已被砍断，旁边还放着刀，如此残忍，不知死于何人之手？仆人慌忙之中跑出来报信，全家这才知道葛韬已死。老父葛超闻听大儿子已死，"天丧我家"大叫一声，昏绝于此，不省人事。仆人们七手八脚将他救醒后，依旧哭个不停。

葛超怒不可遏，要亲自查看葛韬尸首，家人和四邻八乡争先恐后要和他同去报案，唯独一个姓李叫弘的家人说："葛韬之死可能是我们内部人所为，应冷静分析，以免上了奸人的圈套。"葛超听了李弘的话，又猛然想起妇好大师的告诫，捶胸顿足，后悔当初不该马虎大意。

葛超当即说："全山寨戒严，并且让人料理后事。"次子葛宣带领家丁上百人，来葛韬命案处察看葛韬尸首，看后大笑几声，遂扬长而去。不料一个家人把他亲眼所见一五一十向家主人葛超报告一遍。葛超这才恍然大悟，明白葛韬之死，其实是葛宣一手策划，遂勃然大怒，暴跳如雷，立即说："让葛宣前来见我。"葛宣不敢去，葛超托人假传口信，将他骗进别室囚禁起来。葛宣的同谋张扬、皮牟等逃跑，梁生被擒。经过对梁生的严刑拷打，终于说出实情。原来张扬等人受葛宣指使，让葛韬留宿东厢房，等待夜晚到来，架梯翻墙进入院中，取了他的性命，其目的是杀人灭口，因为葛韬已看穿了葛宣的篡逆之心。葛超闻听，有如晴天霹雳，立刻以家法将葛宣处以极刑，并将所有相干同谋人员一起斩杀。

半坡邑·岭蓝山·狮虎关

走江湖，闯天下，是非百事，意想不到的苦与祸事，防不胜防。妇好就遇到了一位高人，素不相识，当场问她术数事，妇好被吓了一跳。

这天，狮虎关，妇好正在给人解读精气神。突然老爷不以为然，"愿请大师术数一二，不知可否？"刹那间，人群喧闹之声全然消失了。妇好抬头一看，见是年已六十多岁鹤发童颜的长者站到了面前。当即站起，双手一揖，"欢迎长者光临，请多多指教，小生当洗耳恭听。"老者："在下峨眉山妙宽是也，久闻大师大名，名贯四海，海内无人不知，无人不晓。在下专程下山，请教术数一二，望大师不吝赐教。"妇好："在下闲暇之余，一定走江湖，一是拜师访友，二来混口饭吃。况且妇好乃后生，才疏学浅，正是求师拜贤之际，岂敢匠门弄斧？在下不敢，不敢！"妙宽说："古人言，才天分高下，道何论年幼？在下早闻大师德高望重，如雷贯耳，今日远道前来拜谒，望不要冷落老朽一片苦心。不要谦虚，不要谦虚，在下不敬，遂要开口讨教了。"妇好想，看来今天躲是躲不过去了，遂和蔼地说："在下年幼无知，怎敢与长者吾师相提并论，不过，师父既已提出，小生理应奉陪，不过还望长者训示一二。”妙宽说：“出言谦逊，学富五车，真才实学，你当无愧也。如不见弃，在下就开口动问了。”

接着妙宽开始动问，他说：“今有物不知数。三三数之剩二，五五数之剩三，七七数之剩二，问物几何？”

好险，好狠，好绝呀！妇好一听，内心吃了一惊，心想，这妙宽大师，学识渊博造诣深，话语一出，深不见底啊！他动问的这是术数，也叫数学，是法课课题呀。这是锻造人们思虑周密、天衣无缝运筹天地间之大谋略呀，亏来自己在金斗山修道几年，对此学也略知一二呀。遂经过构思，瞬间恭恭敬敬回答……

妇好：“今有物不知数，‘三三数之剩二’，她设一百四十，三个三个地一数，正好剩二。‘五五数之剩三’，她又设六十三。五个五个地一数，正好剩三。‘七七数之剩二’，她又设三十。七个七个地一数，正好剩二。她把自己设的三个数加起来等于二百三十三，再减去二百一十，正好得二十三。”

妙宽一听，大惊失色，随即惊奇地说：“了不起，不得了，神卜，神算，鱼与熊掌，承前启后，无人兼得，尔今占全矣，大商天下迸发出大希望之光！”妇好一听，脸变得刷白，说：“长者，小后生民间一小小卜卦人。”妙宽说：“妙哉，奇哉！私籍藏箧，何人晓得……”

殷都·祭坛广场

如果说闯江湖，走乡野，走南闯北成功取得声望为天职使命作铺垫的话，那么在京都对商大国情的占卜，对后几百年的卦卜，名副其实是她旷古大手笔之举了。

巫乃古代地位显赫高贵之人，在我国少数民族的文献中，巫或卜的含义是指联系神与人的中介“代神说话”，替神传言，传神旨意，即“神授天下”，这是夏王朝宰臣关龙逢对巫就作过这样权威的解读。

夏商时期，乃巫风最盛的时代，妇好何止是学习，钻研经典著作，更目睹乡间所举行的巫事活动。例如族人祭祖、士人求雨、婚丧嫁娶、男子乞子等。无论哪种哪类活动，大都有男巫、女巫出场。他们的装扮极为特殊，浑身结满香草、鲜花，或者挂满五彩的玉石、花环，其中一名巫扮成神或祖的样子。若神是男性，向神求乞的便是女巫，如果是女神，为女神服务的便是男巫。为了使“神”愉快、高兴，巫必须能歌善舞，甚至还要象征性地与“神”做爱。而兰草则是最好的配饰物。

兰草是一种植物，千百年来为巫师们最常佩戴的香草。有巫师说，“佩戴香草能使人美丽。”《皋陶漠》说：“兰花有大自然第一香草的美誉，谁佩戴，谁就美得像兰花。兰有多种，春兰、秋兰、建兰、凤尾兰、竹兰、石兰……草叶四季常青。花色黄，春兰色深，秋兰色淡。兰花多生长于山谷之间，深林之内，所以每每被誉为幽兰。”

有了兰花作饰物，巫师举行占卜活动就得心应手了，饰神的巫与敬神的巫“做爱”意味深刻得多了。这叫“恋爱巫术”，而它是怎样产生的呢？

原来，在原始社会里，先民的男女关系，经历了若干年进化阶段。最初为肉欲阶段，这时两性情欲成分占据次要地位，因而恋爱尚不突出。而后发展到生殖阶段，人们为了繁衍后代，又能发展生产力，由此生殖问题提到了应有的高度，于是恋爱因素日益上升了。紧随之，这就是恋爱阶段了，丁多了，生产力发展了，人际关系广泛了，族内宗内婚演变成族宗外婚了，两性的选择范围扩大了，审美意识也随之增强了。于是乎，先民开始有浪漫意识了，讲究情爱，追求异性之术了。借助外物之美以增强本体之美，装饰、扮相、爱美、崇美，此即合理的逻辑思维。兰草之类的植物的气味与颜色与之相依相伴，应运而生了。

人类早期的恋爱是实用主义的。在祖先神里，先有了女神，又有了男神。为了尊神以争取他们的福，就需要有人来娱神、乐神、讴歌神和降神，从而产生了有以男巫祀女神、女巫祀男神的巫事活动形式。巫师们为了取悦于神，便需要借助外物与人事技巧来完成，这样一来，世俗的恋爱方式有了新的延伸，恋爱开始宗教化。恋爱巫术出现了。

作为朝堂最高巫术长官（大师），妇好思想丰富，造诣深厚。她说兰花、巫术恋爱“做爱”，这是说履行这项职业，不能忽悠彷徨，更不能敷衍塞责，想啥，要干啥，干啥要像啥，不仅要“像”，而且要实，要诚要真，否则，你就干不好，而干不好，就是失职，失职就愧对商王，愧对国家，愧对天下百姓。可也不能过度过分，不能走歪道，误歧途。我们常说的‘如痴如醉，如疯入魔’，这两组术语好，是说为什么要用心，要真心，要赤心，可真要痴、醉、疯、入魔就不好了，就违背初衷了。

自从民间、乡野、闯江湖回都城后，一个多月来，妇好心情久久不能平静。她常常在想：走南闯北这大半年，见识不少，收获不小，声望也提高不少。想入宫以来，又是率兵征讨，当大元帅，又是被任命为朝堂最高占卜官，祭祀“神主”，真可谓“一人之下，万人之上”！这是商王的栽培，还有是妙嫦、蚩真师父的谆谆教导的结果，又是商天下大社会的环境。想到对此殊荣，这一顶顶花环，你妇好可万万不能沾沾自喜，故步自封，唯我独尊，目中无人！自谦、自省、自律至关重要，应更加努力学习，报答商王、报答国家。由自己扮神，向国人，向朝官，也包括商王，授意“天义”“大道”。卜坛一堆火正在燃烧，妇好身穿巫师卜服，虔诚地向天，地神祇，向历代商王祖先叩拜，口中念念有词，隐隐约约些微有音，愿天地神灵，求列祖列宗指点迷津，洞悉秘籍，治国安邦竭诚效命。

叩礼毕，妇好缓缓站起，恭恭敬敬从侍者（卜官）手中接过钻凿龟甲，躬身且非常虔诚，轻轻地端放在炭火之上。缓缓退后几步，回到原来位置，郑重其事跪下，双手作揖，双目微闭，静静等候龟甲卜卦结果。这时所有尸人、巧争、亘、韦、内、史、永、贞人等齐齐围跪在炭火周围，虔诚静候。

火苗一闪，一上一下，龟甲一响，如同扣动他们的心弦，时而一惊，时而一喜，人人捏了把汗，汗流浃背，不知所措，乱了方寸。

约半个时辰后，火熏龟甲完毕，妇好暨全体静候尸人、贞人等缓缓站起，妇好又虔诚地行三拜九叩大礼之后，走到火堆旁，恭恭敬敬取下龟甲，凝神静气，仔仔细细，反复再三观察裂纹之后，情不自禁大叫一声："谷呀，神瑞，我大商有望啊！"顿时整个坛爆发出一阵阵雷鸣般的掌声。

殷都·朝堂·商王殿

占卜国家国情是治国理政一件大事，关系国家施政方针，政策路线走向，如何治国安邦，对症下药，有的放矢，入木三分，恰如其分，何等的重要。武丁十分重视，专门选择三、六、九日的"九"日，召集众文武百官，齐集商王殿聆听朝堂最高卜官妇好代神授命。

神说殷商国大，地大物博，人口众多，天下第一。又地处中原，物华天宝，人间天堂。

卦纹走向四通八达，东、西、南、北直通到底，中间不弯曲，毫无停顿节点，而且龟纹线越伸越远，越远越粗壮有力。神说，你朝战事将酣，年不间隔，武事武功，以武定天下，势之必然矣！

神又对妇好说，大商以正义、唯和、包容为上，这是对的。你们人事间从无一厢情愿，树欲静风岂止，护佑你们以正义除邪恶，以战争促和平，事有度，万不可穷兵黩武！

妇好"神授天下"一席话戛然而止，满朝文武，更包括商王武丁齐齐跪下，洗耳恭听"神旨"，这时忽然听到一点儿声音，知是"神授"完毕，异口同声高呼"天神万岁！列祖列宗万岁！"

不想商朝君臣们正在赞扬大卜官妇好占卜灵验，朝堂将迎来国泰民安，大和平年时代。突然，有内侍官来报，土方国不宣而战，凶悍嗜杀，前一天已夺走我边境两个城邑，抢走丁口七十名，朝臣们一听，一个个大惊失色……

第十三章

降服土方

门雁邑·土方国·朝堂·大成殿

前一天在朝堂,内侍前来禀报的是土方国前来犯境。土方是在商王朝的最北方(今山西东北部与河北省西北端两省交界处一片区域)小于鬼方的一个方国,为天下五十六国之一。

古往今来,国与国之间兵戎相见,虽然因素很多,但其实就是一句话,战争由利益而起。由此,历朝历代朝堂,国主无不把护疆保土或开疆拓土看得高于一切,胜过自己的生命。

土方国小,可国主拉格尔雄气勃勃,外向型扩张心理一发而不可收。可能也就是"国小域狭",他心里不平衡,拉格尔非要讨回天下一个公道不可!

拉格尔也不是缺乏谋略。前些年,商人与北方国争斗,战争打了七八个月,他故意躲在一旁,实际上是坐山观虎斗。这次向商王朝主动挑衅是他蓄谋已久的。

拉格尔似胸有成竹,也更似胜券在握。这天,他对司马尉信参说:"小小一个北方,要是叫我就像捏死个蚂蚁一样容易,可他们竟打了八九个月才勉强打下来。'杀敌一千,自损八百',他商人再弱也不能弱到这个程度了。大商朝原来是狗咬大泡沫,虚空壳一个!打北方国胜,也是险胜。我这次出兵既要得到大片土地,也要叫他君臣全部跪我马下!"信参听到此话赶忙大叫:"酋长大人英武神明,全天下五十六方国谁人不知,谁人不晓,愿我土方此次攻击,旗开得胜,马到成功。"

殷都·朝堂·商王殿

土方已经对商王朝开始侵扰。

这天,君臣们正在朝堂议事,武丁边听边记上一年的财赋收入情况,不时发问"比上一年多收入多少?今年需要开支多少?计划制订出来没有?今天的自然灾害,预估出来没有?"你一言,我一语,热火朝天,这时内侍臣慌慌张张地走进来,脸色煞白,大叫:"启禀陛下,六百里快马报入京城,土方国五千铁骑,于昨天寅时突犯我东北边境十里许,抢掠了两个(村)邑,烧杀了约两个时辰,我邑民死伤严重。"武丁听后惊讶,满殿堂文武百官个个目瞪口呆。

三日后的一天,武丁与大臣又一次在朝堂讨论发展农业。大家议事还未到两个时辰时,内侍官急急忙忙、上气不接下气地走进朝堂,"陛下,前方报来,土方六百骑兵从我正北方边境六里许袭来,在农田内大肆抢掠黍谷,骚扰了一天后,又掠走我十个奴隶。"

又七日后,这是"三六九日"黄道吉日的"三",朝堂上正在议事,内侍官来报:“启禀陛下,六月庚申这一天在吾商的北部边境又发生了一次大祸害,土方突然进来八百人众,杀了我二百奴隶,抢走了五十个人。”

又五天后,武丁正在养心殿静心思索:“这土方怎么回事?几年来我商朝一向与之关系很好,从未冒犯,为什么突然反目,一次紧接着一次,气焰又如此嚣张?”武丁正在一次次思索着,一幕幕回忆着,突然,内侍官又来禀报:“陛下,昨日,甲辰这一天,土方一千人又一次大规模犯境,杀了我五百人,抢走了三百人!”

就人世间人际关系而言,好事、坏事也不过三,过三就意味着出格。可一过三,性质就变了,严重了,必定以三倍、五倍乃至十倍的姿态去反击你、报复你。土方的连续四次骚扰,侵犯商国边境,朝堂实在坐不住了。

武丁:“大家议议土方已先后四次犯我境,烧杀抢掠,奸淫妇女,这该怎么办?寡人自登基以来,早定和睦邻国,土方国这么多次侵扰我国,头疼、头疼,寡人实在头疼!”

傅说:“有道是树欲静而风不止。吾王大仁大德唯上,宽怀包容全天下,这是人所共知之事。可偏有欲壑难填、贪厌无度的玩火方国,毫不领情,肆意妄为,不自量力,胆大包天。这土方就是一个侵略成性的典型代表,是可忍孰不可忍!”

甘磐:“这还用说,忍无可忍。它土方视我大商软弱好欺负,是怕他躲他,不敢惹他。所以才连番四次,毫无顾忌地对我进行攻击,掠人口,夺财产。不能再等了,是出手时候了。”

禽:“这土方也太狂妄,利令智昏了,自打兼并了小北方后,越发地妄自尊大,视天下为无物,我商国更不在他的话下,轮番骚扰,我没有反应,不但不感到礼让气度,反觉得软弱可欺,不狠狠教训一下,难平民愤!”

于是,武丁当即拟旨,命妇好王后统领三万人马翌日出征,由禽挂先锋印,即刻起程,痛打土方这一只癞皮狗,不获全胜,决不收兵。

宣榆邑·两峡谷·开阔地·战场

古代战场与今天大同小异,兵不厌诈,运用智谋,算计对方,设圈套、挖陷阱、请君入瓮等这无不是惯用战法。而仁义之战,君子之战,也有发生。商王朝与土方的第一次交兵是双方都下战表,约定日期,指定地点,进行会战。不过这抢下战表的是土方倍参虎豹将军。他来到妇好大军宝帐,报名而入,身子前倾,一个打恭,双手一揖。说:“报告大商国元帅,献上我土方国战表,约定来日会战!”参军从倍参手里接过,呈上妇好帅案,妇好随批“来日会战”!

翌日辰时刚过,战鼓咚咚,战车隆隆,马蹄声和人的呐喊声排山倒海,气壮山河,整个山谷在颤动,两边山上树木在摇曳。一会儿工夫,南北两个方向一字形排开千军万马，旌旗招展，戟戈耀眼。只见南北军中间各竖立一大帅旗，北边旗面中间一个醒目“拉”字，南面大帅旗中间只亮一个“妇”字，异常壮观，威风八面。

只见南方妇好大帅头戴红色盔缨，两根雉鸡翎羽直插云霄，腰系一柄龙泉宝剑，手挺十几斤开山大斧，下鸾凤枣阳日行千里汗血马，威风凛凛跨出队伍，仿佛是九天玄女下界，北方兵士只看得痴愣发呆了。

又见北方队里拉格尔大酋长跨前一步，走出队列，只见他头戴金盔，身穿黑盔黑甲，雄气勃勃，有万夫不挡之勇。

南北两位元帅各走出队伍一箭之地，只听妇好躬手一揖，说：“拉格尔酋长一向可好？我大商与汝土方一向关系尚好，礼尚往来，为何近期屡屡侵扰，是何道理？”

拉格尔：“全是底层各郡邑所为，本酋长原初不知，不过偶尔听说，全因汝方以大欺小，日积月累，积怨而成，也不全怨我土方，还请大师明察一二为好。”

要为天下人讨个公道，遂命呼贝尔，北土方国第一勇士杀……

妇好：“雷豹子，冲上去，给我顶住！”

呼贝尔手挥大砍刀风驰电掣般冲了过来，大声呐喊：“商国贼将快拿命来！”

只听妇好话音刚落，雷豹子坐在与呼贝尔同样两匹马的战车上，手舞一丈多长铜矛闪电般迎着呼贝尔杀了过来。边冲边喊：“北虏贼将，老子提你人头来了！”

瞬息之间,两部战车冲到了一起,呼贝尔战车稍一错车,两战车并在了一起。呼贝尔乘势一刀照雷豹子劈了过来。不想刀矛撞到了一起,四匹马不约而同跃起,两战车都飞了过去。这是第一个回合。

未及时,呼贝尔、雷豹子两战车均跃过一箭之地,兜地不约而同同时回车,又相向杀了过来,只听一声响,雷豹子由头到胸部被劈为两半。北方将士雷鸣似的响起一阵阵掌声,而南方兵卒一个个目瞪口呆!

说时迟,那时快,还未等双方将士明白过来,南方有一叫雷猛的勇将抽马挥动双鞭飞出了阵前。"末将出马,誓报一箭之仇!"

北方土阵中也骑马飞出一叫腾天的勇将,只见他手舞双锏地迎了过来。两将也不答话,一来一往杀了起来。二将只杀得天昏地暗,日月无光。南北观看将士鸦雀无声。还未等雷猛双鞭砸下,被一锏锏打了个脑浆迸裂。南国又一手挥丈八尺长狼牙棒叫曹高的猛将冲出战阵,连杀二将,南方大军锐气尽丧。此时,北阵中叫尔高雄的冲出阵前说:"腾天将军,汝下去稍歇,看我斩杀来将!"

霎时间,二勇士杀到了一起,你冲我迎,互不相让,越杀越勇。十个回合未过,二将脸不变色。两旁将士千百双眼睛似幻觉,眼珠子一眨,尔高雄咽喉中了一箭,仰面朝天,翻身落马,死于非命。

突然拉格尔气急败坏,大吼一声:"妇好你还是统率千万军大帅的,暗箭伤人,小小侏儒,龌龊蛮子,不与你战了,快,鸣锣收兵!"妇好一句话也不说,只大手一挥,"回营!"

山谷天阔地·北部山峰背阴凹洼处·土方

拉格尔稳坐中军帐,得意扬扬,各路将军趾高气扬排列两厢。

拉格尔:"大胜,刹那间斩杀他两员战将,大长我土方国士气,痛灭他大商王朝威风。从此,我土方国全天下第一,谁敢不尊?"

倍参:"大酋长,呼贝尔、腾天,真不愧我土方两员并驾齐驱第一勇士,上阵仅仅瞬息之间,斩杀南蛮两员虎将,武功盖世,骁勇无敌,试问当今天下,谁敢相提并论!大酋长,战场立功,赏罚分明,微臣建言,应晋爵两位将军官升三级!"

拉格尔:"准奏!应该,晋升呼贝尔、腾天两位由亚旅长晋升为虎威大将军,行使职权!顿时,全帐内响声一片。"

这时太尉耿仁奏道:"尔高雄与呼贝尔、腾天相比,毫不逊色,若不是中了南蛮暗箭,说不定战绩还比前两位精彩三分呢!尔高雄又是战场效命,大英雄烈士啊!大酋长,晋爵高官还有抚恤厚葬,不能没有尔高雄啊!"

拉格尔:"还未到呢,寡人岂能忘掉这位我土方国大勇士,大功臣一个，追尔高雄为天龙大将军，以国葬礼厚葬，抚恤家属，子弟袭其爵禄，赐封铁卷世世代代享禄！”军帐遂又响起一阵阵热烈的鼓掌声。

紧随之，拉格尔突然站起来，对各路将校说：“马到成功，旗开得胜，这一仗，连战三阵，要不是中了南蛮帅暗箭，三战三胜定是毫无疑问。”

倍参：“酋长大人，南蛮子势弱，臣也看清楚了，此仗我胜他败。不过，切不可麻痹大意。依臣愚见，一方面我方应做好准备，严阵以待；另一面大量派出密探，深入敌人内部窥伺军机，做到知己知彼，当为上策。”

拉格尔：“好计，照准执行，马上行动！”

山谷开阔地·南面山峰·商国中军帐

大营正在紧张地总结经验教训，妇好站起来自责道：“初与土方国交手小有受挫，不仅损失了我两员骁将，更重要的是初战不利，虽与整个战局无大碍，实际是吃亏不小。此责任与各位将军无关，本帅应承担全部责任。究其原因是本帅大意轻敌，原想北方战事刚毕，对土方无疑是一大震慑。第一仗为‘君子之交’，派出能征贯猛将出马，杀一下他的威风再说。不想，连上三员斗士一个个均不是土方对手。我方将校武功也比土人差得甚远，这就是我失察，我妇好愧对商王，愧对国家！亡羊补牢，为时未晚。痛定思痛，初战，痛失我两员猛将，这犹如有人在我背上击一猛掌。各位将军，与土方之后战场上，斗计、斗法，乃大势所趋，势在必行，各位务必记牢！”

这天深夜，妇好正在中军帐思虑问题，突然亚旅长符林来到，两旁伺候的人等一律退下，只见妇好在符林耳边窃窃私语了一阵，符林就退了出去。不想这一切被帐幕后边一个黑衣人窥了个清楚。

第二天，各路将校齐集军帐议事，只见亚旅长符林出班一步说：“大帅，我对大帅眼下对敌方略有不同看法，畏敌如鼠，事实上我方战败已经三个多月了，从未再敢出战一次。如此旷日持久下去，再加上粮辎不足，到那时人心浮动，如此后果不堪设想。”

妇好一听，顿时变了颜色。符林说：“向来大军元帅哪有女人担当的，女人头发长，见识短。上次一仗败下来，已三个多月了，不敢出战。照此下去，我商人定死无葬身之地！”妇好声色俱厉说：“一派胡言，胡说八道，千万大军在外，何时战何时不战，自有定夺，岂汝等妄加评论，身为一亚旅长，有意扰乱军心，推下去责打五十军棍，愈狠愈好，不得手软！”妇好扭头走出了军帐。这下可苦了符林亚旅长，一顿痛打，打得皮开肉绽。

山谷开阔地·北面山峰·土方大本营

拉格尔正在军帐与各路将校闲暇聊天。突然，报事官来报：“南军使者有表彰进。”拉格尔说:“传进。”只见侯告进来,双手递上表彰。拉格尔接过来展开一看,竹简上满是赞颂捧场之词,其中有这样两句:“拉格尔大酋长武勇盖世,上次一战,在下甘拜下风。愿两国和好,永息兵戈。今送美酒一百坛,黄河大鲤鱼一千条,猪一千头,请大酋长享用。”

拉格尔顿时喜得合不拢嘴,当着南军使者的面,对众将说“怕啦,怕啦!这就好!收下礼品,好好款待南国军客人。”

又隔不到一个月,突然,报事官前来禀报:“启禀吾主,有南军使者求见。”拉格尔说:“传进。”只见侯告进帐双手递上表彰,拉格尔展开一看,只见上面写明“黄金一千两,白银一万两,夜明珠一百颗,珍珠玛瑙五千颗……”拉格尔双目直瞪竟傻了眼,连忙对侯告使者说:“这太好了,回去向妇大帅说,本酋长表示感谢!”一见这么厚重大礼,拉格尔得意忘形,正喜不自禁之际,不想这一切被一个帐外黑衣人看得明明白白。他无不感慨地说:“愚蠢,看不出来,这是南人示好奉承,笑中藏刀啊!”

何为笑中藏刀?商初大兵法家伊尹说:“深深隐藏内心机谋,先向敌人示好,麻痹对方,解除敌方戒心之后,暗中策划打败敌方的计谋。”又有夏大禹时大谋略家皋陶说:“内藏杀机,非示柔和,这是要旨真谛。以友好的表现使对手放松警惕,暗中策划,精心准备,伺机行动,出手犀利,致敌于死命。”

山谷开阔地·南阳山峰背阴坡凹弯处·中军帐

古兵书上说,敌人派来使者毕恭屈膝,言词谦卑,说明他们正在加紧准备,想要进攻我方。说是来投降,没有具体的条约请求讲和,一定是另有阴谋。当然,真戏真做这又是一种谋略,关键装要装得像,扮要扮得真,天衣无缝,毫无破绽,使敌人不得不相信。

这一天,妇好正与土方来使议投降事宜,突然有侍从官前来禀报:“大帅,被你责打军棍的符林率领三千多士兵,于昨晚午夜叛变投土方国去了。”军帐其他将军们听后,大吃一惊。唯有妇好喜怒不形于色,谈笑自如。随之,他不紧不慢地对客人说:“这是我命令他们去的,你可不要声张。”土方使者听了这话,以为叛变逃走的几千士兵是诈降他们的,越紧暗地里派人速报酋长知道好做些准备。

谁知在帐幕后窥伺的黑衣人笑笑说:这是苦肉计、诈降计交替兼用啊!妇好手狠谋深,令人发指,平凡庸庸之人看都看不出来呀!

果然,拉格尔接到使者(探子)回报,符林三千人马乃诈降行为,不可不防的情报。勃然大怒道:“若不是我预防在先,早在你南蛮营中安下探子,险些中了你苦肉之计啊!随即传令出动全部人马,八面围攻。”

谁知符林三千降兵,原说是诈降,越来越临近土方本营时,越发警觉起来。正当他们小心翼翼,边走边四处观察之时,突然土方千万兵马呐喊着冲杀了过来。

本来说是诈降,所以符林这三千人马是有备而来。人人内外都穿两层铠甲,袖箭暗器,准备一应俱全。只见符林大手一挥,三千人马每百人一队瞬息之间,各自为战,迅速形成了东、西、南、北相互照应。更为奇特的是,圆阵阵中有阵,人中有人,有三十名精心挑选的百发百中神箭手站立大圆阵之中,居高临下,对外射击。土方兵千军万马铺天盖地般攻来,没有丝毫占到便宜,反倒是被射杀了一片又一片。

可土方兵越攻越多。三千南兵弹尽粮绝,岌岌可危之际,妇好率领南军十万兵马接应来了。站在山巅大树杈上,黑衣人自言自语说:“妇好又一招妙绝连环计最后派上大用场啦,北方国是死是活将是个不解之谜。”

黑衣人越看越兴奋,并大加赞赏妇好。妇好可不是仅仅一个连环计而已,笑中藏刀,苦肉计,诈降计,这是前后四计并用,算是把土方拉格尔陷入了灭顶之灾,困兽犹斗,但在劫难逃。妇好说:“前后夹击!务必来一个一网打尽。”

山谷开阔地·东西狭长地带

土方大酋长拉格尔恍然大悟,可时过境迁,想当初的“君子一战”,斩杀他两员骁将,使我冲昏了头脑,天下唯我独尊,便头脑膨胀,飘飘然起来。这一骄傲自满,算前功尽弃,毁于一旦!真没想到,这一介女流,竟这么阴狠,深藏不露。拉格尔泣不成声。悔是悔,恨是恨,“背水一战,破釜沉舟”,拉格尔还是要决一死战。他声泪俱下:“将士们作最后一拼吧,都跟我来!”

拉格尔也猛勇,土方第一号大力士,名不虚传。只见他手舞大刀,第一个冲入阵内。左劈右砍,西冲东突,如入无人之境。未经两个时辰,商军士卒在他刀下死了上百人之多。不想此消息很快传到正在山峰东部战场指挥兵将厮杀的大帅妇好耳朵里。未半个时辰,妇好枣红鸾凤马飞也似赶到阵前。只见拉格尔似一头狂怒的狮子,谁也不看,正东冲西闯般奔驰。妇好大声疾呼:“拉格尔大酋长,停止厮杀,本帅有话与你说。”拉格尔两眼直瞪得红红的,挥舞大砍刀疯一般劈了过来。妇好急忙拍马躲过,可还未转身,拉格尔又一刀砍了过来。妇好又闪电般躲过,又大声呼喊:“拉格尔酋长,停下来!”可拉格尔没听见似的,又一刀横截了过来。妇好急忙躲过。妇好抖擞精神,往鸾凤马右脸面上一拍,那马腾地飞起三尺高下,迎着拉格尔飞了过去。开山大斧一举,又向下一劈,拉格尔顿成两半。

只见在山最高处,高高竖立一竿,上挂着拉格尔人头,困兽犹斗、殊死拼杀的土方将士们一看,知道国王已死,只听商军兵士一声声大喊,“缴枪不杀！负隅顽抗者立斩不赦！”于是，土方士兵一个个争先恐后放下了武器。

仓候虎：“报告司马王帅，经过两天打扫战场，已计点完毕，是否将账册呈上，请您过目？”

妇好：“不必了，当着各位将军、全体将士之面，由你与禽将军轮流当众报告。”

禽：“收降千夫长以上将校二千八百二十三名。”

仓候虎：“伍长，至亚旅长以上军官七千二百名。”

禽：“杀死土方士卒四万八千二十名，伤三万三千七十名，俘二万一千三十一名。”

仓候虎：“获取辎重，战车二千二百辆，战马六万三千匹，盔甲十二万四千二十套，刀枪剑戟十三万二千支，粮食五万斤，贝币（金银）六十五车，各种绫罗绸缎，八千匹，夜明珠一百颗。”

禽：“土方国版图图册，五万平方公里，十三万一千户，丁口三十万八千六百口。”

在土方国停战息兵三个月，打扫战场，厚葬土方全部阵亡将士，每家每户抚恤一万贝币，五年免去徭役。全心全力全程疗伤土方受伤将士，不分将军士兵，也包括支前奴隶和平民百姓，国家全部负担治疗费用。凡战场受伤将士，免除全家三年徭役。凡归降投诚土方将士，遂其所愿，愿回家者发路费，愿入伍从军者，一视同仁，不得有丝毫歧视。说到此妇好对侯告、蚩欢二位说：“即刻表示，免除土方国军民一年徭役，以示宽怀，速报朝堂批准实行。”随即妇好又对妇妌、田高、李森、张哥、吴昌、葛强等人吩咐：“由妇妌将军负总责，安排土方百姓，恢复社会、安定秩序，迅速掀起大生产运动，安居乐业，以显示我大商王的恤民爱民大恩大德。”

妇好及各路将领正有条不紊地安抚土方国大局，不想朝堂六百里快马报来，说：“武丁昨天夜里做了关系到江山社稷一场大噩梦，传旨要妇好最高神主日夜兼程赶回朝堂解梦。”

第十四章

上天神授

殷都·朝堂·朝阳殿

妇好在土方战争前线，正与众将处理战后事宜，不想朝堂传来急报，要她火速返回京都。原来，这是商王武丁连续做噩梦。其中有两个最为恐惧，直把他惊吓得寝不安席，食不甘味。在朝堂与诸多大臣剖析均不得其要领。一天天过去，武丁每每想起，毛骨悚然，惶惶不可终日。也就是在这样的情况下派人“六百里快马”日夜兼程催促妇好赶回朝堂的。妇好作为朝堂“最高神主”，任何上天、仙界、神鬼大神，无不由她“代神赐授”。

武丁：“不知是咋回事，自你率军出征走后，常常做梦，几乎是夜夜做梦。一次夜梦，天降夜叉，手拿一把铜刀，瞬息之间砍到我的身上，断了我的右手。又一夜我又想起断手之事，怕得要死，不敢睡着，可不知不觉进入了梦乡。突然‘咔嚓’一声，掉到了床底下，一群蝎子、蜈蚣还有老鼠爬了我一身，争抢着咬！不一会儿，全身血肉模糊，全成了骨头一架。”

妇好一听，先是一笑，紧随之双膝跪下，连连向武丁作揖，说：“恭喜商王！我亲爱的夫君，大吉大利呀！”

武丁连忙问：“这从何说起？”

妇好：“断一只手，剩下的叫‘独拳，拳，权也！全天下的大权，唯我夫君一人独揽，独权啊！’清清楚楚，明明白白，岂不是大吉之兆！”

武丁：“那第二个梦呢？”

妇好说：“仍是大吉，掉到床下，乃陛（蔽）下也，群虫来咬，抢吃您的身肉，这是全天下方国的人全靠商王您来养活而生存啊！试问‘这不是大吉大利之祥瑞事是什么？’”

武丁顿开茅塞，眉开眼笑，长时间的疑虑，害怕情绪，烟消云散，似大病初愈，如释重负说：“梦解得合理，合情，实实在在！那按你说，寡人还真可做全天下之主呢！”

“不过陛下，从今以后，天下战事骤起，耗费时日，恐怕要有一场旷日持久的腥风血雨之争啊，除暴安良，匡扶正义，这是一个漫长且艰苦的大过程，商王、夫君，我朝可要有一个充分的思想准备！”

殷都·祭祀广场

武丁做的是梦，是凶梦、噩梦，妇好是断梦、解梦。透析如微，头头是道，入情入理，武丁顿时消除了心病，由此可见，解梦神奇、神秘，令人神往。解梦也叫占梦、占卜，又与祭祀紧紧相连，密不可分。这是在商一代神权大社会的产物。神权与后世奴隶社会奴隶主的“主权”、封建社会的“皇权”、现代社会的“民主权利”一样，是一个时代全社会上下信仰、崇高、奉行的理念。神话是人们说古代英雄的故事，古代人们不能认识，并理解的自然和社会现象，而对现实生活所做的一种幼稚的主观幻想的推断，是用想象和借助想象以征服自然力，支配自然力，从而把自然力加以形象化的产物。

神话与迷信不同，它不是迷信，它具有反抗奴隶制的压迫剥削，追求真理和理想的积极浪漫主义精神。神话它由于幼稚，多有幻想，不可避免，大有掺杂荒诞无稽的东西。

神仙是道家称得道后能长生不老、变化莫测、遨游天空的人为神仙。神话中说神仙是超脱凡世并有超人的人，这是比喻能预知未来，逍遥自在，毫无牵挂的人。

祭祀的祭泛指人们对死者表示追悼而举行的仪式，有祭奠、公祭、祭祖、祭神、祭天、杀牲供奉鬼神。商人在每年一定时节备供品向神明和祖先，还有天地神灵致祭，表示纪念并求得保佑。

祭祀天、地、鬼、神、三山五岳、江河湖海、列祖列宗等，而最重要的是祭祀上神。在商代，朝堂祭祀的天神一般是“三清”，即灵宝天尊、玉皇大帝、王母娘娘等。有谷、晟两大卜官向诸天神介绍。

有巢氏说元始初度，皆诸天仙上品，元始，元本，天地日月未具，盘古始真人，日号“元始大王”，天天辟地，住在无中心之上，名曰“琼京山”“山中宫殿”，金碧辉煌。不久，又出了个太元圣母，二人结为夫妻，生了天皇、地皇、人皇、伏羲、神农、祝融而有了人类。元始为开辟世界第一人，即为盘古，化为主持天界之祖，即为元始。

灵宝天尊为“三清”第二位，由二晨之精气生成，寄胎于洪氏(不知何许神也)怀了他三千七百处，才诞生于西那天郝察山浮罗之岳。灵宝出世后，度人有如尘沙之众，不可胜量。灵宝身旁有金童玉女各三十万人护卫前后，大气磅礴，气象万千。

在上古的神祇中有玉皇大帝的这个至高无上的尊称。玉皇大帝也称玉帝、天皇，昊灭金阙至尊玉皇大帝，玄穹高上玉皇大帝，其全称为昊灭金阙天上至尊，自然妙有弥罗至真玉皇大帝。

信仰玉皇大帝的极为普遍，在许多少数民族地区也深受崇拜。各族人民中流传着各种各样有关玉皇大帝的传说故事。所谓“玉帝”“玉皇”之“玉”，有人说他是永不让位的终身大帝，像白玉雕像那样永远不变，故称“玉皇”。玉皇大帝是上天神仙界的最高皇帝，总管三界、十方、四生、元道。

西王母，正名叫王母娘娘，是一位气魄雍容、无比尊贵的天界第一夫人——玉皇大帝的妻子，又是女仙之首，也即女神领袖，可她经历了由一个西方部族首领而为恶神，又由恶神最终成为美丽华贵女神的过程。

王母何处神也？一说在玉山，此山多玉石，因此名出。一说昆仑山，西海之南，流沙之滨，赤水之后，黑水之前，有大山，名曰昆仑之丘。……穴处，名曰西王母，此山万物尽有。一说在崦嵫（龠）山，又作龠山。

西王母有说恶神，其貌凶恶，西王母其状如人，豹尾，虎齿，面善啸，是司天之厉及五残。《尧典》曰："主知灾厉（瘟疫）五刑残杀之气也。"

自黄帝始，道义把王母早奉为女仙之宗，而男仙之宗即玉皇大帝。玉皇一说又叫东王公，道义宣称，此二尊神乃阴阳之父母，天地之本源，化生之万灵，育养之群品，长生飞化之士，升天之初，先觐西王母，后谒东王公，然后升"三清"，朝太上也。

又有说王母居昆仑之间，有城千里，玉楼二十二。左侍仙女，右侍羽童。三界十方女子登仙得道者，无不都是她的属下。名副其实，王母娘娘为天界女神领袖。

以上仅介绍"三清"，玉皇大帝、王母娘娘王位大灭神，何止仅仅如此。商代祭祀的还有天官、真武、太白真星、六丁六甲、三十六天将、四大天王等。三百八十八位上神，神的世界星罗棋布，满天星斗繁多。

信神、敬神、祀神，无处不神，无时无事不神，这是商代社会的大国情。神世界、人间情，一次在训导堂，大祀卜官妇好讲一个故事，不知不觉竟成了人们的忠实信条——信神。

尧帝时有一神妈妈的传说，朝歌邑一家原有弟兄二人，父母早死，哥哥叫长青，弟弟叫宽仁。各自成了家，娶了妻，又时间不长，都生了儿子。可天有不测风云，人有旦夕祸福。哥哥在他儿子八岁时，不到一年之内夫妇双亡，撇下了这个叫剩的孤儿，剩一下子陷入了苦难之中。

老二，也即剩的二叔宽仁果然名如其人，心地善良仁厚，抱着侄儿剩说："不要紧侄儿，有叔叔我吃的就有你吃的，和你添弟弟一视同仁看待，一定把你养大成人。这是叔叔我应尽的义务和责任。"剩人小很懂事，听这话，感动得痛哭失声，"扑通"一声跪下给叔叔磕了三个响头。

添的母亲骊心想："想不到哇，哥嫂全死了，公婆留这十亩地一分为二，嫁过来的就嫌地少，不够一家生活，这下可好，他一家都死了，剩这个娃幼小，或送人，或卖掉，要不弄死他，那五亩地不全弄过来了。"有道是思想支配行动，从此以后，骊横看竖看对剩都不顺眼，一门心思想除掉剩。

这个骊也有心计，她操下了害人心，可从不对丈夫说，因为她知道一说就碰壁。恶念一生，决定私下行事。从此以后，无论是面对面说话，穿衣乃至吃饭，无时无处不刁难。一次让剩去山坡上捡柴，她偷偷跟在后边，在一处山崖边，乘剩不备竟从背后把剩推下了山谷之中。然后神不知鬼不觉地回到了家。心想可除掉了一个眼中钉！

三个时辰后，骊正在家中吃饭，突然看见剩背着一大筐柴火回来了。她顿时傻了眼，可马上强装镇静，笑着把剩的柴筐接了下来。可心里咯噔一下子，全家人谁也没有觉察到。

千百年来，母女关系远远胜过父女关系，往往有些女儿的话乃至隐私都愿意向母亲倾吐，而不随随便便地向父亲或爱人说知。骊趁她一次回娘家，一股脑儿把这个心事向妈妈吐露了出来。

不想骊的母亲昭一听，立即沉下脸教训道，你这是造孽，是不得好死的，恶人是一定获得恶报的！骊一听愣住了。昭说："上天有神，阳间的人所操的是仁德的心，所做的是善良的事，还是造孽造祸的事，天神无不时时刻刻都在看着呢！只是你自己不知道，自以为得计之时，神早就给你入账造册了！"

骊一听，顿时吓出了一身冷汗，又当即问道，有这么严重吗？昭说："何止如此，不仅让你早死，不得好死，还将被打入十八层地狱，叫你永世不得翻身。"骊一听，竟又吓得脸都变了颜色，全身发抖。

昭说："十八层地狱是割舌地狱、剪刀地狱、铁树地狱、孽镜地狱、蒸克地狱、铜柱地狱、剑山地狱、冰山地狱、油锅地狱、牛坑地狱、石压地狱、舂臼地狱、血池地狱等。"

骊战战兢兢地说："那我这坏心要入哪个地狱？"昭说："石压地狱。因这磨地狱专惩治谋财害命，死后放入石间压成碎末而死。"骊顿时吓得不省人事。

昭很快对女儿说："亡羊补牢，为时未晚，对剩你侄儿要与你亲生儿子一样好。不要紧，天神不但不会责罚，还要保佑你，赐你长命百岁呢！"

骊一听跪倒在地，边哭边悔恨地告诉母亲："请您放心，从今以后，不仅信神，还要听神的话，不生歹心，专操好心，一定把剩儿视为己出，再苦再累一定把他养大成人。"

果然，骊是这样说的，也是这样做的，她亲手把剩抚养成人，又把他送入学堂。剩进京赶考，连中了三甲，最后当了全国最大邑的郡守。骊也由此得"慈母"之名，远近百里之内无人不知无人不晓。而骊说："我之所以有今天，是我有一位'神妈妈'。"

殷都·朝堂

祭祀在古代是内容丰富、环节繁多的系统工程，其中家祭、野祭和官祭是基本的三大类。

据说，家祭是以民间一家一户或一族一宗为单位而举行的祭祀，规模有大有小。有祭天神、地神，有对祖先祭，有对土神祭，有对山河湖泊祭，还有驱除祸祟祭。以驱除祸祟祭为例，巫师先行除祟的主人家中，用稻草扎成一匹马，上面骑着一个草人，又用红绿布披在草人身上作为衣服。古代彝人称这草人为“纪祖”。另外，在柏树枝干一端的两旁划开两片，如同一个人头的两片耳朵，在耳朵下面扎成一节丝线。这枝干即代表纪祖的兵将，这又被称为“卜祖”。

待草人扎好后，巫师便在主人家的正门里，把一升谷子放在门槛旁边。谷子上放一碗米，米上搁一个鸡蛋，一块盐，一边还放一杯酒，将两片柏树叶烧焦，泡在一碗水中代替茶水，在屋里六坎前插三棵柏树枝，旁边分插纪祖和卜祖，插时要把草人及马头面向屋内即可。

待一切陈列完毕，巫师便开始念经。先用泡马桑叶的水泼在一块烧红的净石上，趁白气蒸腾，把所献之活牲（猪、羊或鸡，以家之贫富而定）在蒸上烧一下，同时巫师向牲身喷一口酒。此曰打醋坛，表示净除牲身污邪，打醋则是举行任何法术之前必须举行的一道重要仪式。然后巫师毫手持一根柏树棍，喃喃诵念，驱除各种祸祟。其基本的凶兆有以下十六种。①小狗无故狂吠或咒吠；②母猪产四仔；③牲母吃乳仔；④夜半马嘶；⑤马鞍惊摇响；⑥鸡乱鸣；⑦鸡栖时忽惊起；⑧即天未明鸡叫；⑨八母鸡产小卵；⑩鸠栖屋顶；⑪乌鸦叫；⑫牛尾绕树；⑬蛇交尾；⑭蛙重叠；⑮瓜自裂；⑯种出不均。

还有梦的凶兆，也更须祭祀。这也有八种。①不合辈分的嫁娶；②男穿衣服，女脱衣服；③出兵，日暮穷途；④饮食宴会；⑤骑马；⑥男人枕边起火，脚下成灰烬；⑦女人戒指手镯断裂；⑧前齿脱落。

所有这些凶兆，都是人们所忌讳的。作除祟仪式时，不管这凶兆对主人是已经的或未经的，巫师必须一一诵出解除。念到一个阶段时，便将最上的一杯酒泼向那些鬼祟。这时有一人抱一只雏鸡及秧草，从主人所供的神堂扫起。至此，家祭仪式遂告完毕。

殷都·祭祀坛

祭祀是一严肃、郑重且隆重的仪式，对主持祭祀，有巫师要求很高又很严，要先沐浴，饮食禁忌（有的还有性禁忌），准备法衣、神帽、腰铃、佩物等。还有法器的准备，如铃、剑、鼓。器皿、香旅。此外，祭献用的牺牲是必不可少的，如牛、羊、猪、鸡、酒等。完成这些最基本的准备之后，祭祀日期亦须确定下来。

重要的法事及大型巫术仪式由头人出面召集，以大、小巫师为主。而大、小巫师必须经过“度身”方可，度身本身也是一种大的法事，须举行七昼夜的大型仪式，然后才有资格作师公。大师公可执太上老君的宝印，小师公往往充当大师公的助手。有时一种祭祀仪式须要师公十余人乃至二十余人。师公有称师爷、师公、师爸的。师爷、师公、师爸还要遵从十大戒条。

这十大戒条是：一戒，丧粥勿食；二戒，莫扛死人；三戒，勿坐高堂；四戒，杀人莫伤；五戒，虎伤死肉不食；六戒，黄昏莫过寡妇门；七戒，食酒莫拍打；八戒，莫行产房；九戒，三朝小孩莫欺；十戒，八十公莫嫌。

无论是师公、徒弟受戒后，就可以有瘟神不敢伤身，逢虎不伤，逢蛇不咬的灵性。师公、师爷、师爸、祭祀，还要施用法器，巫师最重要的法器是印。巫师行当认为这宝印是法力无边的，尤其是降魔驱邪的法力，有歌谣咏云：

给印三声三童子，给印三声三重郎。
玉印出世有出世，玉印出世有根源。
玉印便是椎子术，五郎骑马去齐归。
五郎齐头不齐邑，齐头齐尾得团圆。
玉印原来四四方，老君名字处中央。
阳打阳兵都来降，阴打邪鬼走远方。
若有土方来相请，玉印三声鬼喊亡。
天差差，地差差，老君衙内给下来。
弟子有钱来接去，无钱解能老君疑。

除大法器外，还有牛角、鼓铜铃、铙钹、剑、法权等。牛角在巫术中最为常见，牛角有水牛角，尺把长，角口镶有牛皮，为巫术中发号施令的工具。它不仅可以招魂送鬼，而且还可以吹开天门地户，招使天兵天将。牛角的法力在巫师用中神话神奇。有歌谣云：

初开吹得蛾眉月，十五十六团圆起。
上通三寸，下通三寸，吼吼雷鸣声。
千人吹不响，万人响无声。
吾师吹起上天庭，一吹上界众神惊。
二吹下界百鬼万神无踪影。
一声鸣角声阵阵，打开天门及地门。
打开天门天兵降，打开地府地兵亡。

鼓更是威震四面八方，巫师们用的神鼓只要鼓声一响，可以化为春雷，化为二十四阵雷，七十二战雷，东西南北中方五雷以东、南、西、北、中五方门下神兵神将，来杀下界五瘟小鬼。有鼓词云：

学法便问法出处，打鼓便问鼓根源。
此鼓不是非凡鼓，鼓是深山灵异出。
千人打不破，万人击不穿，声响震山川。

一响天兵降，二响地兵藏，三响妖魔鬼怪亡。

变身也是巫师在祭祀也包括在做法之前，使自己产生法力的一种做法。巫师用咒语的巫术手段，使自已脱离原来的身份，变成其巫师系统的本师，也就是说，使本师附体或交自身肉体拉身于本师，变身以后，方有施行法力，变身所用咒语一般如下：

一变天皇帅，二变地皇母，三变仙人陀，四变仙人符，五变紫云遮，六变佚失，七变邪鬼体，八变邪鬼伏，九变邪鬼拜，十变先（仙）衣盖吾身。吾师飞上紫玉山上巍巍矗矗半天，飞上三十三天法云中，速变速化，吾奉太上老君准敕令。

一变成天，二变成地，三变成江，四变成海，五变成天为地，六变成地为天，七变成江为海，八变成海为江，九变犀牛肚内藏，十变仙人肚内藏。人见堂堂，鬼见灭亡，吾奉太上老君敕令下山岗。

这种咒语，既是巫师变相的口号，又是借这种咒语壮声威，压邪恶。如此念过，方能以本师身份介于人神之间，成为执行巫术的法师。变向之后，还要经过三十一道环节，整个占卜仪式方可结束。一，变锣鼓，召集神人；二，请神招清诸神；三，落禁变碗，供铁城禁鬼之用；四，变石，碛鬼；五，坛下开井，押鬼在金井之内；六，收邪师，设下弓弩妖师；七，妆邪收服一切精灵恶鬼；八，变水槽禾秆，将禾秆变铁船，渡海捉邪神；九，变松板；十，变席，松板，席变术床，度者睡在床上；十一，变红瓮，缸瓮成铁船；十二，变盖听；十三，变水槽，水槽化为云，水钵及铁钩；十四，上船；十五，承灯；十六，追灯；十七，分兵；十八，抛兵，运用天兵；十九，发角；二十，变刀；二十一，变帆布；二十二，当天收邪师；二十三，上刀山收邪；二十四，变刀口，利用咒语将刀口变为绵软，变为竹太，变为泥土，变为本师的背，乘至老君金殿前；二十五，变柱，用以刀扎刀梯；二十六，变脚底，巫师用利咒语，把自身脚板变成铁叶牛皮，踏上刀梯；二十七，给印；二十八，给筶，占卜用具，进行占卜；二十九，给阴阳二据；三十，梯下；三十一，道场完满，将所变各物变回原形。

古代祭祀实际是进行巫术活动，无论是官方还是民间，都要选择具体的环境。这是妇好正在土持的殷朝堂官方祭祀大场局。只见扮演玉皇大帝、王母娘娘、天官、真武大帝、三十六天将、六丁六甲的名位尸人、贞人等似神态样，各就各位坐在大祭坛中央高如阶之上。旌旗遍地，锣鼓声声，万人观众齐集坛下广场，一片人声鼎沸的海洋。满朝文武整整齐齐地排列成六行，在大祭场最前边观看祭祀活动。坛上只有妇好暨六十余人男女祭祀卜宫都需看妇好脸色行事。妇好身穿法衣，头戴神帽，挂腰铃，佩一应法物，异常威武，蔚为壮观。

跳神舞，走巫舞，用铃相伴，铿锵有声，抑扬顿挫，翩翩风姿。一会儿腾空跃起，一会儿匍匐仰面、眼观上天。六十余个男女信徒，左伴右奏，配合默契，节奏优美。口中，念念有词，只是外人一句也听不出来。约一个时辰之后，吹角、擂鼓声声，请神诵词开始。整个祭祀上下陡然之间鸦雀无声。只听妇好大神主请神歌琅琅声道：

启请三清高大道，不请三清神快到。
三请大道大清宫，太极紫微穹顶站。
天有三清高上圣，到来人间鬼神惊。
元始天尊首第一，灵宝天尊第二极。
道德天尊数第三，老君太上洒人间。
高上玉皇气浩瀚，三请助推紫金栏。
玉皇头戴平天冠，两边帽带光闪闪。
阻断黄河五路口，龙口汹涌王气收。
入同交叉五路口，妖魔鬼怪难回头。
张天打法李天师，赵后三郎李太西。
法术收得五瘟神，五瘟五路皈依魂。
叫声天蓬都元冲，合得凶邪愧无奈。
龙虎将军两壁厢，黄赵二真欲张扬。
财禄二库判官鬼，水府三官用降临。
上元一品天官到，解厄水官东逍遥。
请诸观音并外佛，又请文殊大姑徒。
梳起盘龙青簪子，风流观澜五湖水。
四则大圣大慈悲，不屑众神不尽依。
十二宣王齐下拜，一天一星斗皈来。
启告北方高真武，赤出旗手大都督。
敢问今朝坐马上，威风凛凛气昂扬。
统兵四员四界将，一前一后坛高昌。
禀告海番燕赵张，圣主打瘟功高尚。
南蛇缠头下海洋，海浪波涛强中强。
上禀上元高圣皇，锣鼓声声晋皇榜。
叫声上神官大王，来坛美味尽品尝。
闻说今朝有请状，细细盘问正气昌。

突然，祭坛上似有一股和煦之风飘飘然而来。祭坛上端玉皇大帝、王母娘娘、天官、真武大帝、三十六将、六丁六甲等（装扮）频频有张嘴，欲说话之状。只见大神主(妇好扮相),随风翩翩跳起神舞来,六十多装扮及徒也伴着她有节奏地跳起优美舞姿。大神火跳跃数次,异常兴奋,只见她边跳边说(代神说话):

上神:“商二十三代王武丁,汝听真了!”

武丁一听,顿时汗流浃背,诚惶诚恐双膝跪下,十分虔诚地说:“天子吾武丁正洗耳恭听,请上天神父,不吝赐教,严加训导,天子吾无不一一照办,在实行中加深理解,尽快落实。”

上神:“汝继小辛、小乙两代庸王之后登基,商朝可谓是千疮百孔,百废待举,受任于危难之际。汝可要励精图治,恢复元气,造黎民百姓福祉。汝任重道远,望勿辜负吾上天之意!”

武丁:“上神训示实实在在,无比正确,小天子我是感恩戴德之人。小天子我深知职任,重比巍巍昆仑。既然上天赐命与我,武丁是一个有血性有品质之人,不畏难,决心把商天下治理好,把普天之下奴隶、平民百姓保护好,决心以实际行动报答上天您的殷殷期望。”

上神:“知国情者,明君也,造福者,圣王也。汝商,现有五十六大方国,遍布在汝国土的‘四正’(东、西、南、北)、‘四隅’(东北、东南、西北、西南),严严实实、齐齐整整地把汝商国围了起来,不能小觑呀。”

武丁:“小天子我听清楚了,如何应对,仍处迷茫,如坠云里雾里一样,请上神指点迷津,吾当洗耳恭听。”

上神:“有道是‘人不为己,天诛地灭’,土地、人口、权力,一句话叫利益,是祸是害啊。战争风乍起,山雨欲来风满楼,难道这不是汝商王之大国情吗?”

武丁:“小天子我明白了,照办!一定早作思想准备,料事在先,有备无患,谅不会有大碍的。”

上神:“军事第一,战争乃铁血手段,落花有意,流水无情,这是汝商国绕也绕不过,躲也躲不了。切记,从古知兵非好战,治商当深思。战争凶器也慎用,勿轻用,用之有度,适可而止,迫不得已用兵,见好就收,万勿杀戮,穷兵黩武!”

武丁:“真不愧吾上神,大地自然万物、黎民百姓之祖之根之本啊!如此明晰透彻,经典妙语,金玉良言,治世良策,万囊珍宝不换啊!武丁小小天子一丝不苟,分毫不差照办!”

上神:“汝作为商王,统驭万民百姓职责重大,吾授汝四句偈语,望汝好自为之。”

彰扬军事秘籍传,正义包融气度宽。

战为不战必气然,猛奇妙处天地欢。

汴河邑·河南岸·杞兰村

有道是“好事不出门,坏事传千里”,可非也,好事,正事,大事,照样不翼而飞,街谈巷议,妇孺皆知。妇好在殷都的大祭祀天神活动,天下人都知道。京都这一次祭祀活动场面大得很,祭祀坛广场内外坐有上万人!那场面之大,简直是一片红色的大海洋!有人说:听说当最高神主的还是个女的,是当朝王后,据说她打仗,哪个方国也打不过她。她使的一个开山大斧就有十多斤重,不得了,她是个大战神啊!还有的说:是大王后,又是个大将军,同时又是个朝堂的最高神主,神权领袖。她是代天代神说话,她还敢给当今商王、满朝众文武百官下指示。

由于朝堂这次祭规模宏大,规格又最高,同时又办得非常成功,上神、天神的重要性、灵验性,一传十,十传百,很快就传遍了天下,几乎到无人不知、无人不晓的程度。于是敬天神,拜天神,祭祀天神便蔚然成风。

第十五章

伏击巴方

殷都·朝堂·商王殿

武丁得到禀报的军情是位居秦岭大巴山面麓的巴方国。妇好是一位研究军事的职业军人,对天下各方国的由来,以及历史演变了如指掌,由她与大宰相傅说和上大夫又兼太尉甘磐就巴方国的产生渊源一一向武丁禀报。

巴方国位居大商西南方向,甲骨文中也多次有巴国的记载。他们祖祖辈辈生活在东起长江的西陵峡,西到嘉陵江流域,国都设在渝京。据说这个渝京也很神秘,原本由一块石头而起,这留待以后再说。

由于同宗血缘的聚居而形成的宗邑聚落,其形成在远古以前。农业人口不断地增长中会繁衍出更大的群体,这即叫子部落。数量众多的子部落合成同宗血缘的星罗棋布般遍布天下。子部落必有一个中心聚落是核心的,最高的聚落,由此,又出现了宗庙。

傅说:宗庙的出现是我国历史上特有的值得注意的一件大事。宗庙是人们对血缘先祖先宗怀念感恩纪念的地方。巴国的开国君主叫务相,是由五个部落组定而成。最初是居民聚落,我国南方和北方风格迥异。由于地理和气候不同的原因,北方以穴为代表,而南方则以干、栏式建筑为特色。黄帝曰:“帝王没有宫殿,冬天居穴、夏天居巢。”

社会原本是一种组织,它以某种框架构建,而这个框架是逐步地形成和发展起来的。

村落的产生有四个标志。第一,一对夫妻及其后代组成的小家庭成为生活和生产的基本单位。聚落中绝大多数为小房子,可容纳三四口人的小家庭居住。第二,中型房屋比小房屋面积大2~5倍,屋前有容穴三四个,居住者大约为五个家庭的族长,其生活状况比小家庭更富裕些。第三,聚客中的大房子有大型连通灶和火台,可容纳20~30人住的土床。这是未婚男子集体夜宿的住所。第四,五个居住群落围绕着一个广场,为这一氏族群体的共同象征。聚落外部有壕沟划出边界,壕沟之外是田地和工场。沟内侧的篱笆和栅栏做成的寨门和瞭望的哨所,以便按时期、时日,如节假日、年节日来这里祭祀。由此,祭祀文化应运而生了。

由聚落、村落,又到宗邑、都邑方邦,古国的诞生是历史演变的过程。都邑作为方邦古国的都城,常常以城垣的出现作为标志,但有时宗邑也有城墙。宗邑、都邑又引申出了城堡。城堡是原始的,原始城堡的出现,这是华夏民族的一个重要标志。它由土垣、壕沟、宫殿、王陵(陵墓)、祭坛构成了迄今为止比较完整的方国建筑群。

方国的出现,又是历史的一大进步。城堡往往是方国的主要标志。

上古时期“满天星斗”正是“天下方国”这段历史的主要特征。城堡林立，这是战争滋生的温床，以及由战功而出名的部族或氏族首领中的“共主”领袖的产生。

作为战争的附属品，血缘通婚的范围扩大，不同部落之间和婚姻使血缘混合，从而又产生了新的部族。所有这一切必然地需要职能更为复杂的“邦国”来统一“领导”。巴方就是这种类型的“方国”，也叫“国家”。

传说巴国开国的君主叫务相，其祖先为巫诞。这个巫诞，从名字上看，应该是古代一位著名的巫师，而具有血统的务相，大概就是位巫师吧。在远古时代，人们的智慧还没开发，愚昧无知，一味服从，他们愿意崇敬和跟从信服的首领，往往是能与天地鬼神作沟通的巫师，或许务相正因其血统和能力，才成为某个巴人部族的首领。这实际是巫术文化的底蕴和根基。

巫术文化有时又简称为巫文化，在上古它有着独特的作用和价值。巫术文化不仅影响文学艺术，而且还影响到民族、民俗、宗法、医药、饮食、器用、经济生活、天文历法、教育、法律、哲学、音乐、舞蹈、美术、民间、文艺、工艺、功法、文字，以及物质生产生活的各个方面。

传说最早的巴人分为五大姓，也就是五个部落。一为巴氏、二为樊氏、三为瞫氏、四为相氏、五为郑氏。五大部落分别散居在鄂(今湖北省西部)的武落钟离山中。其中巴氏居住的地方称为“赤穴”，其他四个部落居住的地方称为“黑穴”。这主要在于远古的人没有房屋，人们为了生存，都是挖山凿穴而居的，不足为怪，时势使然。

社会在发展，历史在前进。巴人五部落人们渐渐产生了统一的要求，需要推举一位大头领。他们相约找到一块大石头，各自把所佩挂的宝剑向这块石头抛掷，看谁的剑能够插入石头中，即是神灵天命的王。结果，黑穴四姓的首领一个个都失败了，只有赤穴巴姓的酋长务相所抛出的宝剑稳稳当当地插入石头之中。

黑穴四姓心有不服，不肯遵从前约，争相要求再比试一次，方心服口服。巴部落只独自一个，无奈之下，只好同意。这第二次比试的方式是，五部落首领同时乘坐着沙泥制造并雕刻着花纹的船，一起推入水中。相约好谁的沙船不沉，谁就当王。令人没有想到的是，只有巴人务相的沙泥船完完整整、毫无损伤地漂浮在水面上，而其他四部落四条船全都没入水中。于是，大家跪倒在地，双手作揖，共尊务相为王。务相称王后，改名为廪君。

廪君自当上巴王后，他下意识地感觉到这钟离山地方偏狭、闭塞，难有作为，不便居住。遂沿着夷水(今湖北省清江)逆水西上，想要寻找一块更利于定居的沃土，把部族迁徙过去。一天，廪君走到盐水边，与盐水女神一见钟情。女神很快迷恋上了禀君，极力讨好禀君，说："这盐水地方宽广，四通八达，鱼虾丰美，还盛产食盐，上好佐料品，希望禀君能够留下来，和盐水女神一起生活。"

或许禀君觉得盐水这个地方并不算好，或许又对盐水女神有了些许厌恶，遂婉言拒绝了女神的一番好意，继续西行。可女神是个痴情女，她不愿禀君离开自己，晚上跑过来与禀君同居，白天化身为飞虫，召集郡虫一起在禀君头顶上飞舞，遮蔽日光，使他不能成行。一而再，再而三，每天都是这样，一直过了七天七夜。禀君只要一动身，天上就是黑压压的一大片，完全分不清东西南北。

廪君心里想，已经七天七夜了，走不成怎么办？情急之下，廪君心生一计，派人把一缕青色的丝线送给女神，并且对她好言好语说这缕丝线的颜色和你很匹配，你最好把它系在脖子上，以此代表我们君王将和你永不分离，同生共死。痴情女神以为廪君回心转意了，非常高兴，毫不怀疑就把青丝系在了颈下。可是这样一来，当她再一次变作飞虫飞在廪君头顶上的时候，廪君一眼就把她和群虫区分开来了。当即张弓搭箭，"嗖"的一声，盐水女神中箭身亡，群虫飞散，天光大开，廪君这才得以重整旗鼓，毫无顾忌地西行。

死了一个盐水女神，看似轻轻松松，又看到廪君寡情薄义，实乃忘恩负义又心狠手辣之人。而实际上解读，巴人志向目标明确，找风水宝地，建国家创大业，不为儿女情长所左右，这是巴人性格坚强的地方。

廪君一路西行，离开了盐水，就乘坐着雕刻着花纹的那条发迹的沙泥船，紧走不停，一直来到夷城（大致是在今天重庆市附近）。夷城这个地方，两岸岩石犬牙交错，远远望去，好像大大小小的洞穴。廪君长叹一声，说："我才从洞穴中出来，难道又要回归另一洞穴不成？"

不想这句话竟感动了夷城的神灵，他们大概也想留住廪君。只待廪君话音刚落，爆炸也似的一声，岩石突然崩塌，露出了一条三丈宽的大道来。更为奇特的是，大道上还有层层阶梯，从水面上一直通向远方。一见这情景，廪君弃舟登岸。这时，他又发现路边有一块一丈大小的平整石头，附近的土地宽广而肥沃，是难得定居的一方风水宝地。

巴人从此就从鄂（湖北中部）迁到了这里。廪君在他坐过的大石头旁边建立了一座城堡，作为"巴国"的统治中心。古代巴国就是这样建立起来了，而廪君就是巴国的第一任君王。据说，现今的巴方国君廪雄是廪君的第二十六代孙。

殷都向南·宝丰邑·安康邑

战争，为利益而战，此乃千古不变的一条铁律，可有时候，戏剧性掺杂，导致一场腥风血雨的战争，比比皆是。比如为抢夺一个美女，而发生一场战争，因出一个馊主意而杀得尸骨堆山、血流成河者屡见不鲜。

商王朝有史可载的是五十六方国，这是大的诸侯部落，又曰城邦坞堡。可名不见经传，疆域狭窄，人丁稀少的就不计其数了。有人戏说一千多个方国。

巴方国位居大巴山深山密林之中。出门就是山，苦不堪言。国君廪雄不无哀怨地说："该倒霉呀，出门就是山。大商中原一马平川，水平如镜，物华天宝，人杰地灵！可惜巴人望洋兴叹，猴年马月能去大商中原住上几天也不枉啊!”

“说者无意,听者有心。”妇好说。殊不知他禀雄这话被一个正在巴国访问的羌方国使者尽听个明明白白。回国后很快向酋长报告。酋长听后顿时眉开眼笑起来,说:“挑事机会来了!我羌国距商路途遥远,山高隔水远,何不怂恿他巴方发难商国,我渔翁得利,坐享其成呢!”遂派使者出访巴国。“你巴国域小人少,商人土地多得管都管不过来,何不取他一两个邑,不要害怕,有事了,我羌方保证做坚强后盾,咱两国联手一起打商国,一经出手,夺他一两个邑,手到擒来。”

羌方是商朝西部一个大方国,从尧、舜帝时就已建部落,一千多年来发展壮大,如日中天。方国地大物博,人口众多,兵强将勇,对外扩张,掠夺成性,天下方国惧怕,躲之犹恐不及。这羌方尤有一大嗜好,善挑动一方攻击另一方,好火中取栗,此世世代代惯用伎俩,还有,这羌方对商王朝怀有彻骨仇恨由来已久。这次他挑动巴方惹事,可谓一贯伎俩。

禀雄登基已有十个年头了,年三十岁,雄心勃勃,跃跃欲试,在舜帝时,巴人早早建立起了国家。可一千多年啦,始终走不出去这深山老林弹丸之地,在这里闭关自守,殊不知,落伍到别人后边十万八千里了。据说自建巴国以来大局面之好,还从未有过,何不趁此攻城略地,开疆拓土?况且又有羌方国老大哥伸出手援助。很快,他决定对商王朝用兵。有他与大司马帅逯伟的一段对话。

禀雄:“不宣而战,突然袭击,以迅雷不及掩耳之势,先拿掉他商王朝施利、神农山两个邑,以此激怒他出兵与我决战。兵法云乘其不备,出其不意,兵不厌诈,有何君子之道,礼义道德可言?”

逯伟:“主公高见,不知派何人为帅,暂师北伐?”

禀雄:“早已定好人选,兰陵能征惯战,文韬武略,为巴国上下公认无出其右者,汝看如何?”

逯伟:“主上视人、用人眼光超人,洞若观火,看得准、看得准,由兰陵挂帅,再恰当不过了,微臣没说的,举双手赞成。”

禀雄:“再委翘云为前部先锋。这翘云无须多说,国人尽知,武功精湛,力大无穷,有万夫不挡之勇,有当今天下武林第一高手之美誉。我想这种将帅搭档,最佳人选,想此次出征,寡人无忧矣!”

逯伟:“微臣没有任何再说的,下去速速落实就是。另,再禀主公,此次出征,派多少人马为好?”

禀雄:“派一万五千人马,五千由翘云先锋统领,一万由兰陵主帅统一指挥。我朝中还有三万兵马,寡人随后倾巢出动以为接应。你下去速速安排,帮助谋划好实袭两郡邑之事,不得有误。”

果然,未费一个半月功夫,兰陵、翘云出兵,旗开得胜,以神不知鬼不觉的速度,连连攻下了神农封两个邑郡。由于是突然袭击,不仅两郡邑全部缴械,两个郡守也都做了俘虏,押进了兰陵中军帐。败军消息传入殷都,这才有了妇好统帅兵马路行南征的路上议论之事。

神农哑·大山坳

神农哑是巴国与商王朝交界处的一座大山,位于商国西南部,巴人的略东北部,方圆八百里一大山脉,神农哑主峰太昊岭海拔 2237 丈。这里怪石嶙峋,犬牙交错,险象无比。据说当年吾华祖先贤神农氏来此山采百药济万民,不幸采到一叫葛花绿的植物,中毒成了哑巴,此山由此而得名。未曾想多少年后,神农哑又成了大战场。

两郡邑沦陷,两大郡守被俘虏,这消息从天而降,炸晕了商王朝上下。妇好率五万精兵飞驰南下,万千兵马一路行一路议,义愤填膺。

巴人夺邑,商王急恼,万千士卒抑制不住的情绪,一时使妇好怒火中烧。兵马已来至两山界口一个叫万滨津的邑城,郡守叫姜的远远在城外迎接,这里距巴人还六十里许。妇好传令:“安营扎寨,翌晨部署战事。”第二天,中军帐战前会议正在紧张而激烈地进行。

妇好命沚只将军率淘南、悬幻、凌涧、飞韦四员骁将率领五千人马为前部先锋,即刻出发。“要知道,当先一战,挫敌锐气、长我威风比什么都重要。当然,也要小心谨慎。当你与敌打得热火朝天时,本帅接应你已到阵前。”

兰陵、翘云中军帐,正在筹划应对谋略,战事让军中上下热烈兴奋,人人似已成竹在胸,一个个面露喜悦之色。

兰陵告诉各位将军,“我一出手夺他两个郡邑,犹如戳了他商人的老虎屁股。这不,统帅五万兵马浩浩荡荡地前来讨伐了!这是探子刚刚报来的消息。本帅正左等右等,唯恐他不来呢!至于如何抵御商人兵马,打好这一仗,主上禀雄马上率兵马不时就到,他已对本帅有密旨,天机不可泄露,各路兵马悉听本帅先前吩咐,照计行事就是,快做准备。军令如山,有违有误者,军法决不容情!”

大山坳·战场

翌日卯时时分,商军沚只率领淘南、悬幻、凌涧、飞韦四员悍将,风驰电掣般杀来。原想来一个突然袭击,可距巴方军营还有一箭之地,营门开处,豹矛当先出马咆哮般杀了出来。“何方草寇,敢来犯我营盘。”原来,这是巴方副先锋豹矛。

沚只命淘南将军出马会会这个南蛮子！这淘南有万夫不挡之勇，有商王朝“战场第一斗将”之雅号。接着与豹矛厮杀了起来。只见豹矛咆哮般杀将过来，淘南旋风般截击，两人打得天地翻腾，尘烟滚滚。只听“咔嚓”一声，淘南把豹矛从马上挑上了天，又重重地摔在了地上。

翘云命马滇、子勇、藏彪上战场！只见三将一挥大刀，一舞双刀，一挺日月禅杖，又飞也似的向阵前这边冲过来。沚只也大手一挥，马滇、子勇、藏彪与商将领一对一厮杀起来。可十个回合未过，马滇、子勇、藏彪似有势弱，马滇顺势马头一扭逃了起来。谁知马滇一逃，子勇、藏彪看也支持不住而逃。这一下可好了，尾随三将的巴方兵（包括翘云）溃败逃了起来。

沚只一看，大喊一声：“给我追！勿使一个跑掉！”随之，五千人马追了起来。把翘云的先锋大营也一锅端了。巴方兵逃着，商兵紧追着打。六十里路程已过，沚只猛抬头向上看，怎么进了一大深谷？“坏了！中了敌人的诱敌之计！快传令，快撤！”只听深涧两边滚圆木礌石滚滚而下，不到一个时辰，五千人马无一生还，尽死于乱石滚木之下。

战场瞬息万变，由于一切变化得太快，妇好大营接应兵马还未出动，败军之情已经报来。可这已是黄昏时分了。如此兵败之快、之残，妇好大吃一惊，将校齐集一起，商讨紧急应敌对策。

万津邑·南部山脚下巴方大军帐

兰陵、翘云兴高采烈中军帐议事，一战得手，不，夺取两邑，诱敌之计，斩杀商四员悍将，又歼灭五千人马，又团团围困住商方大本营五万人马，两仗皆胜！禀雄大喜过望，得意忘形地说：“划时代，里程碑，巴方国建国一千多年来，旷古奇事，惊天地，泣鬼神，大奇迹呀！连打两仗，仗仗告捷，古代常胜名将，也无过此！大张旗鼓要庆贺一番！”禀雄话音刚落，立即响起一阵阵热烈的掌声。“巴人伟大，主公万岁万万岁！”。禀雄大手一挥，制止了众人，他开始对众将加官晋爵。

禀雄：“兰陵，身为北征元戎，运筹帷幄，决胜千里，谋划之功当为第一，加封你为巴国龙骧大将军，破格连升三级，望你再立新功！”

“翘云将军，你身为先锋，逢山开路，遇水造桥。冲锋陷阵，斩杀敌将，骁勇彪悍，无人能比，尤其诱敌成功，立了盖世之功，寡人加封你虎威上将军，连升四级，望你一如既往，猛打猛冲！”

“马滇、子勇、藏彪三位将军听封。”三将立即出班，整衣洗耳听封。禀雄说：“汝三人彪悍勇猛，在战场上骁勇冲杀，战功卓越。寡人封汝三人‘振武大将军’‘靖安大将军’‘平虏天将军’，每人晋正品二级，望你们英勇杀敌，再立大功。对诱敌成功的三军将士，每人加年俸禄一百石，以示奖励。对战场为国效命的豹矛除追授‘讨贼大将军’外，再追授年俸一千石，也世世代代抚其子孙，按国葬礼安排一应后事。”

禀雄在对众将加官爵中特别青睐兰陵，认为他是一位为将之才。想当初动意伐商，他就向禀雄最先献策，“不宣而战，突然袭击，乘其不备夺他郡邑。”一战果然得手后，他又早早预料到商人绝不会善罢甘休。不日，大兵压境，兵临城下，不是可能，而是一定，时日问题。遂以大帅之位，多派探子，早早深入到商国殷都城内。可惜一向用兵持重的妇好却忽略了这一点，也难怪智者千虑，必有一失。还有，翘云战场上的诱敌之计，以及最后把妇好五千人马全部包围痛歼，这也都是兰陵从探子的成功“侦察”后，而想出的妙佳良策。

万津邑・中军帐

初次与巴方交手，损失了五千人马，又折伤了包括元老宿将沚只在内的淘南、悬幻、凌涧、飞韦五员大将，损失惨重，颜面丢尽，妇好痛不欲生。她一个人伏在几案上，狠扇自己的左额右颊，“败得如此之快，你有何面目向商王交代?”整个中军帐凄惨、悲哀，空气仿佛要窒息一般……

殷都・朝堂・商王殿

昨日寅时，前方败军消息六百里快马已传到朝堂。武丁一听，顿时惊呆了，整个殿堂一片肃静。

“不瞒诸位爱卿，凌晨寅时军报到达朝堂告知前方兵败，损失了五千人马，折杀了五员大将，沚只等五人丧命疆场，众位爱卿各抒己见，说说如何应对是好?”

礼部尚书汪卑不紧不慢地说：“说句不恭敬的话，臣对妇王后早有不同看法。近两年来，上上下下简直把她捧上了天！原本一介女流，侥幸打了两次胜仗，就是战神，军事家？战场事大，国家的利益重要，不能再感情用事了，我意立即派能征惯战之将换王后下来！”

姜牢：“巴方非北方、土方两小方国可比呀！妇王后能打仗，这不假，可她征北方、土方能行，可南讨巴方并不一定管用。巴人剽悍性野、好斗，且狡猾、狡黠，这是土方人断断难比得了的。况且，自古以来，常胜不败将军没有，难找啊！依微臣意，妇王后也累了，暂时换一换对战事有利，对国家有利。”

甘磐：“此次前方兵败，也是我始料不及的，原想着吧，妇元帅能征善战，久经沙场，经验丰富，征讨巴方，旗开得胜，虽非易事，定有周折，可最终取胜,想也不成问题。不想初交手,顿挫锐气,却也没有想到。刚才,两位大人所言,尽管为国事操劳,煞费苦心,想也有一定道理,至于仓促之间,临阵换将,况时机还未成熟,不妨再等时日。”

傅说:“有道是‘水无常形,业无常势’。战争、打仗是十分凶险之事,战况瞬息万变,险象环生。况巴方距我较远,常无交道,骤然兵火,妇元帅了解吃透军情,恐也需一个过程。又是初战,损失五千人马,丧我五员大将,实属寒心,谁人不疼,哪个不惜!可毕竟区区五千人马,与我五万兵相比无碍大局,更重要的是,初战投石问路是要付出代价。根据我对妇元帅为人了解,不要大惊小怪,她肯定胸有成竹,定深藏腹中无疑。不仅不能临阵换将,还应请我主拟旨表彰,专派使者到大军前线慰问!”不想,傅说一席话,还未说完,整个朝堂一阵阵热烈掌声,争相说:“高见、高见!还是傅大人见解高人一筹,应支持妇元帅,鼓励妇元帅!”

万津邑·中军帐

独自一人坐在中军帐中,妇好仍处在自愧、自悔、自怨、自责之中。

“得志不忘形,失败不气馁。”这似乎是帅者的必备心理素质。“不下壮士断腕,赴汤蹈火,脱胎换骨的狠劲,打胜巴方这一仗,我就绝不是妇好!”于是乎,妇好谁也不惊动,就在中军帐内,自己架上火,穿上法衣,手拿印鼓、宝剑法器,虔诚地向天神、向列祖列宗跪下,饱含热泪,如泣如诉地祈祷。其中有这样两句:“彰天义,行大道,造福天下黎民百姓,请列位天神、列祖列宗保护,打好巴方这场正义战!”妇好声泪俱下,脸贴着地,长跪不起。许久许久,妇好慢慢起来,恭恭敬敬地走到卜架边,双手端起龟甲一看,只见两道龟纹由东北直向西南指去,直且粗壮有力。妇好情不自禁,知道是大吉大利之兆!紧接着,妇好向天神、向列祖列宗道谢说:“商王洪福,大商天下洪福!感谢天神,感谢列祖列宗庇佑,女儿当悉心履职,鞠躬尽瘁,死而后已!”可妇好又当即陷入难以自拔的苦闷之中……

妇好想:“大吉大利!征讨巴方大局已定,神人指点,此坚定不移,可从何入手呢?”妇好苦苦思索不出一个所以然来,闷闷不乐,昏昏然伏在几案上,不知不觉进入了梦乡。突然,九天玄女来到妇好身边,在她肩膀一拍,“什么时候了,还在睡大觉?”妇好慌忙起来,正要下跪,一把被玄女娘娘拉着,“你不是急于巴方战事吗?你不是已经知道巴王禀雄也率兵来到前线,这不是天赐你一大空间吗?”妇好急忙问:“什么空间?请娘娘指点迷津。”玄女娘娘笑着说:“亏你还是一代大兵神呢,怎么聪明一世,糊涂一时呢?望你好自为之!”说完飘飘然而去。妇好猛一个惊醒,原来是南柯一梦。

妇好刚刚站起来，整理几案上书简，只听帘外“报告”一声，妇好说“进来”。只见勤务兵进来，大帅南面山冲来一支巴方人马，打着巴王的旗号，要大帅出城搭话。妇好一听：“怎么竟与梦中这么巧合呢？”扭回头来听传令兵在帐外高声说：“报告，朝中使臣到，请大帅接旨！”妇好三步并作两步走出帐外，一见是傅说、甘磐两位大人，跪在地下，“臣妇好接旨”。只听圣旨有这样两句：

元戌征战沙场，备多辛苦，寡人仅表示慰问。前次之战小不如意，无须在意，无小岂能有大，无近岂能有远，不舍何能有得？朝堂支持你，有国人做你后盾，将在外君命有所不受，寡人期待告捷凯旋之日。

商王武丁

二十二年杏月翔日

接旨毕，妇好赶紧把两位大人迎进帐内，三人随便攀谈起来。傅说：“咱商王不日将率二万兵马，亲临前线，助你成功。元戌！”妇好一听，赶紧跪下，向北一拜，如泣如诉地遥拜武丁，王上如此厚爱妇好，出了这么大的乱子，不仅不加罪惩罚，又是亲率兵马助战，此大恩大德出哪朝哪代有！臣感激感恩，没齿不忘，肝脑涂地，在所不惜！

甘磐问妇好大帅：“听说对下一步战事，似已胸有成竹，不知是何方略？在下愿聆听一二。”

一次败仗，如头上泼一瓢冷水，背击一掌般。痛定思痛，一段时间以来，深思熟虑，妇好已经有了个主意。

万津邑·南面半山腰·大军帐

万津邑南面是一座恒鼎山，山高五百四十丈，巍峨壮观，气象万千。前次，兰陵派翘云诱敌之计战败妇好后，便目中无人，外加国君禀雄率兵来到前线，又加封他官位爵禄，更加不可一世，飘飘然，盛气凌人起来。好大喜功，贪天下为己有，遂乘着战胜余威，也更是为了在禀雄面前显示自己，一不做，二不休，干脆把四万多兵马移营前沿迁到这恒鼎山北麓关山腰，设下中军帐。前些时挑战一次，妇好避而不战，又越发滋长了他的傲慢情绪，于是放松了警惕。

送走了傅说、甘磐两位大人后，妇好想：“两位老人也是元老宿将了，怎么连天机不可泄露都不理解，我能说吗？”二位长辈事后会明白的。妇好又在心里说：“天赐机遇，我要行金蝉脱壳之计，如果上天助我，列祖列宗佑我，由这一剂灵丹妙药诱起可能会把巴方一网打尽，可凶险，难度大，不好运作，一招不慎，将全盘皆输啊！”

"金蝉脱壳"用来比喻这样一种谋略,在危急关头或大敌当前的情况下,通过伪装骗过对方的监视,自己脱身逃走。"金蝉脱壳"之计是千百年来,人在观察自然界万物的演绎受到启发而总结出来的一种经验。运用到军事学说上成为一大锦囊妙计之一。而妇好运用这一妙计,不是示弱逃跑,而是创造机会。

妇好早早看到:何止是兰陵兵力强大,巧胜一仗,不可一世?而且国君禀雄乘胜倾国之兵,来阵前助威。妇好粗算五百里须五天行军,行可以得手。可如何实施这条"金蝉脱壳"之计,必做得天衣无缝,让人看不出来呢?妇好已经胸有成竹。

与巴方兵南北对峙时,妇好传令商军:"每天再不要鸦雀无声,要擂鼓不止,越响越好。"这样做,既有效震慑了敌军,使巴人知道我军营中战鼓不断,调兵不止,再者,也更是为了鼓舞士气。

过了十天后,妇好在中军帐召集众将商量"脱壳"之事。"'金蝉脱壳'之计我已想好了,请各位将军回营后,按照我早前的吩咐行事就是了。"天黑午夜时分,全军开始撤退。各位将领回营后,立即忙乎起来。他们让士兵把旌旗全都插到城头上,一排排,把四面城头摆了一大圈子。将军们再让士兵买来了好多好多的羊和鼓。

傍晚时分,商军兵士把一只只羊倒吊在高横栏杆上,一只羊对着一面鼓,让羊的前蹄抵在鼓面上。羊被吊得难受,遂使劲地挣扎,两条腿不停地乱动,这样,羊的蹄子就把战鼓敲得"咚咚"响个不停。

天黑之后,商军将士吃饱喝足,妇好传令全部人马轻装简从,马摘铃,没有任何声音,在悬羊的击鼓声中悄无声息地撤出了万津邑。

巴军听到商万津邑城头,日日夜夜鼓声不断,旌旗飘扬。以为商君仍在城中,丝毫没有怀疑,仍然调兵遣将,准备伺机攻打万津邑。

第七天过去了,巴兵有人发现,商城头只有鼓声,却不见人动,赶紧派人侦察,这才发现击鼓的不是商兵士卒,而是一些吊挂着的羊。商军早已离开了万津邑,远走高飞,不知去向了。

这时兰陵勃然大怒,连连高呼:"中了妇好的'金蝉脱壳'之计了。"

渝嘉郡邑·城下

商军日夜兼程,不早不晚第五天子夜时分悄悄来至巴方京都渝嘉城下。只见妇好附耳对左右兵丁说了几句,城下喊话开始了。

兵丁:"城上听着,国君禀雄大军凯旋只有一箭之地了,令我等前哨通报,快放下吊桥,做一应迎接国君准备。"城头上守夜巴方士卒听了,说:"请稍等,这就放下吊桥。"不一会儿,果然吊桥放下,商军一股脑儿拥进了城中。这时,正在城东侧山涧树上观察一黑衣人,大惊失色地说:“好狠啊! 兵不血刃,一锅端了巴国老窝,这是妇好的‘反客为主’之计啊!”

反客为主指乘着有利机会把脚插进去,掌握对方的要害之处,一击命中。反客为主的局势是这样形成的:第一步要争取客人的地位,第二步要乘机钻空子,第三步要插脚进去,第四步要掌握大权,第五步便是取代主人而成功,成为主人当然也就兼并了他人他国的军队。反客为主以积极代消极,变被动为主动,转守为攻,才能改地换天,反败为胜。四两拨千斤,小鱼能够吃掉大鱼。如果反过来,由客人登堂入室当家做主,发号施令,操作一切,就变成“主客局势”“喧宾夺主”,这就是“反客为主”之本。

在军事上,一般来说,深入敌国作战为“客”,在本土防御为主。“反客为主”就是寻找敌人防御的漏洞,乘机插入敌方腹地攻其要害,控制敌方指挥系统,由“客”变为“主”,妇好对此精到透彻。她曾说有一个寓言故事。

一个人牵着一匹骆驼在沙漠中行走,晚上主人睡在帐篷里。刚入睡一会儿,骆驼用嘴把他拱醒了,对他说:“主人,外面冷极了,能不能让我也进来暖和暖和?”主人说:“帐篷这么小,怎么容得下你呢?”骆驼说:“我只要把脖子伸进来。”然后一步步伸进了前腿和前身,最后索性全身挤了进来,反而把主人赶到了帐外了。

渝嘉郡邑·巴国京都

“金蝉脱壳”紧随之又实施“反客为主”妙计,商军在妇好率领下,不仅把巴军甩在十万八千里之外,又天降神兵般的袭夺了巴国国都。全军上下欢呼雀跃。可作为一军之主的妇好,她可没有趾高气扬,得意忘形。此时,她头脑分外地清醒、冷静。占领巴都第二天清晨,在巴国朝堂上,一场战役谋划正在紧张而卓有成效地进行着。

妇好:“各位将军,昨夜,天神保佑我商军抄了巴人后路,端了他们的老窝。仅仅五天五夜急行军,创造了如此了不起的军事奇迹,一下子使巴军无家可归。这既是全军将士的努力,更是商王的齐天洪福。此一战大长了我商人的志气,大灭了巴人的威风。”妇好又接着说:“就是这近几天,战事将更凶险,战场将更激烈,更残酷。”

这时翘云、兰陵似也清醒过来了。翘云说:“快,主公,保不准是袭我京都去了,火速回后相救。身为主帅的兰陵说:“我疏忽大意,恐为国家带来的灾祸难以弥补!”禀雄这时似也镇静一些了,各位将军,速速下去准备,两个时辰后速速回兵,兰陵、翘云二人为前部先锋,率三万兵马,披星戴月一路攻击前进。

妇好用兵如神,不会料不到巴人要回兵相救,若紧要隘口设下伏兵,将士必须高度警惕,万万不可有丝毫的麻痹。

妇好就此传令:“侯告、李森听令,命你二人率领五千人马,东去三百里居巢山口南北两侧埋伏,隐蔽静观,不得有丝毫响动痕迹。第二日,待巴兵马杀‘回马枪’兵过一半后,拦腰杀出。杀得越惨越好,不能有丝毫手软慈悲心怀。”

侯告、李森刷的一声:“立正、得令!”随即下去了。

妇好:“仓候虎、妇姘、张歌听令。命你三人各率三千人马,在东去二百里困龙河三角湖口处,分北、南、西处,扎营埋伏。待侯告、李森杀败残兵西冲到达后,来一个突然,三面发起攻击,务求他一个歼灭战,绞杀越重越好,缴获越多越好!”

仓候虎、妇姘、张歌三将得令后随即走出帐外。

妇好:“蚩欢、田高、葛强、妙媛、窦芳、梁方元将听令,命汝六人各率二千人马,出巴都东去五十里处,分处埋伏,单等巴方兵马经两次杀伤,剩下残兵败将狼狈逃回过来时,一网打尽,谁若擒获巴王者,方算头功。各位将军准备去吧,剩余兵马随本帅坐镇巴都,静候佳音。”

禀雄、兰陵、翘云等正在紧张地议论军情。谁能料想得到,他们早以羊前腿擂鼓,搞了个假象,把巴军上下都瞒个正着……

大事不好,主公,弄不好他商军端我老窝去了!

这天,侯告、李森,还有吴昌,已派出的哨探,禀报:“巴方三万兵马由翘云为开路先锋,统帅一万精兵,翌晨时分将过居巢山。”侯告与李森、吴昌二将军商议,做好准备。听说这翘云为先前东方战场伐我商军开始先锋,此人武功超人,力大无穷,手使一杆丈八方天画戟,上阵厮杀,还从未遇到对手,我当小心应对才是。

第二天凌晨,只听东方烟雾滚滚,尘埃遮天,巴方马队气势汹汹闯了过来。只听居巢山东西两山战鼓咚咚,鞭炮齐鸣。瞬息之间,商军伏兵尽出,排山倒海般冲下山来,只见巴方翘云拍马舞戟当先冲到了前面。“谁敢挡我去路?”话还未落音,吴昌、崔魁、胡猛、廖勇、谭飞、项究六员猛将旋风般冲到了阵前,围住翘云厮杀起来。

这翘云无愧于巴方第一员上将,一杆方天画戟只舞得车轮般,沉重犀利,一挥一扫,犹如秋风扫落叶一般。十个回合未过,廖勇、谭飞、项究一一被挑落马下。眼看胡猛、崔魁、吴昌也难逃噩运。只见“嗖”的一声,翘云面门突然中了一箭,翻身落马。吴昌闪电般飞马过去,弯下腰,一刀割了首级，又跑回阵中。

巴方兵一见主将死于非命，一股脑儿回散逃去。李森、吴昌指挥得胜之兵追杀，斩首三千余。

困龙河 · 五湖交叉口

困龙河是一地名，邻居长江嘉陵江两江交汇处，由于水多，千百年冲积而成方圆数百上千平方公里的大绿洲，东西南北中五处独立分割而各成一湖。尤为奇特的是：五湖南北中间宽宽一条大道，直通西蜀国，为天下闻名一大"官道"。凡进川、出川，东下鄂州，金陵无不必通关卡要隘。这次巴方败兵回渝嘉京都，别无他途，必经此道。

妇姘说："上天赐我呀，五大湖拱卫，让敌更难近我。"站在船上，让弓箭显神力！果不出妇姘所料"官道"南北五湖等水接近官道门，一字儿排开二百多艘帆板船，每船二百多名弓箭手。一切准备齐毕。仓候虎看了暗暗称奇说："这员女将，又是王后果然名不虚传，我大商定会在此做出惊人奇迹。"

第三天后半晌，巴方大队人马铺天盖地般冲杀过来了。兰陵抬头往南北方向一看。可他还未缓过神来，南北双方船上箭雨点般而下。只听巴方兵"妈呀，妈呀"叫声、哭声不绝，仅仅未过两个时辰，被射死的竟有一万一千之众，带箭伤者，不计其数，可怜一代元戎兰陵中箭死于军中，剩下的数千巴兵横冲直撞直向西方逃去。

山涧，是望渚山两山之间一大深谷涧，江边是长江东流的大江边。望渚山，传说古代一农家女因父亲砍樵不慎掉进江里淹死。她思念父亲，站在江边这座山上望着滔滔的江水哭泣，江中有一大块陆地，她期盼有朝一日父亲能在这块"渚上"让她看见。一天，她感到绝望，便一头扎下山涧，为父殉身。后人为了感念这位奇女子，把这座山叫望渚山，又把峡谷和长江的水称之称"山涧"和"江边"，这两个地名从此，世世代代叫响开来。妇好令蚩欢、田高、葛强、妙媛、窦芳、梁方六支兵马早早埋伏于此，守株待兔静等鱼儿上钩。

不久的一天，马滇、子勇、藏彪护卫着禀雄慌慌张张由东而西来，后边相随也约有上万人马，虽然已遭遇两次半路伏击，损失十之八九，可所剩队伍仍很雄壮，气势慑人。

巴方兵马已冲到了眼前，只见蚩欢拍马提槊挡在了大道中央，大喝一声："何方草寇，有商方第一员上将蚩欢在此，有要过此道者，快拿命来！"马滇提一双虎节双鞭冲到了面前，两人打了起来。未及一个回合，巴方阵上子勇、藏彪，双双又冲到了阵前。他二人还未来得及叫阵，田高、葛强，又是挥刀，又是舞枪，迎着二人杀了过来。六员猛将刀对刀，枪对枪，不到两个时辰，六将单打独斗，已过八十个回合，仍越战越勇。妇好看马滇瞅得准确，欲暗暗一鞭打蚩欢个脑袋开花，突然马滇前额似一什么东西钻入颅内，翻身落马。百万军中，暗器取将首级，如探囊取物一般，有战场两千年历史上，这还是头一例！

原来，妇好已在第二道坎，率领千军万马杀伤了上万敌军。因此乘大军返回之际，她对张哥只交代一声，快马加鞭赶到了前面。

谁知刚到阵前，见六员大将正在单挑对决。她一眼瞧见马滇欲偷打蚩欢，情急之下，腾云驾雾，左手一扬，掠头而过。马滇顿时死于非命。这既是妇好超人武功的展现，又是家国情怀、使命责任的高度彰显。有一代巾帼神将现世，大商天下岂不如日中天！

大败后，禀雄派使者来见侯告、仓候虎、妇好等商方前线将帅，心甘情愿求和，只请保存巴人历代列祖列宗神庙，世世代代为商附庸俯首称臣。

不久，妇好大元帅前呼后拥般来到山涧江边大本营，接受巴方国君禀雄的求和文简。妇好在大本营正接着巴方国禀雄求和。两人谈兴渐浓时，突然，营门外报告，商王武丁获悉征讨巴方大胜消息后已率满朝文武众百官南迎八十里长亭，以国家隆重大礼的规格，庆祝司马王大元戌的凯旋。

第十六章

山河五岳

殷都·祭祀广场

“山河五岳”是商代祭祀占卜文化体系中的一大组成部分,也是祭祀列祖列宗诸多内容中的一项重要内容。有当时卜官谷说:“天地、历代先祖先贤、‘山河五岳’,这是商人祭祀大文化的‘三角鼎立’,缺一不可。”由此可见,祭祀“山河五岳”之重要。

“山河五岳”顾名思义,山就是山,是天、地两翼中的“地”的重要载体和支撑。土地,又称土壤,古代又叫“息壤”,它由平川即平原,由冈丘、坡岭、山三部分组成。

山河的“河”是与山并行,共同支撑了“大土地”,河由水组成,确切地说河就是说“水”,它是水的“容器”和载体,水依赖河生存,凭借河流动,进入江海。而“水”之大之多,“三山六水一分田”来明证不为过。与河性质相同,紧紧相连,形成命运共同体的名讳很多,小到沟溪,大到江湖、泊、海,无不都是说河论水。它与“山”是一胎两生,组成了土地、大自然,又进而构成了地和天中的“地”,而这个“地”滋生万事万物,如植物、动物、万千生灵,更包括我们“人”。

至于“五岳”是山河“山”体系中的派生奇象。妇好神主解读说五岳是大商五大名山的总称。它们是以中原为中心,分别处于东、南、北、西、中的五座大山。自古至今,其名望甚高,有五岳归来不看山之说。五岳山的得名,最早可追溯到尧舜的时代,尧命羲和氏四子分别管四岳。那时四岳是主管方岳官吏的职称,天子巡狩时,各主管方岳的官员在驻地选择一座高山,放火发出信号,以召集诸侯。于是,最先的几座发出信号的山便成了岳官的首府。舜时,岳官的职称便与各山的山名统一了起来。“五岳”,依次按方位计:东岳——泰山,西岳——华山,中岳——嵩山,南岳——天柱山,北岳——大茂山。又有衡山、恒山代替天柱山、大茂山为南岳、北岳的叫法。

山多确也是名副其实,尧帝时有一本书叫《山河典》,书中说华夏南、西、北三方位就有一百四十一座大山,其中天帝山、黄山、钟山、玉山、阴山、三危山、天山、貌山、北岳山、轩辕山、泰山、子桐山、衡山、洞庭山闻名遐迩。

昆仑为我大商的母亲山,人类伟大的母亲仙姑娘娘居住于此。这里有“三界天”。三界即上天,兜率宫,登之乃天仙;二界:玄圃,空中乐园,登之乃灵,能使风雨;一界,即凉风之山,登之而不死。

西王母宫阙,正北是“阆风巅”“天墉城”(金色城,方千里,天下女性的归宿处)城上设安金台五所,玉楼十二所,其中有“碧玉堂”“琼华宫”“紫翠丹房”“云锦烛宫”“朱雀园”“极乐官”“天坛园”。正西是“悬圃宫”（内设悬圃堂），悬圃“七彩桥”。正东是“昆仑宫”“流金阙”。还有“天帝宫”（在昆仑三角之中，即黄帝在地面上的行宫）。西王母在西海（瑶池）行宫。

华夏豫宛邑有一座山，东西南北长不过千米，高不过三百米，周围是开阔大平原，陡然拔起，直插云霄，号独山，就是这“独”之奇。更有一大奇异，生产宝石、玉器，为全天下和田、山田、绿杜石、独玉的四大名玉之一，千百年来称此山为“宝山”。

河的三要素是大、宽、窄。大是洋、海、江。宽，大洋、大海一眼望不到边，鄱阳湖、洞庭湖方圆八百里宽。窄，一条小沟，三尺，三尺流水称为溪。所谓大，一个太平洋比全地球的陆地面积还大上三五倍，还有大西洋、北冰洋、印度洋且不加在一起说。大与小是比较，相对而言，我国有四大河就叫渎，称“四渎”。

四渎是古人对四条独流入海的大川的总称，即江（长江）、河（黄河）、淮（淮河）、济（济水）。当时的淮河与济水独流入海，故与江河并列。古人以大淮（淮河）为东渎，大江（长江）为南渎，大河（黄河）为西渎，大济（济水）为北渎，是谓东南西北四渎。

黄河称西渎，为我华夏第二大河，源出巴颜喀拉山约古宗列盆地。流经湟、川、甘为蒙古、陕、晋、豫等郡州。

山河是天地两翼中地的主要载体，它支撑着自然万物，动植物，更包括人类，从无到有，由小到大，由低到高，由弱到强，功德无量，恩莫大焉。有寓言说山和水相互捧场的一则对话。

水：“山啊，你是岗丘，岭、峰、尖和巅，这个世界上谁也没有你高。你鹤立鸡群，高耸入云，直插云天，鸟瞰天下，一眼能望八千里，谁能与你比高比远？你能以自己的伟岸雄姿感染世间的人，敢想、敢做、开拓、进取、攀比、登高、奔向极顶。你功能神奇，大无边，我难望其项背！”

山：“水啊，话是不能这么说，虽然以个头论，可能比你高些，可你博大、深邃、厚重，这使我再高的山自愧不如，望洋兴叹！试问我这山，没有你的血液滋润，我能发粗长高吗？我这山，时时刻刻离不开你，有道是‘山高水长’就是说的咱俩的相识、相伴、相依、相存关系啊！万树千花谁能离开你，谁也离不开你，比如我吧，若没有你水，一天也活不了，必渴死，干死！”

水：“山，你真是了不起，仅仅你一块石，一抔土，就一生二、二生三、三生万物，万千花草名木，千种万姿森林，眼花缭乱，目不暇接的飞禽走兽，豺狼虎豹，还有你山深处蕴藏的万宝库、聚宝盆，如金银、珍珠、玛瑙、玉石等应有尽有，令我眼馋，可难及万一！”

山：“太过奖过誉了，你的伟大，你的神奇，令我悔愧万分啊！与你相比，冰山一角，也难达到哇！你的大，你的宽，你的深，你的博，试问天地间，谁敢说个不字，你仅仅一个太平洋，且不说与我山，就是与全陆地相比，也大上六个半多呀！还且不说那四大洋呢！再说你的富，水底、海底，不计其数的海鲜、海产、珍珠，成千上万种，取之不尽，用之不竭，若真比起我山来，我产的十倍财宝也难抵你一二！”

水：“你说得也不全对，比如你的高吧，凡人，谁不愿攀高枝，‘人往高处走’向高看齐，日夜梦之盼高！就仅这一点价值和内涵，比我水所有的能耐，远过千倍万倍，我水太低，整天苦闷，怨自己长得不如人，难比你山高！”

山：“你谦虚，绝对说错了。山高，恰恰是我的短处，有道是翘翘者易折，佼佼都易污，我脆弱，难经风雨，共工氏不是一头撞折我不周山到现在还时时哭泣呢。而你了不起啊，‘水往低处流’，天性不与人斗高、斗强，默默无闻，不声不响，造福人类，支撑自然，造福万方，这是你的厚重、深邃啊！可你也不是一味地‘没性格’和没尊严，若大自然无故欺负你，你可也厉害得很，你能把全天下陆地吞没，尧时天下的大洪水，不就是触目惊心吗？我山可没有这个本事。由此说，千百年来，大自然、人类敬畏你，远远超过我山呀！当然，你与我名副其实也是他们的家园，不应该损害，应该好好保护啊！”

说家园，就有信天翁“团队”保护家园一个故事。

大禹讨三苗双方大战时，三苗兵马欲在东海一个荒岛上建立大本营。这个岛上自古以来虽然没有人类居住，可有它世代主人，这就是数十万只信天翁。它们看到有人来侵夺家园，强烈反对“外敌入侵”，不约而同，用尖嘴、翅膀、爪子厮打登岛者。三苗将士用长矛、大刀，一拨又一拨，形成了鸟人大战。一场激烈战斗下来，大批信天翁死亡，横尸遍野，当然，三苗兵卒也不少人被啄得鼻青脸肿。

可这还不算善罢甘休。这信天翁好群居，爱家园，“团队”精神特别顽强。它们为了复仇，成群结队地在三苗新修的道路上，成行成排地站卧、静坐，甚至冒着生命危险迎着三苗将士撞击西门，啄叨眼睛，又一批一群地死在地上，至死不退。

紧随之，又有“国王教训”一则寓言。

大约与三苗国同时代，有正方一赤夷国王叫赤穹的，他非常爱吃樱桃。为了讨好国王，臣民百姓们在王宫附近建了一处果园，栽植了大量的樱桃树，专供国王享用。初秋的一天，国王出巡到果园游玩。突然发现雀鸟成群落在樱桃树上，啄食樱桃。于是，他龙颜大怒，立刻向全国下诏，命臣民们捕杀雀鸟，并公开悬赏。此圣旨一下，民众响应，结果，国内的麻雀和其他的一些鸟类几乎都被捕杀殆尽。国王心想，这下樱桃可万无一失了。

谁知好景不长，多种果树害虫乘机大量繁殖、蔓延、危害成灾。不长时间,竟把全国所有果树上的花、叶、果吃个精光,并一批批地枯萎死亡。

这时国王才恍然大悟,"我上当了!这是捕杀驱赶鸟类造成的恶果,我算自讨苦吃,咎由自取。"他又痛苦地说:"鸟,原来是大自然的宝贵财富,是人类不可缺少的朋友,我真浑呀!怎么到现在才明白!"

山河五岳,人们敬仰崇拜,因为它们给人类带来安全与幸福,从心底里崇敬,把它们奉祀为神。其中有地仙五十四神,带给人们吉祥的五神:生活中的保护神十神,与家庭息息相关的五神,结婚生子的许愿五神,祈求自然和谐的五神,植物与动物为主的六神,保佑人们出行平安的四神,创造各行各业先祖十三神,又有为人们熟知的另类三神。而真正在民间传播久远,家喻户晓的有后土,土地神龙王,河伯,涛神、妈祖等。后土是最早也是最伟大的一位神灵。

后土全称为"承天效法厚德光大后土皇地祇"。与主宰天界的玉皇大帝相配,是主宰大地山川的尊神。后土是一位女性神,与玉帝匹配,正所谓"天公地母"。

土地崇拜属于上古时的自然崇拜。实际上,对土地的崇拜要早于对天的崇拜。古人言"地载万物,天垂象,取材于地,取法于天,是以尊天而亲地也,故教民美报焉"。土地是人们生活所需要的生活资料的来源,衣、食、住、行都离不开土地。所以,人们常说大地是人类的母亲。古代人们既要依赖它、感恩它,但又十分惧怕它,怕它发怒(如地震、山崩),不愿给人以万物(如发生旱灾涝灾)以滋养,所以得"亲地""尊地",这就要敬奉地神,并加以"美报""厚报",不断地进行献祭。就是出战征伐,兴师动众,也一定得大祭后土求得地神的保佑,方能打胜仗。

"后"字的初义是指女性,在甲骨文和金文中"后"字都是女人形状,有的还明显带有双乳(乳房)。后字始初是"全族之尊母"。在母系社会,生育了本族全部子孙的是高母,而其名称就是后、土、吐也,能吐生万物也,"生人者称母,生万物之母,可称土。"后土指"大地母亲之神"。又有说后土是自初民社会所祭的"地母"神演化而来。因为地母能生殖五谷,由野生培植为人工生产,是由最初女性创造的,在女性社会,即称地母为后土。

龙王是大神,与水有密切关系,为水之祖。我国古代把麟、凤、龟、龙称之为"四灵",以象征吉祥。而龙,有一种特大的本事,能兴风布雨。故此,从远古时代起就有了向土龙祈雨之俗。而龙王之美誉,则是外来佛教的杰作,佛教称诸大龙王,莫不勤力兴云布雨焉,于是有了龙王之称。无论江河湖海,渊潭塘井,无不都驻有龙王,职司该地水旱丰歉。一时间大江南北龙王庙随时处可见,与城隍庙、土地庙相并存在。

传说中的龙王,多是龙头人身。穿着龙袍,俨然像人间的帝王。在海底的龙宫里,多是水族组成的群臣下将,受令于龙王。

河伯神与水又是密不可开，河伯是黄河的水神，早在大禹治水的传说中，就有了他的精彩描述。当大禹去黄河边察看水情时，只见滔滔的黄浪中涌出一个长大人，白面鱼身，对大禹说："我就是河精。"说着，他送给大禹一张河图，又告诉大禹如何按图索骥治水，然后退入水中。

这个河伯还有个名字，叫冯夷，又作冰夷、无夷。至于河伯的来源难以说清。有书中说他是华阴潼与堤首人，一次渡河而死，被天帝封为河伯。

河伯出巡是很威风八面的，他乘着白马，朱鬣白衣玄冠。从十二童子，驰刀西海水上，如飞如风。由于河伯主宰了人的命运，自古人们对他十分敬畏。苏东坡记述过唐代郭子仪被派去黄河边镇守，恰巧黄河改道，子仪祷同河伯说："如果水患消失，我愿把女儿给你做妻子。"很快，黄河回到故道，郭子仪的女儿却无病而终。后来，子仪以其骨塑之于庙。

尽管是这样，古来亦有人不信这些。《史记》所记载的西门豹治邺，废除河伯娶妇风俗就表现了人与自然斗争时所表现出来的无畏气概。

能造福人、拯救人、保护人就是神，所以我们崇拜神、祭祀神，这是最高神主妇好对朝堂神职人员的话。

九月九重阳节，金华秋实，是收获的季节。这天祭祀偌大广场上，人头攒动,热闹非凡,辰时已过,礼炮声声,锣鼓齐鸣。满朝文武一字形成排,横列齐集祭坛之下。高宗武丁全副整装,冕服通天威风八面站在朝臣最中间。

祭祀开始,只见大神主妇好头戴神帽,身披法衣,腰悬铜铃,臂挎佩物从东侧走至祭坛正中间,尔后躬身揖首,一步一步迈过九级坛阶迈上祭坛。尔后朝堂大祭官、小祭官,信徒八十余人,依次走上了祭坛。护卫妇好两厢,面对祭坛正中一大巍巍然照壁上的山(五岳),河(黄河),湖(鄱阳湖),海(东海、南海)虔诚地行三拜九叩大礼。众祭官缓缓起立,依次而立,只见站在当央的大神主妇好郑重宣布:“祭祀山河五岳正式开始。”坛下千万观众双膝跪下,齐声欢呼,山河诸神万寿安康,吾商子民顶礼膜拜!几乎是与它同时,鞭炮、锣鼓声声齐鸣,只见太牢、少牢祭祀之物一应搬上祭坛,摆放齐整。

有正副祭祀官,谷、晟面对坛下万千祭祀人员悉心诠释。

谷:“我华夏神州物华天宝,山多水多,故有‘山河五岳’的大世界、大气象。山有昆仑山、天山、喜马拉雅山,另有五大镇山,即沂山、吴山、天柱山、会稽山、医巫闾山,还有四大佛山,即五台山、峨眉山、普陀山、九华山。”

匡庐奇秀甲天下是说庐山。一山飞峙,气吞长江,雄奇秀丽,这是我朝匡氏七兄弟结庐隐居之地。桂林山水甲天下,这是我中华一绝。这里包括溶洞,地下河、峰丛和峰林。可谓山清水秀、洞奇石美。桂林的山多,有叠彩山、伏波山、独秀峰、象鼻山、南溪山、宝积岩等,平地起峰,拔地峭峻,山色青黛,宛如碧玉。自古道“桂林山水甲天下,阳朔山水甲桂林”。吾我华夏的山奇,山秀,山幽,山秘,争奇斗艳,比翼双飞。相传有庐山、武夷山、武陵源、黄山四山争宠一则寓言。

庐山:“我一山飞峙大江边,跃上九天独奇艳,就在于是由殷商匡氏七兄弟在此隐居,结庐而得名,后他们得道羽化成仙,唯庐独存,故名庐山,如此气象,你们谁比得了?”

武夷山:“我天生有九曲溪,溪南,水帘洞,碧石岩,桃花洞,三仰峰、武夷宫、云嵩天堑,更包括二嶂、三冈、八岭,三十六峰,四十六洞,六十一石,九十九岩,又四溪、七池、七潭、八井、九滩、十一涧、三十泉等奇皖异景,你们谁有啊!”

黄山:“我是天下第一奇山、峰奇,三百三十丈以上高峰有七十二座,石奇,峭壁、悬崖、石林、石柱、石墩、石蛋等似人、似物、似禽、似兽、如笔、如矢、如笋、如林、如刀戟、如船桅。松奇,我无石不松、无松不奇。迎客松,送客松;云奇,我能生云雾,形成云海,按方位分,有北海、西海、东海、天海、前海,人在云上,云在人中,如入仙境,你们谁有拿出来亮一亮吧!”

武陵源:“说我是源,实际是我大,包括王长家界,索溪山谷和天子山。

奇峰林立，计有三千一百多个，超过二百丈以上有一千多个。既有孤峰，又有成双成对的伴侣，还有三五成群的群象。有珍禽异兽，如猕猴、黄鹂、鼷鼠、红蛇、胡子蛇、穿山甲、水獭、背立鸭、红脚隼。还有奇花异卉，如鸽子花、龙下花、杜鹃红、万茎藤等，你们谁能长这么全，这么鲜啊？"

说过山之后，论到了河。河是溪江、堰、坑、湖、江、海、洋的代名词，虽然是一连串名，但一个宗旨，即性质是水的载体、支撑和容器。华夏的河、溪、坑、堰、潭、江、海多如星罗棋布。海有东海、渤海、南海、北海；江就更多了，有黑龙江、牡丹江、松花江、乌苏里江、乌江、嫩江、枝江、珠江、长江、湘江、丹江等等，而称为河的就更不计其数了，如海河、渭河、白河、唐河、淮河。而最大也是最为著名，又是中华民族的母亲河，这就是黄河。说黄河又有"四渚"，谷和晟两神职人员又有解读。

谷、晟两祭祀官刚刚介绍了多山、多河，尤其"四渎"后，大神主妇好也刚刚作法跳神舞结束，只见她身穿黄色法衣，摇动法铃，满身是汗，俨然一山神模样，不仅形似，而且神似，念着上神训示。

山："吾乃羲和氏之子，奉天承运，玉帝诏曰，名为东岳泰山，西岳华山，南岳衡山，中岳嵩山，北岳恒山，标明东、南、西、北、中，让天下方国，尤其你们有语言，有七情六欲，情感的生灵明晰方位，有向可循，传衍子孙，造福祉大自然与人世间。何为岳是大是高的山，吾原本乃山，我感谢感恩天地，滋生了我。让我有生机，有力量，生岩石，生金银，生青铜，生珍禽稀宝，长树木森林，还有奇花异草。这是上天赐我的使命和责任，给人类造福提供资源，创造财富！还有，让我无休无止地由低到高，高耸入云，直插云天。这是启迪，感染，召唤你人世间的万千生灵，受启示效法、攀比，不甘落后，开拓奋斗，再建设这个大自然、大世界。如果说以后说到作为、功劳，若有些许功能和价值的话，这就是我五岳传授给你们人的精、气、神，望你们吸取借鉴吧！"

五岳："泰山独尊"，而"有眼不识泰山"这一成语说的就是泰山。殷商之前，岱宗坊附近住着一对新婚夫妻，小两口你敬我爱，夫唱妇随，日子过得舒舒坦坦。

一年之后，小两口生了一个白胖胖的儿子，可不足一岁夭折了。第二年，这夫妇俩又生了个女儿也不幸夭折了。这夫妻哪能受得了如此打击，整天郁郁寡欢，闷闷不乐。

后来有一位卜卦先生路过这里，对他俩说。今后如再添子，父亲要在当天夜间到外边走走，碰到什么东西，就起什么名字。卜卦先生走后，他们将此话牢牢记在心里。

第三年春天，果真又生了个白胖胖的大小子。当天夜里，丈夫走出大门，想碰到个吉利的东西，给新生儿子起个好名，以保全性命。谁知他从王母池走到斗母宫,从斗母宫又来到回马岭,深一脚浅一脚地足足走了两个时辰,却什么东西也没碰到。眼看天就要大亮了,只好垂头丧气地回到了家里。

妻子见丈夫,满心欢喜,忙问碰到了什么吉祥东西?丈夫无精打采地说:"除了脚下踩的和眼前看的泰山,什么东西都没碰到。"说话间,眼中含着泪水。妻子是个聪明人,忙进言说:"可别瞎说,泰山不正是最好的吉祥东西吗?大江南北,有多少人慕名而来,我看'泰山'这个名字再好不过了。"丈夫一听,觉得妻子言之有理,忽而转悲为喜,遂给孩子取名"泰山"。

时光如梭,日月似箭。不知不觉已过了五六年,泰山这个孩子越长越让人喜欢,越长越发伶俐了,人见人爱。泰山的父母更是把他视为掌上明珠,十分疼爱。

泰山也没枉费了父母的一片良苦用心,从小就爱摸锤动刀的,整天刻呀画呀。父母都觉得他说不定在手艺上有出息,并准备过个三年五载让他拜师学艺。

说来也巧,泰山长到十岁那年,当时天下有名匠人皋羲来到泰山一带做活,正好借宿泰山家里。父亲得知眼前的师傅,正是大名鼎鼎的皋羲,便要求皋羲收泰山为徒。皋羲觉得身居他家日久,也当报答一二,遂欣然同意了。

从此,皋羲就带着泰山,日复一日,月复一月,串百家门,走千家户,为泰山附近的老百姓做活。皋羲一边干活,一边悉心向泰山传授木工技艺,讲锛、凿、锯、斧的使用方法……

泰山在学艺中,不断借鉴木工技艺,抽时间便钻研雕版刻石。一年以后,皋羲见泰山的木工工艺长进不大,担心他三年学徒不成,一来对不起他的父母,二来名师出不了高徒,反而败坏了自己的名誉,就提前解除了师约,让泰山回家自谋生路,自己也收拾工具去了曲阜。

泰山回到家中,并没有心灰意冷。他下决心坚持自学,每天都是天刚亮就上山,割满了草,打完了柴,再到山泉边去凿石刻画。他先从简单入手,刻幅"奇花异草""流溪清涧"。而后,再由简入繁,雕起了"险峰峻岭隐云中""苍杜翠柏伴宫殿""小桥流水牧童笛""醉心泉水映仙影"。就这样,泰山踏遍了山上九九八十一条道,喝遍了泰山八八六十四眼泉,吃遍了山上七七四十九种果,终于明白了泰山万物的变化,看透了泰山的山水四季不同……

几年后,皋羲因造一种战车,来泰山买柏木做原料,在岱庙前的龙虎池旁看到一个卖雕刻版画的。那个人头戴一顶大草帽,把脸遮住了一大半。皋羲对那些版画产生了极大兴趣,前往观赏,只见画面上尽是:碧绿的山峰伴白云共居,墨绿的青松下仙鹤嬉水,翠竹挺拔隽秀,彩霞藏琼楼玉宇,崖挂飞瀑,松擎瑞雪,白龙池水光潋滟,黑龙潭清澈见底……看到这些栩栩如生的画面,皋羲不禁拍手叫绝。泰山听声音耳熟,摘去草帽一看,心中又惊又喜。便急忙上前叫道:“皋羲师傅。”皋羲定睛一看,面前站着的原来是自己的徒弟泰山。

师徒二人久别重逢,自有许多感慨,泰山忙收起画卷,将皋羲邀至家中,向师傅告知别后之生涯。皋羲听后,大为震惊,不仅脱口叹道:“我真乃有眼不识泰山!”

叙述罢“有眼不识泰山”这个典故,咱接着讲山河五岳祭祀。

顿时,祭坛下,广场上跪倒一片,商王武丁头磕得“嘣、嘣、嘣”响个不停。边磕头边虔诚地说“山河五岳,上神啊! 您大恩大德造福祉于我们,没有您,就没有我们! 感激感恩我们以实际行动回馈报答您啊!”

妇好是祭祀神主,果然是神奇! 刚刚是山河五岳之神,身穿黄色法衣,因山产白银黄金,故寓意金黄色。可马上以河神、水神“神授天下”面孔出现,飘飘然之间变成全身绿色法衣,威严且庄重地站在祭坛中央了。

上神说:“我是血液。”先有血液,方有骨骼,再有肌肉。否则,人就会干死渴死。河(水)神说:“你命里注定,默默无闻,甘为他人作嫁衣、垫脚石。一定做到不与人争高,长年累月,不声不响,往低处流。甘愿以我的低,成全他人的高,宁肯以我的‘无’,成就别人的‘有’。我不求你们守护捍卫我或歌功颂德我,只求脏了用我来冲洗,热了用我来取凉,干了由我来滋润,渴了拿我来喝,助你一生安康、快乐、幸福,就了却了我一番心愿。”

河(水)神昭示还未落音,商王武丁带头高呼:“水神! 我再生父母! 天大地大,没有您的恩情大,顶礼膜拜您,我们不仅要这样说,而且要这样做! 水有德有功,对人类有大恩!”顿时,万千祭祀信徒跪倒膜拜。

不知是远古哪一处的故事了。桐柏山主峰太白顶下有一个堰塞大湖。湖边住着世世代代以打鱼为生的老百姓。一只大蛟飞来,一下子喝干了湖里的水,连沟沟洼洼的水也喝个精光。可它还不解渴,站在大坝上对着天大喊了起来,“快下大雨发大水吧,快渴死了!”这只大蛟一连喊了三天。可巧太白顶起一阵雷鸣电闪,天崩地裂,天下起大雨,沟满河平。可隔了一夜,沟堰、河、井全都又干了。

这是怎么回事呢? 原来那蛟并没离开,他变成了一个小伙子,取个名叫香朗。白天混在人群中间,晚上喝水。不论天下雨再多再大,他都不让水过夜,从不叫老百姓喝到一丁点儿。

太白顶上住有一个白胡子老头儿听说后就下山了。老人发现那个叫香朗的年轻人在湖边喝水。老头装着没看见,悄悄地回山顶去了。第二天,白胡子老头来到村子里,对人们说:“我这里有一把嫩油油的金茶叶,刚从仙树上采下来。一人吃一片,就不渴了。谁先吃?”大伙儿你推我让,都不先吃。香朗从人群挤了过来,说:“我先吃吧!”

香朗吃一片叶,满嘴清凉,就一口气儿把白胡子老头手捧的金茶叶吃了个精光。金茶叶到了香朗肚里,老头的手拍了两下,香朗就满地滚了起来,连声喊叫“疼死我了!”

老头说:“嫌疼了是不是?你就把金茶叶吐出来吧!”

香朗吐了起来,结果吐了一堆铁链子。老头说“香朗!莫做坏事了,这铁链子一头儿拽着你的心!”说着,老头儿在路边拣了一根蒿子棍儿当鞭子,照香朗身上抽了三下。香朗身子扭了几扭,又扭成了蛟龙的原样儿。

白胡子老头说:“你这只怪蛟,贪占雨水,祸害百姓,今儿个落在我手,你非得把水再吐出来不可。”

白胡子老头打一鞭,怪蛟往山下扭一下,前前后后一共打了二十四下,它扭了二十四扭。后世的人就把这一段山路称作“二十四扭”,这里还有村庄叫“扭庄”。白胡子老头牵着怪蛟往山外走,打一鞭,怪蛟吐一点水。打啊,走啊,一气儿走到东洋大海,蛟肚里的水才吐光。

老头儿牵蛟龙走过的地方成了一条大河,后人称作“淮河”。这个白胡子老头有说大禹王爷,有人说太白金星。人们想起了个两全其美的法儿,把最高的山起名叫太白顶,在蛟龙被惩治的地方修座禹王庙以此表示对两位大神的纪念。从这以后,淮河发源地一带,山河和谐,一直风调雨顺万千年。

殷都·祭祀广场

前两次,祭坛由山神“五岳”,水神“四渎”说话“神授天下”一石激起千层浪,对朝堂也包括对商王武丁教育很大。一个时期来,成为舆论中心。争相你传我告,说:“原来只知道山神、河神重要,没有想到竟这么神。看来人还真得不仅好好听神说,还得扎扎实实照神说的去做,只有这样才有美满安康幸福。我们,还真得好好感谢、感激、感恩山河神呢!”

果然凡大道正理之事,不是一个人想,而是众人想,不仅老百姓想,朝堂商王也都在想。大神主妇好正在祭坛上,有板有眼,率领众信徒在跳神舞谢神祭神!香案上烟雾缭绕,法事、法器一应准备俱全。上百神职祭官(卜官)在妇好率领下先跳巫舞,弯身仰面,拥抱,亲吻等二十四个动作完成之后,又跳请神舞,三拜九叩,顶礼膜拜,拜四方,仰八面,跳跃腾挪,对舞、四人、八人联舞,六十人、八十人群舞。高唱赞神歌:五岳八山开道,我来了,纵横天地尽逍遥。承天造福祉,济惠万民,繁衍千秋万载世运好,谢山河大神回归凌云宵。

妇好身穿黄色大法衣,代表商朝堂,宣读祭文。祭三山五岳。

维殷朝国三十一年秋分之期,大商二十三代朝堂追怀上山神三山五岳功烈，欲使后来者知所昭述，以焕发我民族之精神，特受大神主妇好，主祭官谷，副祭官晟挺立神坛，代表致祭于我伟岸身躯之前曰：煌煌混沌，世属暗昏，盘古初开，光明降来，唯我山岳，挺拔高卓。受命于天，缔造自然，惠济生灵，万物生成，山高云端，气象万千，巍巍矗立，雄伟无比，石土结合，搭配巧作。产奇生宝，开拓创造，赤橙黄绿，不计其数，应有尽有，厚重丰富，地下万宝，珍珠玛瑙，金银铜锡，昂贵稀奇，地上活跃，万物争俏。植物动物，难查难数。无尽资源，财富比山，代代生灵，不尽享用。天地造山，气势浩瀚，造福人类，万世万年。人类繁衍，代代不断。朝气蓬勃，灵气涌现。活跃社会，天地新面。提升时代，生机盎然。回馈高山，山喜山欢。比翼高飞，再造自然。

祭祀山神"五岳"之后冬至节。冬季干燥、寒冷、缺水，人们盼水。商王武丁想民之所想，与王后妇好商议说："冬季缺水，能不能求求神灵，赐福祉于万民。"妇好说："王上乃万民父母，如此关爱平民，臣当即速照办，一定办好。"

只见这天，祭祀大广场又是车水马龙，人们成群结队从东、南、西、北四个方向涌向祭场。辰时时分刚过，祭坛上祭祀三牲、六牲、九牲，太牢、少牢一一摆放停当。又是一番巫舞、神舞跳将起来。法器铜铃、鼓铙、杖节依次声响，错落有致，有条不紊，只见大神主妇好又一身绿袍素衣，郑重严肃地站立中央。巫舞、神舞等一应仪式刚刚告毕，只见妇好向正面祭坛上"四渎"行三拜九叩大礼，而后缓缓站立，恭恭敬敬地宣读隆重祭文：

维大商三十一年九月八日，朝堂最高神主妇好，代二十三代商王高宗武丁，以时令鲜花水果之仪祭我华夏四渎黄河、长江、淮河、济水以及珠江、黑龙江、嫩江、松花江、牡丹江、雅鲁藏布江、怒江等域内所有江河湖海。特致辞曰：伟伟华夏，四通八达，四域八荒，无尽宽广，博大开阔，天涯海角，赫赫神土，吾华独有，胃衍祀绵，岳峨河瀚，东西无边，南北遥远，千溪万渎，水润沃土，条条大河，缠绕山岳。弯弯曲曲，直流东去，由高走低，避高莫及，神奇虚行，登高望远，山高水高，滋沆山召，液保软绵，无骨色厌，不露声色，隐藏深涧，不事彰我，默默劳作。溪河江海，浩瀚气魄，宽包宇宙，深没青秋，大则称洋，海洋万象，吮润万物，迎春复苏，何有生机，皆水哺育，任尔高山，直插云天，灭我水滋，轰然倒毙，看似尔高，缺少枯憔，水我血液，神奇无比，形不高立，矮低离奇，由低见高，万物拜倒，唯我独尊，难比难论，高由我起，悔愧莫及，博宽包容，孕育生灵，百代千载，由我承来。世变沧桑，越数八荒，造生人类，以亿口对，命世之类，寰宇以宇，岂其苗尧，不武不最，泱泱大国，医国良方，皇天厚土，唯水莫属，任重道远，嚷世万年，水曰辉煌，希望之光，煌曰大商，敬水尚飨！

第十七章

英年早逝

妇好精通文史，擅长占卜，经常主持商王朝的祭祀占卜之典。她是名副其实的神职人员，最高祭司官。祭祀是最重要的国事活动之一。而掌握这项最高神职权力的祭司，要具有广博的学识、崇高的地位，通过与鬼神沟通，成为国家重大国事的实际决策者。甲骨文辞记载：妇好常主持商王朝祭祀，占卜活动，祈祷天地神灵。妇好通晓军事，深谙文韬武略，武功精湛，足智多谋，娴熟兵法战阵。短暂的一生东征西讨，灭土方、南夷国、南巴方、鬼方、羌方等二十六国。后人说妇好是中华历史上第一位巾帼军事家、著名战神。诗曰：

巾帼战神上古现，开疆拓土独虎胆。
兵法韬略灵机现，统驭万军打敌残。
足智多谋武精湛，布阵设疑赛须男。

妇好为武丁和商王朝立下的最伟大战功之一，就是率领一万三千人的大军征讨西北的内蒙古河套一带的敌军之战。这场战争对于殷商王朝乃至于整个中华历史，都具有伟大的划时代意义。之前，商王朝受西北边境的战乱骚扰已多年，而妇好取得了最后也是最强大的胜利，并且使敌人归附服从。这是一场奠定中国文明历史进程的决战，此战的意义不亚于传说中的黄帝与蚩尤之战。伐羌北方胜利，武丁对妇好才能刮目相看。妇好十分聪明，也有着超乎寻常人的勇气和智慧。商王朝武功最盛的君王武丁是她的丈夫，而武丁时代的赫赫武功中，有着妇好相当一部分的功劳。卜辞有“登妇好三千，登旅万乎伐羌”的记载，意思是说，商王武丁征发妇好所属三千军队和其他士兵一万人，前往征伐羌国。在出土文物中发现有两把“妇好”的铜钺，每把重达十八斤，这在商朝是王权和军权的象征。妇好拥有钺这样的中国最高军事统帅的象征物，成为全国武装部队的统帅，就足以说明本领实在不一般。这也是甲骨文中所记载的商朝历史上最大的一次战争。当时，久经沙场、战功累累的禽、羽等武丁爱将全归妇好率领。此战羌人势力被大大削弱，商之西境得以安定。

羌方乃商西部一大强盛方国，周边有鬼方、土方、南巴方等十多个诸侯方国畏势附庸。众星捧月，威势一片，兵强将勇。羌方日日坐大，渐渐与商有分庭抗礼之意。征剿羌方，妇好率猛将五百员，兵力一万二千人，足抵商王朝兵力半壁。武丁夸赞说：“声东击西、釜底抽薪、擒贼擒王、破长蛇阵。吾妻把此战作为试验场，威风八面，领尽风骚。”

“射人先射马，擒贼先擒王”，乃兵法“三十六计”其中之一，“摧其坚，夺其魁，以解其体。龙战于野，其道穹也”。摧毁敌人主力，擒住他的首领，就可瓦解他全军的斗志。此计是指打败敌军主力、擒拿敌军首领、彻底瓦解敌军的最好谋略。不想在三千年前，被妇好演绎得惟妙惟肖，活灵活现。战前施佯，妇好派三千兵力摇旗呐喊，暗暗迂回到弱小的鬼方大军背后。如愿以偿，果不出所料，偷袭一举成功。双方开战之初，两军在空阔处一字排开，羌方十二国联军却也威风八面，声势慑人。羌首领与武丁唇枪舌剑，只见羌首领向背后一招，十八员羌将拍马齐出。这边厢妇好挥舞日月双刀，单人独骑杀出，力敌羌方众将，异常勇猛。未及时，十八员羌将铁桶般把妇好团团围住。妇好全无惧色，日月双刀上下翻飞，左右挥舞。刀锋劈处，势如千钧。未及两个时辰，羌将十二员骁将纷纷落马，其余六将落荒而逃。又只见妇好霹雳一声大叫："休叫走了羌首！"声落马到，马到枪到，双刀一齐劈下，盟军主帅羌首领即刻身首异处，敌方兵马一窝蜂四散溃败，伐羌战争宣告胜利。甲骨文中有关妇好的记载有二百多条。她曾率领一万三千多人的军队去攻打前来侵略的鬼方，并大胜而归，因功勋卓著而深得武丁、群臣及国民的爱戴。

多年征战，妇好终因积劳成疾而仙逝，国王武丁予以厚葬，并修筑享堂时时纪念。龙纹大铜钺是其生前曾使用过的武器。另一件虎纹铜钺重十八斤。妇好使用如此重的兵器，可见武艺超群，力大过人。古代的斧钺主要用于治军，钺曾是军事统率权，即王权的象征。在出土的大量的青铜器中，有多件上面铸有"妇好"的铭文。特别是一件带有"妇好"铭文的武器"钺"，这是妇好可以领兵打仗的权力标志。

同时，她美丽贤淑，端庄大方，统领六宫，母仪天下。武丁见于史料的夫人多达六十多位，其中只有三人为王后，妇好则是第一位，而且也是伟大的商朝中兴之王武丁一生中唯一真正爱过的女人。然而由于积劳成疾，妇好三十三岁就去世了。有一块甲骨上的记载：妇好可能是因战而亡，或是战伤复发而逝，故武丁才为她复仇而战。有说妇好难产死于公元前 1248 年。妇好去世武丁十分悲痛，每有军事行动常通过祭祀祈祷妇好在天之灵助战保佑，这也反映出妇好生前确足以威慑敌人。也因此妇好有独葬的巨大墓穴，而且享受独祭的隆礼，这是极其罕见的。君主武丁十分宠爱妇好，特授封邑，经常向鬼神为她祈祷。然而"天妒英才，红颜薄命"，妇好早于武丁辞世。武丁悲天呼地，以"国葬礼"把妇好安葬在"殷墟"西北。武丁和妇好是夫妻情深，是一对真正志同道合的好夫妻，也是事业方面的好伙伴。武丁是目前已知的商王中在位时间最久的国王。他所珍爱的王后妇好先他去世。商代人认为人世间的一切都取决于上帝、神灵与祖先，迷信鬼神，崇尚天命。武丁对文武双全的妇好相爱至深，相敬如宾，夫妻感情极为特殊，对妇好的离去总是难以释怀。遂把他珍爱的妻子许配给去世已久的先王，希望祖先会保护妇好。因为妇好的杰出完全可以与伟大的国王相提并论，商王武丁为爱妻操持了多次冥婚，将她的幽魂先后许配给了三位先王：武丁的六世祖祖乙、十一世祖大甲、十三世祖成汤。有三位伟大的先人共同照顾,妇好就安全和幸福了。尽管如此,武丁仍然觉得自己守护的力量不够,于是率领儿孙们为妇好举行了一次又一次大规模的祭祀。武丁是个性非常强、注重情感和胸怀壮志的君主,是一个非常有见识的君王。武丁十几岁,父王将他送到民间去生活。武丁没有向任何人炫耀自己的王族身份,而是像一个普通人那样学习各种劳作的知识,像一个普通人那样经历各种疾苦。这也说明他低调不张扬,城府极深。妇好为商王朝开疆拓土立下了不朽战功,为武丁中兴立下了汗马功劳。她嫁给武丁成为王妻之后,武丁给了她相当丰厚的封土和士民,在她的封地上,她得到了"好"的氏名,尊称为"妇好",或者"后妇好"。妇好的谥号为"辛",商王朝的后人们尊称她为"母辛""后母辛"。武丁作为一代明君,如此关照妇好,可见其地位非同一般。妇好墓出土文物有玉器七百五十五件,又六十三件金银器,四十七件宝石器,此乃商代贵族出土品级最高。所有这些都彰显了妇好无上尊贵。

中华民族的文明初期和其他几个远古文明一样,同样遇到了古印欧人的威胁,但是,正是在妇好的带领下成功地战胜了侵略者,把自己的种族和文明保存了下来,成为四大文明古国中唯一挺立至今的民族。妇好功不可没。毫无疑问,妇好是中华民族种族和文明的拯救者。妇好伟大之处还在于是一位巾帼英雄,又是上古一位军事家、政治家。可以说就是由于她的模范作用,在后世战场上才产生出了邓蝉玉、祝融、荀娘、花木兰、冼夫人,还有樊梨花、李三娘、穆桂英、萧银宗、梁红玉、秦良玉等巾帼英雄。有道是榜样就是力量,旗帜就是形象。妇好的价值之大,就在于此。后隋朝有长律云:

战神上古第一将,巾帼英雄大气象。北伐土方多国丧,西北鬼羌交刀枪。
天生喜兵演身上,兵机将略了指掌。兵法战阵派用场,气质绝技难考量。
出其不意伐敌将,料事在先鬼神慌。鬼方恃勇傲气扬,杀鸡儆猴兵出忙。
灭鬼惊羌再动枪,妇好披挂帅印掌。超大兵团千万将,施正用奇在胸膛。
皇上诱引莫荒唐,妾后埋伏已网张。中计来攻羌凶狂,三路伏兵似潮涨。
漫山遍野潮涌忙,妇好独战十二将。刀劈之处剑下亡,勇猛冲阵过仲康。
三国聚歼大战场,经典诡道比人强。巾帼兵神著华章,后人拜仰巾帼强。